JN241740
魔除けの聖女は無能で役立たずをやめることにしました
ゆうひかんな
Illust. 春が野かおる

アンジェリーナ
セントレア王国　魔除けの聖女
“魔女”として嫌われ国を追放される

フェレス
リゾルド＝ロバルディア王国
対魔獣特務部隊副隊長
ジルベルト
リゾルド＝ロバルディア王国
対魔獣特務部隊隊長

「必ず生き残って
アンジュを迎えにいく。
だから待っていて……」

魔除けの聖女は無能で役立たずをやめることにしました

ゆうひかんな

illust. 春が野かおる

Contents

第一章

無能で役立たずの魔女は婚約を破棄されました

大通りで馬車の事故が起きた。ひどい事故で、道路の損傷や馬車の損壊だけでなく怪我人が大勢出たそうだ。一報を受けて神殿は治療や手当てのために聖女を二名派遣した。現場に到着すると、金の髪に翡翠色の瞳をした少女が一番ひどい怪我人の傷口に手をかざす。

「癒しを」

彼女の手から虹色の光がこぼれる。傷口に降り注ぐ光の粒はキラキラと輝いて、人々は感嘆のため息をついた。

「おお、傷が癒えていく……。ありがとうございます！」

「いいえ、聖女として当然のことですわ」

「噂に違わず、あなたは天使のようだ！」

誰だって自分の命を救ってくれた人間が一番だ。彼らにとって彼女は優しく、賢く、清らかでなくてはならない。誰よりも優れているとそう思ってしまうのは仕方のないことだろう。

ふと怪我人の視線がこちらを向いた。

「それに比べて、同じ聖女でもこんなに役に立たないとは思わなかった。がっかりだよ」

でもね、だからって勝手に比較して他人を貶めるのは違うと思うのよ。

対人用の治療器具で手当てを施す黒髪に紫水晶色の瞳を持つ私、アンジェリーナは小さくため息をついた。ただ黙々と軽傷者の傷口を消毒し、包帯を巻いていく。

するると突然、一人の怪我人が包帯を握るアンジェリーナの手を弾いた。

「癒しが使える人間の手が空いているのなら、私は彼女に手当てしてもらいたい！」

「俺もだ！」

「ですが神官からは軽傷の患者は私が手当てするように指示されています」

「それは差別だ！」

「怪我に重いも軽いもないだろう、この人でなし！」

「いや、ですからね」

理由を説明しようとした私をさえぎるように、そっと手が差し出される。視線を上げると、そこには金髪の少女――――ヘレナが儚げに微笑んでいた。

「大丈夫です、アンジェリーナ様。私が代わります」

「ヘレナ様……ですが、指示に背くことになりますよ？」

「いいのよ、私は平気」

またか。あなたが平気でも神官に厳しく叱責されるのは私なのに。

するとアンジェリーナの肩を男性が強く押した。アンジェリーナは地面に激しく体を打ちつけて、思わず呻き声をあげる。

「ふざけるな、こんな状況で神官の指示が何だ。傷ついた人間に対する優しさはないのか！」

「きっと自分の才能がないから嫉妬しているのよ！」

帰れ、邪魔だ。人々は口々にアンジェリーナを罵った。

このままでは場が荒れて、新たな怪我人が出てしまう。

仕方なくアンジェリーナは治療器具を収めた箱を抱えて立ち上がった。

「わかりました、失礼します」

「こんな無能と組まされて、ヘレナ様がかわいそうだ」

「皆さん、あれでも彼女は聖女です。いろいろ足りていないだけで、悪気はないのです」

あれでも聖女とか、完全に悪口じゃないの。誰が好き好んで彼女と組むものか。

罵声を浴び、人々の嘲笑う声を聞きながらアンジェリーナはヘレナを振り返った。民衆を従えたヘレナの翡翠色の瞳には蔑む色が浮かび、口元は愉悦に醜く歪んでいる。

こんな子でも天使と評判なのだから笑える。

もう帰ろう、怪我人だろうがこれだけ罵る元気があるのだから間違いなく命に別状はない。

踵を返したアンジェリーナに舌打ちと嘲笑する声が追い討ちをかけた。

「見ろよ、あの不気味な黒髪、意地悪そうな紫の瞳に青白く生気のない顔。そのうえ性格も冷酷で性根が腐っている。だから魔女と呼ばれているそうだ。ざまあみろ！」

わっと囃し立てるような声があがった。

ヘレナが天使なら、アンジェリーナは魔女。今までもさんざん比較されてきたのだから、いまさらこの程度で傷つくわけもない。

どうせ叱責されるのだから焦って帰らなくてもいいわよね。

のんびりと歩くアンジェリーナの隣を興奮気味の子供達が駆け抜けていく。

「あ、あれは植物を育てる聖女様だ」

「ホントだ。あっちにもミルクを甘くする聖女様がいるよ！」

実のところ、セントレア王国に聖女は珍しくない。たとえば武器に魔法を付与する能力に長けた聖女や、回復させる料理の得意な聖女、失せ物探しが得意な聖女とかもいる。個性的で、中には使いどころが微妙と思われる能力を持った聖女様もいるけれど、おおむね人々には好意的に受け入れられていた。

一方で数多いる聖女の中でも飛び抜けて優れた能力の持ち主と有名な人達がいる。そのうちの一人がヘレナだ。彼女の能力は日常生活における病気や事故といった一般的な傷病に高い治療の効果を発揮する。いかにも聖女らしい能力というべきか。不治の病や、事故に巻き込まれて四肢を失うような大怪我でも、ある程度までなら癒すことも可能だ。

そしてもう一人が我が国の王妃であるリオノーラ様。彼女は強固な結界を張ることができるという。敵兵を弾くだけでなく、武器も魔道具もダメ、毒も効かないし攻撃力の高い魔法も使えない。かつて敵国が攻めてきたときもリオノーラ様の強固な結界のおかげで侵略を免れたとか。このときの功績を讃えて彼女は王妃になったという。彼女の能力もまた聖女らしい。

そしてもう一人、別の意味で有名な聖女がいる。

それが私、アンジェリーナ。能力は魔除け。

魔獣で魔神でも、悪魔でも、大魔王でもいい。とにかく人に害を及ぼそうとする魔のつくものから国と民を守護する。これぞ聖女と呼ばれるにふさわしい能力だと思うのだけれどね。

しかも祈りや潔斎、厳しいとされる修行すらいらなかった。ただ、そこにいるだけで勝手に能力が仕事をしてくれる。それが強みでもあり、弱点でもあった。

能力が優秀すぎるから、逆に何もしていないように見えてしまうのよねー。

結界さえ張っておけば勝手に魔のつくものを排除してくれるし、お知らせ機能までついているから必要と判断したときだけ対処すればいい。

ほら、今まさに結界の外で魔物が生まれた。

ワイバーン、三頭、火属性、でもそこまで強くないかー。アンジェリーナに備わった魔除けの力が種類、規模、能力まで教えてくれる。この程度の規模なら直接狩りに行くまでもない。結界に触れたところから効果が及んで、瞬く間にワイバーンは灰になって燃え尽きた。

結界によって魔のつくものを滅するか、それとも遠ざけるか。そのあたりの匙加減は力を与えた神の望むまま。自動的に判断してくれるのは便利だけど、人間側の都合を加味してくれるわけじゃない。匙加減の基準が曖昧で人からすると不便なこともある。

あら、結界の近くにオーガの徘徊する気配が。遠ざけているようだけれど……あれはだめだ、旅人を襲う。アンジェリーナは歩きながら魔力を手繰った。

遠方で雷鳴が響き、稲妻が落ちる。

はい、おしまい。

「あ、聖女様だ！」

通りすがりに男の子とアンジェリーナの視線が合った。

聖女にのみ支給される白いローブを羽織っているからすぐにわかったのだろう。にこりと笑って手を振ると男の子は不思議そうに首をかしげた。

「ねぇ、あの聖女様何もしていないよ？」

「こらダメよ、あの魔女……魔除けの聖女と視線を合わせては！」

アンジェリーナだと気がついた母親が子供を背後にかばい、逃げるように去っていった。

魔除けの聖女、最初と最後の言葉をとって魔女だ。物語で魔女といえば嫌われ者、気がついたときにはこの呼び方が定着していた。

でもね、目を合わせると呪われるとか、声を聞くと魅入られるとか、触れるとバカになるとか。

いくらなんでもひどくない⁉

先代がいたころは、ここまでひどくなかったのにな。

セントレア王国に魔除けの聖女は途切れることなく生まれる。黒い髪に紫水晶色の瞳は魔除けの聖女の証だからと、アンジェリーナは生まれると同時に神殿に引き取られた。だから家族の顔を知らない。

その代わりに先代の魔除けの魔女――おばあさまと呼ばれている、彼女と一緒に暮らしていた。

おばあさまは神殿で聖女として生きるための知識だけでなく、魔除けの聖女に必要な知識も授けてくれた人でもある。

聖女としての役目は、始祖王とも呼ばれる初代セントレア王と、初代魔除けの聖女が約束を交わしたことから始まった。国の礎となるよう魔除けの聖女は魔を弾く結界を張り、退ける。

そして先代が死ぬと同時に役目を引き継ぐ。魔除けの聖女に課された使命はそれだけ。

それでも日々、一生懸命働いている人に役立たずなんて失礼だとは思わないのかしら？

アンジェリーナは聖女の勉強や手伝い以外にも、よく使用人や神官から仕事を頼まれていた。神殿の掃除から食事の支度、洗濯に買い出し、子守りまで。依頼があれば朝早くから夜遅くまで働くこともあった。それが余計に聖女らしくないと言われる原因でもあったが、役立たずよりは役に立つと思われるほうがうれしい。

さて大事なことだから、もう一度言う。魔除けの聖女は途切れることなく生まれる。

つまりセントレア王国民は王族を筆頭に、貴族、神官、兵士や平民に至るまで、生まれてから死ぬまでの間に魔神や悪魔どころか、魔獣や魔物すら一度も見たことがなかった。

魔獣や魔物なんて他国では普通に森を闊歩していて、国によっては多大な被害を出しているというのに。

問題の根本はここにある。見たことのないものを恐れよというのは難しい。魔獣のいない日常に慣れきったセントレア王国民はアンジェリーナの価値がまったく理解できないのだ。

「魔がどんなものか、想像もつかないのでしょうね」

本気で空想の産物とか思っていそうだ。だから平気で悪口を言うし、邪険にも扱う。きっと何もせずにただサボっているだけと思われているのだろう。

最近はアンジェリーナのことを無能で役立たずだと蔑む者が一層増えた。

ヘレナやリオノーラ様、他にも力を持った聖女がいるのだから、魔獣や魔物が襲ってきても彼女達が助けてくれる。無能で役立たずよりも戦闘に慣れている兵士や軍隊のほうが役に立つだろうとまで言われた。

聖女として、ここまで期待されていないというのも逆に珍しいのではないかしら。

重い足を引きずってアンジェリーナは神殿の門をくぐった。

上司である神官に事故現場での状況を報告すると、案の定、叱責される。

「なぜ役目を放棄した！」

「怪我人から手当ては不要と言われたからです」

「では怪我人を放置してきたのか⁉」

「いいえ、怪我人に頼まれてヘレナ様が癒しの魔法を」

「ハァ……だから繰り返し教えているだろう。魔法に頼りすぎると自己治癒能力が衰えると」

「それはヘレナ様に直接おっしゃっては？」

「言っても聞かないから君を補助としてつけたのだ。そこのところは君がしっかりフォローしてくれないと困るよ」

さっぱり意味がわからない、導きは神官の仕事でしょうに。

笑顔を張りつけたアンジェリーナに、神官はわざとらしく深々とため息をついた。

「とにかくうまくやってくれ。苦情も増えているし、このままだと君をかばえなくなる」

「わかりました」

わかりたくもないけどね。なんで私がヘレナに合わせてあげるのか意味不明だわ。

どうせ理解できないのだからと、アンジェリーナは見切りをつけて話を切り上げる。

部屋の扉を閉めるとき、背を向けた神官はため息とともに吐き捨てた。

「あの作ったような笑顔の裏で何を考えているのか。うす気味悪い、冷酷な女だ。だから聖女のくせに魔女なんて不名誉なあだ名をつけられる」

アンジェリーナは音を立てないように静かに扉を閉めた。

理不尽の裏には無理解がある。慣れたつもりだけれど、ここまで重なるとさすがに堪えた。

部屋で休もうと踵を返したところで、今度は侍女に呼び止められる。

「婚約者様が客間でお待ちです」

また面倒な人が来た。なんで今日は立て続けにこういう面倒事が重なるのかな。できれば行きたくないなー、でも行かないともっと面倒なことになる。

結局アンジェリーナは重い足を引きずって、なんとか根性で客間の扉を開いた。

「お待たせしました」

「遅いぞ、どれだけ待たせる気だ！」

「申し訳ありません？」

こっちだって遊んでいたわけじゃない。待つのが嫌なら事前に訪問を知らせるべきだろう。

礼の姿勢から顔を上げると冷ややかな瑠璃色の瞳と視線が合った。

グレアム・ベアズリース伯爵子息。この不躾な男が不本意なことにアンジェリーナの婚約者だ。

顔が良くて頭も良い紳士と評判の彼は、アンジェリーナにだけは欠片も紳士的な優しさを向けてくれない。

なぜアンジェリーナに婚約者がいるのか。単純明快、聖女の能力を国に縛りつけるためだ。

セントレア王国の聖女の能力は千差万別だけれど、国内に留めておきたい能力がいくつかある。たとえばリオノーラ様の結界がまさにそう。そして無能で役立たずのはずなのに、どういうわけかアンジェリーナの魔除けもそうらしい。

「それでどんなご用件ですか？」

「君は職務を放棄してヘレナに丸投げしたそうだな。聖女なのに恥ずかしくないのか！」

「怪我人から私の手当ては不要と言われたからです」

「それは拒否される君に落ち度があるからだ！」

呆れた顔でアンジェリーナは深く息を吐いた。

出会ったころからそうだ。悪いのは全部アンジェリーナで、うまくいかないのもアンジェリーナのせい。婚約のことだって国主導で勝手に決められた話だというのに、人のせいにして。

彼が婚約者に選ばれたのは政治的なバランスや家と神殿との距離感などを加味した結果で、私が彼を望んだわけではなかった。

それなのにある日突然不機嫌な顔でやってきて、いきなりアンジェリーナを罵倒したのだ。

「ふざけるな、おまえみたいな不気味な女が私の婚約者だと。断固認めない、絶対拒否する！」

何を言っているのだろう、こいつは。

婚約のことを欠片も知らない私は、彼を妄想に取り憑かれた可哀想な人だと思っていた。癒しか回復が必要なのかとヘレナを呼びに行ったくらいだ。アンジェリーナは彼の隣に寄り添って座るヘレナに視線を向ける。

まさかあのときのことがきっかけでグレアム様とヘレナが恋に落ちるとは思わなかったわ。意図せずアンジェリーナが二人の縁を結んだわけだ。ちなみに神殿には、縁結びの聖女様もいるけれど二人に関しては私の実績。むしろ感謝してもらいたい。

「それでなぜ、ここにヘレナ様が？」

「神殿に帰る途中でグレアム様とお会いしたのです。そのときに馬車の事故現場でのアンジェリーナ様のひどい態度を思い出したら、つらくて泣いてしまって……。そうしたらグレアム様がこの場に同席することをお許しくださいました。私には、話を聞く権利があるからと」

「そうだ、私が許可したのだ。彼女は君の被害者だからな！」

いや、被害者って。いつもくだらないことで絡まれているのは私よ？

「事故現場でのことなら、ヘレナ様は私が怪我人に何をされたのかご存知でしょう？」

「ええ、ですから余計にアンジェリーナ様の態度は良くないと思いますの。彼らのわがままは不安の裏返しですわ。多少厳しいことを言われたくらいで怪我人を置き去りにするなんて、聖女として褒められた行動ではありませんわ」

よく言うわ、そうなるよう煽ったくせに。

アンジェリーナと視線が合うと、ヘレナの天使のような金の髪が揺れて、翡翠の色をした瞳が

怯えたように揺れた。グレアム様はヘレナの肩を抱き寄せる。

「そうやって睨みつけるから怯える。彼女は何も悪いことはしていないじゃないか！」

「婚約者のいる男性とお付き合いをしていても悪くはないのですか？」

「私はおまえを婚約者とは認めていない。それなのに執着して気持ち悪い奴だ！」

婚約に不満があるなら国に申し出るべきだろう。それがどうして理解できないのかなー？

無言で眉根を寄せると、優越感を滲ませたグレアム様が口元を歪めた。

「だが残念だな。私はついにこの意味不明な婚約を完全に破棄したのだよ！」

これは、これは。アンジェリーナにとっても朗報だ。

「おまえはこの美しい私とどうしても婚約したいからと姑息な手を使ったらしいが無駄だったな。国は最後まで渋っていたが、真実の愛のためだと言ったらあきらめてくれたぞ！」

グレアム様のドヤ顔はまぶしいが、それは別の意味であきらめたのではないだろうか。まあいい、婚約を破棄するためにがんばってくださったのだから努力は認めてあげないと。

「よかったですね、おめでとうございます！」

「よかったって、おまえはよくないぞ。なぜならおまえの有責だ。婚約破棄の件も含めて国からは罰金刑が与えられる。まあ当然の結果だな！」

「あら、私を有責とする理由はなんです？」

「決まっているだろう。おまえが聖女の仕事をサボるからだ！」

呆れたような顔をされても。私の能力はちゃんと仕事してくれていますよ。

アンジェリーナが張った結界は今日もひび割れも欠けた所もなくピカピカに輝いている。

それなのに罰金刑とは。国は私が働いていることを知っているはずなのに……。さては適当な罰を与えて私への不満をガス抜きするつもりだな。

「何も見えていないのですね」

――やってられるか。

伏せた顔を上げて、アンジェリーナは満面の笑みを浮かべた。

「婚約破棄、承知しました」

「え？」

「このままヘレナ様と婚約されるのでしょう、おめでとうございます！」

ポカンとした二人の顔が間抜けで、アンジェリーナはクスッと笑った。

「ふ、ふん。強がりはやめたほうがいい。おまえは私が好きだっただろう」

「いいえ、どうしてそんな勘違いをなさったのか疑問です。ご自身に置き換えてみてください。会話をしない、目も合わせない、存在を無視する。どこに好きになる要素があるのです？」

「だがヘレナはおまえが私を好きだから婚約をゴリ押ししたのだと」

「あのですね、無能で役立たずと評判の聖女が国にゴリ押しできるわけがないじゃないですか」

アホだなー、ちょっと考えればわかることなのに。

「あなたとの婚約は国主導で結ばれました。つまり私にそれだけの価値があるからですよ」

そう答えると、グレアム様の顔色が悪くなる。国の意向を無視して婚約を破棄したことに、いまさら気がついたらしい。

　まあもういいか、どうせ私には関係のない話だ。

　言葉を失った二人を部屋に残して、アンジェリーナはあっさりと席を立った。

「待ちなさいよ！」

「何か御用ですか？」

　部屋に戻るため廊下を歩いているとヘレナが追いかけてきた。アンジェリーナの肩を強くつかみ、完全に聖女の仮面を外した醜い顔で睨みつける。

　まだやる気か、次から次へと面倒だな！

「調子に乗らないで。あなたなんて私が望めばいつだって聖女をクビにできるのよ！」

　まあそうでしょうね、神官からも釘を刺されていたし可能性は十分にある。もし辞めさせられたら、会うのはこれが最後の機会かもしれない。

「それなら今のうちに聞いておきたいことがあるのですが」

「何よ、何か文句あるの⁉」

「どうして私の悪い噂を助長するような態度を取り続けたのです？」

　先代の魔除けの聖女の時代はここまでひどくなかった。つまり扱いがひどくなったのは、そう仕向けた人間がいるから。

　目を見開いたヘレナは次の瞬間、口元を大きく歪めて笑った。

「まあ、いくらバカでもさすがに気がつくわよね。でもいまさら聞いてどうするのよ」

「別に。ただ貶められた側としては、理由くらい聞いてもいいでしょう？」

声をあげて彼女は心底楽しそうに笑っている。けれど細めた瞳の奥は笑っていなかった。

「あなたが私よりも上にいるのが許せないの」

「は？」

「貴重な癒しと回復を使える天使よりも、無能で役立たずの魔女を婚約者に選ぶなんてどうかしている。グレアム様も、ベアズリース伯爵家も、本来なら全部私のものだったのよ。それを横から掠め取るような汚いマネをして。地位も名誉も欠片だって悪しき魔女に渡すものですか！」

アンジェリーナは深々と息を吐いた。

それが彼女の動機か、バカバカしい。さっきから国が勝手に婚約者として選んだって言っているじゃないの。

「何よ、バカにしているのね！」

「まあ、たしかに呆れてはいます」

婚約のことだけじゃない、見せかけだけの平穏に惑わされて何もわかっていないのね。

私が無能の役立たずでいることは皆にとって幸せなのに。ヘレナも含めた、その他大勢の聖女と私の決定的な違い。そのことに気がついていれば彼女の未来は変わっていただろうか。

「よかったですね、すべてを取り戻せて。それで、今の気持ちはいかがですか？」

「ふふ、大満足よ！」

「ではどうぞお幸せに……なれるものならね」

アンジェリーナは答えを待たずにパタリと自室の扉を閉めた。

何度か激しく扉を叩く音がしたけれど、やがて静寂が訪れる。扉を背にして座り込んだまま、アンジェリーナはぼんやりと部屋の天井を見上げた。

生まれてから十年だ、おばあさまと過ごしたこの場所がアンジェリーナのすべてだった。

たった二人きりの家族みたいに過ごしたおばあさまは、アンジェリーナの育ての母であり、師匠でもある。彼女が自ら教えてくれたのは魔法の基礎に、必要な儀式のこと。高位貴族に嫁ぐこともあるからと、礼儀作法やそれ以外の高度な教育まで与えてくれた。仕事に厳しくて、神殿の知恵の書と呼ばれていたくらい頭の切れる人だったけれど、お茶目で優しい人で。

大好きなおばあさまが亡くなってから今年で五年経ち、誰にも祝われることなくアンジェリーナは十五歳になった。

私の知るすべてを教えよう。だから魔除けの聖女としてこの国を守っておくれ。

命をかけた彼女との約束を思うとどうしてもこの国を捨てきれなくて、私さえ我慢すればいいと思っていたけれど。

でも、これ以上は無理よ。

「ごめん、おばあさま。約束は守れない」

他人のために命を捧げる覚悟を失ったら、聖女である資格を失ったのと同じこと。

もうここにはいられない。王命で新たな婚約に縛られる前に、無実の罪で人としての尊厳を踏み躙（にじ）られる前に、この国を出ていこう。

アンジェリーナは白いローブを脱ぎ、小さな鞄に手早く荷物をまとめる。

そして家具以外には、ほとんど物のない空虚な部屋を見回した。

出ていったら、もう二度とこの場所には戻らない。

「さようなら、これからはただのアンジェリーナとして生きていきます」

一礼するとアンジェリーナは静かに扉を閉める。誰に咎められることもなく神殿を抜け出して、一度だけ振り向いた。

神殿の空気は静まり返ったまま、アンジェリーナがいなくても誰も気にしない。

捨てるとなれば呆気ないものね。足りないものは、ほんの少しだけ踏み出す勇気だった。

さて、どこに行こう。行き先は決めていないけれどこの国を出ていくことは決まりだ。国を出るための秘策も用意しているし、うまくいくでしょう。

「国が荒れる未来は決まったようなものだからね。どこまで持ちこたえられるかしら」

セントレア王国に魔除けの聖女がいる限り、魔のつくものは寄りつかない。

国民にとっては、そのほうが幸せ。無駄に血を流さずに済む。

では魔除けの聖女がいなくなったあとは？

第二章

旅立ちと噂の真実、アンジェリーナの守りたいもの

「おい、そこのおまえ。その髪と瞳の色は……！」

「ああ、コレですよー！」

アンジェリーナは手に持った色変え魔法薬の瓶を揺らす。中身は当然空っぽだ。

「髪と瞳が珍しい色に変わるというから試してみたのですけれど、皆から避けられてしまって」

「そりゃ騙されたな。珍しいといったら珍しいが、無能で役立たずの聖女の色じゃないか！」

「失敗したなー、珍しい色ならモテるかなって思ったのだけど……」

「はっは、災難だったな。次からは気をつけろよ！」

いかつい顔をした兵士に出国証明書をもらって国境検問所の門をくぐる。

やはり楽勝だったな、セントレア王国の出国審査はゆるいと評判だから。

しかもこの色変えの魔法薬は聖女のお手製で、セントレア王国の定番のお土産物だったりする。

旅行者が浮かれて魔法薬を使うことはよくあることだ。

まさかこの状況で、黒髪と紫水晶色の瞳がそのままだとは誰も思うまい。

案の定すんなり解放されて、以降は見咎められることもなく人の流れに沿って街道に出た。

「どっちの方向に行こうかな」

道は二股に分かれている。右がセザイア帝国、左がリゾルド＝ロバルディア王国。

「うん、リゾルド＝ロバルディア王国に行こう！」

アンジェリーナは左の道に足を向けた。どんどん歩き続けて、やがて森の中へ。整備された街道を外れ、足場の悪い道を選択したのには理由があった。

街道沿いには旅人を狙った強盗や人攫いが出ると聞いているからね。

戦闘と名のつくものとは無縁のアンジェリーナにとって、強盗や人攫いのほうが魔獣よりも脅威だ。逆に魔のつくもののほうが安全なので、ためらうことなく奥へ奥へと進んでいく。

だからこんな森の奥で、まさか人に会うとは思わなかった。

「旅人がなぜこんな危険極まりない森の中に？」

「み、道に迷いまして？」

夜になったので野宿ができそうな平地を探していたところ、野営中の小隊にうっかり鉢合わせした。森をうろつく不審者として、そのまますると兵士に捕獲され、事情聴取のために隊長と副隊長の待機するテントへ連行されている。

不審者って、ちょっとばかり国を捨ててきただけの元聖女なのに！

でも相手の素性がわからないので、うっかりでも本当のことは言えない。

「あなたのお名前は？」

「アンジェリーナです」

「旅行にしてはずいぶんと軽装だな。連れもいなければ、武器もないのか？」

「はい、荷物は少しずつ揃えていくつもりでした。それと武器は使えないので持っていません」

「よくここまで無事だったな、運が良かったとしか言いようがない」

服装や装備から判断して、灰色の髪をした鋭い目つきの男性が隊長さんで、焦茶色の髪で柔和な顔つきをした男性が副隊長さんらしい。

「それで、どこから来た？」

「セントレア王国からです」

「……セントレアか」

国の名前に反応して二人は表情を暗くする。

おやおや、どうしたのー？

小さく首をかしげると、二人はハッとしたような顔をして苦笑いを浮かべる。

「すまない。我々はリゾルド＝ロバルディア王国からセントレアを目指してやってきたのだ」

「そうなのですね。旅の途中だから、こんな森の中で野営を？」

「いや、二ヶ月以上前に到着している。だが入国の許可が下りなくて待機しているところだ」

「え、それはずいぶんと待たされていますね！」

何を考えているのだろう。客人を森の中で二ヶ月も待たせて大丈夫なのだろうか？

「こちらが助力を願う立場だから、待たされても文句は言えない」

「隊長、それ以上は……」

でしょうねー、その先には危険と厄介事の香りしかしません。

巻き込まれたくないアンジェリーナは、副隊長さんが止めてくれたのを幸いにヘラリと笑って誤魔化すことにした。

「大変ですねー、がんばってください。では私はこれで」

「セントレア王国に魔除けの聖女がいると聞いた。我々は彼女の派遣要請にきたところだ」

部下を制し、言葉を被せるようにして隊長さんはあっさりと答えた。しかも王からの親書まで携えていると聞いて、アンジェリーナは内心で頭を抱えた。

しまった、一番関わりたくないのに捕まっちゃったよ！

「ええと、参考までに教えてください。魔除けの聖女にどんな用事ですか？」

「彼女に力を貸してもらいたかった。今も我が国は魔獣の脅威にさらされている。二年前にも魔獣の大移動が起きて、そのときにたくさんの兵士が命を落としたばかりだ」

二年前の魔獣の大移動のことはアンジェリーナも噂で聞いていた。

リゾルド＝ロバルディア王国は、別名魔獣の国とも呼ばれている。かの国は、なんと魔力だまりの上に国があるのだ。魔力だまりとは魔力を供給する沼のようなもの。濃厚な魔力によって魔のつくものを呼び寄せ、活性化すると澱を吐き出すように魔獣や魔物を出現させる。

その中でもリゾルド＝ロバルディア王国にある魔力だまりは大陸でも最大の規模を誇るとされていた。規模が大きいほど豊富な魔力により魔獣が湧きやすく、凶暴化しやすい。

そして魔獣の国にはもうひとつ有名なものがあった。この魔力だまりから湧いた大量の魔獣や魔物が、国土の一部を通過して他の魔力だまりを目指して移動するという魔獣の大移動と呼ばれる現象が起きるのだ。ただ起きるとはいっても規模もわからなければ、いつかもわからない。

「それで、今はどのような脅威にさらされているのです？」

「まだ前回の被害から立ち直ったわけではないのに、すでに次の大移動が起きる兆候が現れた」

「それはずいぶんと厳しい状況ですね……」

「どういうわけか大移動の起きる間隔が短くなっているようだ」

数十年に一度の間隔だったのが、ここ最近は十年程度の間隔になり、前々回は四年前、前回は二年。たしかに間隔が短くなっている。

「……膨張期なのかもしれないな」

アンジェリーナはつぶやいた。

魔力だまりは膨張と収縮を繰り返しつつ成長していく。おばあさまがリゾルド＝ロバルディア王国の魔力だまりは活発だと言っていたので、まさに今が成長途上なのだろう。

そしてもし、今回が膨張のピークであれば魔獣の数や凶暴性が格段に上がる。きっと今まで経験したことのない厳しい戦いになるだろう。いくら魔獣と何度も渡り合ってきた国でも、こう続けざまでは最悪、国が滅ぶかもしれない。

「どうした？」

「いいえ、なんでもありませんよー」

隊長さんがいぶかしげな顔をしたので、アンジェリーナは誤魔化すように笑った。

「それで、なぜ魔除けの聖女なのです？」

「セントレア王国は建国以来、魔獣の襲撃に一度も遭ったことがない。そして国ができてから、魔除けの聖女だけは途切れることなく生まれている。つまり彼女には魔除けの名にふさわしく、魔獣を弾き、退ける力があると予測した」

確信があるかのような隊長さんの言葉に、アンジェリーナは目を丸くする。

大当たりだ。皮肉なことに自国民よりも他国のほうがアンジェリーナの価値を正確に把握している。これが知識の差、もしくは危機感の違いともいうのかな。

「そこで助力を乞うため、セントレア王国に聖女を派遣してくれるよう要請を出した」

「えっ、そうなのですか⁉」

「実は今回が二度目だ。二年前にも要請しているが断られた。我が国が防げなかった魔獣は他国に被害を与えるので、受けてもらえると思っていたのだが」

冗談でしょう、要請の話なんてアンジェリーナは聞いていない。

「どんなふうに断られたのですか？」

「セントレア王自らが聖女に協力を求めたそうだ。ところが聖女は、『婚約したばかりで彼のそばを離れたくないから嫌だ』と答えたらしい。以降、聞く耳すら持ってもらえなかったそうだ」

二年前というのは、まさに国主導でグレアム様との婚約が結ばれたとき。

突然降って湧いたような婚約に、そんな裏があったとは。最低だな、アイツら。私に責任を押しつけたのか。聞かされていたらむしろ喜んで行くわ。

怒り抑えてアンジェリーナは深々と息を吐いた。

しかも最低なのはそれだけじゃない。

「それで私にこの話をした理由はなんでしょう？」

「魔除けの聖女について何か知ることがあれば教えてほしい。噂話でもいい、たとえば人柄や仕事の評価について教えてくれ」

隊長さんの質問を聞いて、裏にはこういう意図もあったのかとようやく理解した。

「申し訳ありませんが、魔除けの聖女については良い噂を聞かないのですよ」

「……っ、やはりそうか。君の前に会った旅人もそう言っていた」

「彼女は聖女として無能で役立たずと言われています。それに……」

「それに、なんだ？」

「仕事をサボっているという理由で罰金刑を科されるかもしれないという噂も聞きました」

痛いくらいの沈黙が落ちた。彼らの顔にありありと失望の色が浮かんでいる。

これで完全に悪役だな。国が悪い噂を放置したのは、魔除けの聖女の価値を下げたかったからだ。静観することで、広く遠くまで無能で役立たずだという噂を拡散させようとした。おそらく自国を守るためだけに魔除けの力を利用したかったからだろう。

魔除けの力に頼っておきながら、ずいぶんと好き勝手してくれるじゃない。

アンジェリーナは平静を装いつつ拳を強く握った。

心底、腹立たしい……でもこの状況は使える。

「確認されたほうがいいですよ。国が返答を渋るのは、それが理由かもしれません」

「そうだな。どちらにしても、このまま手ぶらで帰るわけにはいかない」

自分で自分のことを悪く言うのは身を切られるようにつらい。でも未来のためだ。

理解できないというのなら、私の価値は私だけが知っていればいい。

隊長さんは魔道具を手に取った。紋章入りの紙は、たしか国家間のやり取りで使われるもの。専用の封筒に入れればすみやかに担当部署へと転送される。

今回はきっとすぐに回答がくるだろう、なんて思っていたら本当にあっさり返信がきた。

ねぇ、いくらなんでも早すぎない⁉

「どうですか？」

「君の言ったとおりだ。はっきりと無能で役立たずだと書いてある。国民の訴えを受けて、罰金刑に処すことを検討中というのも本当らしい。だから派遣するのは見合わせたいということだ」

「でしょうねー」

自分で確認するよう仕向けたことだけど、それはそれで腹立つな！

「この回答を国に報告して、今後の指示を仰ごう」

「それがいいと思いますよ！」

「セントレア王国は我々の期待値が高すぎて本当のことを言えなかったのだろう……、おや？」

隊長さんの視線が手元の紙に釘づけとなる。それから副隊長さんを手招きして二人揃って顔を見合わせると、アンジェリーナを横目で見つつヒソヒソと会話を交わした。

んー、なんだかわからないけれど、たぶんこれはよくない流れだわ。

「ひとつ聞いてもいいか？」

「はい、なんでしょう？」

「ここに添え書きがあって、『黒髪と紫の瞳をした少女を見かけたらすみやかにセントレア王国に送り返してくれ』と書いてあるのだが……これはあなたのことだろうか？」

あれー、私の不在にもう気がついたのか。意外に早かったな。

すると副隊長さんが首をかしげた。

「しかし妙ですね。なぜ他国への回答書にこんな添え書きをするのでしょう」

アンジェリーナにはわかる、この添え書きは万が一の保険だろう。もっとも警戒すべき相手に私が保護されることを恐れたからだ。

あーあ、バレるにしても、もうちょっと時間がかかると思っていたのに。

だけど大丈夫、私には秘策があるのです。

「この髪と瞳の色のことですか、それはコレのせいなのですよ！」

アンジェリーナはポケットから薬瓶を取り出した。

国境検問所でも提示した色変えの魔法薬の瓶で、ラベルには色変え魔法薬という商品名と、髪と瞳の色がランダムに選ばれますなどといった謳い文句が躍っている。

瓶をのぞき込んだ隊長さんと副隊長さんは揃って目を見開いた。

「その髪と瞳の色は、色変えの魔法薬を使ったせいなのか」

「はい、そうです。高かったのですけれど、珍しい色に変わるというから試してみたのですよ。それがまさかこんな奇抜な色合いに変わるとは思わず……しかももうひとつ問題がありまして」

「なんだ、問題とは」

「この色変えの魔法薬は時間経過で効果が消えるタイプではなく、解除するには除去剤が必要なタイプだったのですよ。それが使用後にわかりました」

色変えの魔法薬には二つのタイプがある。ひとつは一定時間が経つと自然に色が消えるもので、時間経過とともに効果が切れて勝手に色が元に戻る。

そして、もうひとつが除去剤を必要とするタイプだ。これは永続的に色を変えたい人が飲む物で、身体に直接作用するから髪を切っても伸びても元の色には戻らない。たとえば白髪になった人が元の色に染めたいときに使うことが多いらしい。

「しばらくはこのままでもよかったのですけれど、時間が経ってもまったく色が戻らないことに気がつきまして。それで、これは除去剤が必要なタイプだったかとようやく思いつきました」

「なんてことだ、それで買った店と商人は？」

「あわてて買いに行ったときには、もういませんでした。周囲の人に聞いてみたら、ずいぶんと前から姿を見ていないと言われてしまって」

ちょっと途方に暮れたような顔をする。

「そいつ、完全に怪しいな」

「本当ですね、手慣れているからぼったくりの常習犯でしょう」

二人揃って、かわいそうな生き物を見る目になっている。

ごめんなさい、全部作り話です。でも人助けだと思って許してください。

「それで除去剤を手に入れようと商品の瓶を持って何軒か店を回ったのですが、こんなラベルは見たことがないと言われてしまって」

「詰んだな」

「ですが商人を見かけた人がいて、国境検問所に向かっていたと教えてくれたのです！」

ここぞとばかりにアンジェリーナは語気を強めた。

「それで荷の準備もそこそこに、あわてて追いかけてきたのか」

「ですから黒髪で紫色の瞳をしていても誓って家出娘などではございません」

家出じゃありませんよ、むしろ独り立ちです！

「たしかに家出して不安いっぱいというにはふてぶてし……失礼、行動力がありすぎますね」

副隊長さんがうっかり口を滑らせた。

かまいません、初々しくないのは承知しています。

「図太いわりに、あっさり詐欺に騙されるけれどな」

隊長さん、図太いは余計だ。そういう設定なだけで本当に騙されたわけじゃないの。

でも言えないから、へへっと笑って誤魔化して荷物を担いだ。

「とにかくこれで私の疑いは晴れましたよね。じゃ、失礼して……」

「どこに行くつもりだ？」

「ええっと、今日はもう遅いので野宿しようと思います」

「まさかこんな森の中で？」

「……ダメですか？」

いまさら宿は取れないし、街道沿いで野宿するよりは絶対安全だという自信があるからです。

すると隊長さんは深々と息を吐いた。

「危機感がなさすぎる。ここは魔獣や魔物の跋扈する危険な森だ。そのうえ、寝ている間に誰が来るかわからないような開放的な場所へ非力な女性を放り出すわけにいかないだろう」

誰が来るかわからないって……そういえば、ここにいる兵士は男性ばかり。

危機的状況を想像してアンジェリーナは青ざめた。

「勘違いするな、うちの隊員に限ってそんな間違いは起こさない。だが念には念を入れるか」

念には念を入れて……息の根止めて黙らせるとか？

「おおおねがいです、いいいのちだけはおたすけください！」

「どうしてそういう発想になった。念には念を入れて、今日はここに泊まれと言っている！」

「は、ここですか？」

予想していなかった展開にアンジェリーナは目を丸くして、副隊長さんはポンと手を叩いた。

「たしかに隊長のテントは一番の安全地帯ですね。このテントを襲撃するバカはいません」

「でででですが、こんな快適な場所をわたくしめごときが使わせていただくには」

「このテントには特別な結界が張られている。緊急時には民間人の避難場所として利用することもあるくらいだ。貴重な情報をくれた礼として特別に許可する」

アンジェリーナが途方に暮れている間に、隊長さんは手早く荷物をまとめると、副隊長さんの肩を軽く叩いた。

「おまえのテントを半分借りるぞ」

「狭くなりますけれど、しょうがないですね」

つまり私にベッドを含めたこのテントの備品をまるっと使わせてくださる、と。

「いやいやいや、それは申し訳ないです。わたくしは、ほんのすこーしだけテントの隅っこをお借りできれば、床でも土の上でも寝られますから大丈夫です！」

「そんな細い体で無理するな」

「無理してないです、本当に寝られます。どこでも短時間で熟睡できるのが特技です！」

「図太いのか繊細なのか、わからないな」

慣れというか、神殿でこき使われてきた結果ですね。

さんざん抵抗したけれど結局押し切られて、テントをお借りすることになりました。

こんないいベッドなら三秒で寝られます、三秒いらないかも。じゃ、おやすみな……。

そして夜が明け、早朝。

太陽が昇る前に起きたけれど兵士の皆さんはすでに起きていて、隊長さんがあれこれ指示を出し、撤収の準備を始めている。

寝すぎたとあわてて身支度をして挨拶に行くと、笑いながら気にするなと言われた。

なんでも昨夜、取り急ぎ帰国せよと指示を受けたらしい。

「二年前のこともある。魔除けの聖女の評価を聞き、結局、要請を取り下げることにした」

なるほど、セントレア王国の思惑どおりになったわけだ。

覚悟していたつもりだけれど自分が切り捨てられたようでアンジェリーナの胸が痛んだ。

「それでアンジェリーナ嬢はどうするつもりだ？」

「リゾルド＝ロバルディア王国に向かいます」

「我が国に？」

「ええ、まずは貴国に。その次はセザイア帝国に行こうと思います」

荷物を背負い、掃除を手伝いながらそう答えた。表向きの理由は怪しい薬を売った商人を探すため。でもせっかく自由を手に入れたのなら、いろいろな国を見てみたい。

「だが今は決して安全な場所とは言えないが、いいのか？」

隊長さんは、昨日魔獣の大移動の話をしたから心配してくれているのだろう。予兆があるということは規模に関係なく必ず起きるということだ。

でもね、私なら大丈夫。力強くアンジェリーナはうなずいて、瞳を輝かせる。

「険しい山並みに澄んだ青い空が広がるという絶景を見てみたいのです！」

とても美しい国なのだとおばあさまは教えてくれた。大好きなおばあさまが愛した場所、それはアンジェリーナにとっても守る価値のあるものだ。

これからは国ではなく、私自身が守りたいものを選ぶ。

「本でも勉強しました。リゾルド＝ロバルディア王国の歴史も文化も興味深いものばかりです」

「そうか、そこまでして我が国に来てくれるのか」

自分の国が褒められるのは誰でもうれしいもの。隊長さんは笑いながら柔らかく目を細める。彼の慈しむような眼差しは、大好きなおばあさまのものによく似ていた。

「そういえば、君のご家族は旅立つことを反対しなかった？」

「家族はいません。育ての親であるおばあさまが亡くなってからずっと一人でした」

「それは……、迂闊に聞くことではなかったな。すまなかった」

「もうセントレア王国に帰る場所はないのです。ですから、私は家出娘ではないのですよ！」

冗談めかしてアンジェリーナは笑った。

おばあさまが亡くなって温もりは失われてしまったから、アンジェリーナがセントレア王国にこだわる理由は何もない。セントレア王国の思惑どおりに、魔除けの聖女は無能の役立たずのままでかまわなかった。その代わり私は別の場所で自分の居場所を作る。

固く拳を握りしめたアンジェリーナの頭を温かい手がなでた。それはほんの少しだけ困った顔をした隊長さんの手だった。

「……これは目が離せないな」

「え？」

「いや、こちらの話だ。それよりも我が国へ行くなら一緒に行こう」

「そ、それはどういう意味……」

「旅行者の安全確保も仕事のうちなのだが、嫌か？」

いやいや、そんな悲しそうな顔しないでよ。

諸々の作り話のせいでアンジェリーナは罪悪感でいっぱいだ。

「……よ、よろしくお願いします」

結果、あっさり折れた。ほっと息を吐いて、隊長さんの口元が安心したように弧を描く。

「ちなみにこの色変え魔法薬の薬瓶だがしばらく預かっていてもいいか？」

「はい、いいですよ。それをどうするのです？」

「隊員に聞いてみよう。それと国に戻ったら、心当たりがないか担当部署に確認してみる」

いい人だ、私のような他人にも親身になってくれる優しい人。だから時期とタイミングを見計らって、少しずつ距離をおこう。嘘に嘘を重ねて、傷つけることのないように。

隊長さんと一緒にテントを片付けたところで副隊長さんが駆け寄ってきた。

「隊長、全員出立の準備が整いました」

「では帰ろう」

荷を担いだ隊長さんが手を差し出したのでアンジェリーナはためらいがちに手をつかむ。

これはエスコートかな、ずいぶんと手慣れているような。

「えっと、アンジェリーナ嬢もですか？」

「彼女の目的地はリゾルド＝ロバルディア王国だそうだ」

「へー、観光ですか。こんな時期に珍しい。でも歓迎しますよ！」

やはり旅人が自分の国を選んでくれるというのは誰でもうれしいものらしい。

警戒していた兵士達の硬い表情が柔らかいものに変わった。

今度こそ、私がきっと魔獣の国を守ってみせる。

誇張ではなく、私がいる限りは魔獣が国を蹂躙することはない。私の力は、魔を寄せつけないことだけじゃないから。おばあさまの教育に魔法の基礎や儀式の手順が含まれていたことには、ちゃんとした理由がある。魔除けの力は限定的で、だからこそ万能なのだ。

「ではアンジェリーナ嬢、行こうか」

「名が長いので呼びにくいでしょう、アンジュと呼んでください。できれば呼び捨てで」

「アンジュ？」

「はい、おばあさまだけがそう呼んでいました」

かわいいアンジュ、良い子だね。

私をアンジュと呼ぶことは、私とおばあさまだけの秘密だった。でもそれも終わり。これからは、もっといろんな人に呼んでもらいたい。

「アンジュか、かわいい名前だ。では私もジルベルトと」

「では私もフェレスと呼んでください」

「ジルベルト隊長とフェレス副隊長ですね、よろしくお願いします」

アンジェリーナ、改めアンジュはにっこりと笑った。

雪解けのように無垢な微笑みが直撃した二人は一瞬固まる。艶を取り戻しつつある黒髪がさらりと揺れて、妖しい魅力を湛えた紫水晶の瞳が楽しげに揺れていた。

「これはいろいろな意味で危険ですね。目を離さないようにしないと」

「手は出すなよ、ただじゃおかない」

「隊長、他人事ではなくあなたもですよ！」

さあ、元気いっぱい魔獣の国に乗り込むわよ！

アンジュは周囲の熱い視線に気づくこともなくリゾルド＝ロバルディア王国を目指した。

そして同じころ、セントレア王国では。

アンジェリーナの不在は意外とあっさりバレていた。理由は単純明快、関係各所からの呼び出しに応じなかったからだ。

「……探せ」

「は？」

地を這うような声がして、何事かと顔を上げれば怒りに震える神官長の顔があった。

「いいか、祭礼が終わるまでになんとしてでも探し出せ。聖女アンジェリーナを！」

神官長自ら、あの無能で役立たずを聖女と呼んだ。

深々と礼をして、アンジェリーナの上司である神官――グイドは部屋を後にする。

無能で役立たずの聖女がいなくなったくらいで、どうしてこんなにも騒ぐのか。

おぼつかない足取りで自室へと戻る彼の耳に、どこからともなくおぞましい魔獣の鳴き声が聞こえた。

第三章　旅はすこぶる順調ですが、私は聖女ではありません

アンジェリーナの旅はすこぶる順調だった。魔除けの力が及ぶ範囲を自分と半径十メートル以内に限定してあるおかげで、自身の安全を確保しつつ、影響範囲外では魔獣に遭遇するという非常に都合のいい状況を作り上げた。

これなら誰も私が魔除けの聖女だとは思うまい！

「……ぶっつけ本番でもなんとかなってよかった」

「ん、何がだ？」

「いえいえ、こっちのことですよー」

アンジェリーナは誤魔化すようにへへっと笑う。

「隊長、進行方向にワームが出ました。しかも三頭です！」

うわー、嫌なのが出た。

ワームは毒の体毛を持つ芋虫みたいな魔物。おばあさまに図鑑で見せてもらったが、見た目がとにかく気持ち悪い。動きも遅いし、さほど強くはないけれど集団で襲ってくると厄介だ。

「私が行く」

「おおっと、お待ちくださいジルベルト隊長。鞘の先に糸屑がついております！」

「そうか、すまない」

「いえいえ、がんばってください！」

　糸屑を取るふりをして剣に魔法を付与する。弱体化と毒無効。〝パッと切れて〟持ち主が毒の影響を受けない。これであっという間に片付くでしょう。

　前線に駆けていく隊長の後ろ姿を見送って、アンジェリーナは兵士を振り向いた。

「あらあら、怪我をしていますね。今のうちに軽く手当てをしてしまいましょう！」

「いや、これくらいは怪我のうちに入りませんよ」

「いいえ、魔物の毒を甘く見てはいけません。炎症を起こすと、最悪命を落とします」

　おどしではなく、これは本当。アンジェリーナは彼の腕の傷に水をかけて毒を洗い流す……ついでに、ささっと魔法をかけて傷口に布を当て包帯を巻いた。これなら治療器具で普通に傷の手当てをしたようにしか見えない。

　完璧な偽装工作、もしかして私は天才か⁉

「手際がいいですね」

　振り向くと、そこにはアンジェリーナの手元をのぞき込むフェレス副隊長がいた。

「ありがとうございます。ここにいるということは副隊長は別の任務ですか？」

「ええ、私は後方支援が主な仕事なので、よほどのことがなければ戦闘には参加しません。ああやって兵士が楽しく戦っているときは休憩場所の確保と食事の準備を……」

「手伝います！」

「え、いやでも民間人に手伝ってくれというのは」

「いえいえ、身分の保証と安全が確保できるのであればむしろ都合……っと、いろいろ助かっていますのでぜひお手伝いさせてください！」

あわよくば、彼らと同行して入国審査を軽やかにパスするという展開が望ましいのです。

するとフェレス副隊長は、柔らかく目を細めた。

「アンジュは働き者ですね、ではお願いします」

もちろんです、幸せな未来のためなら一生懸命働きますよ！

アンジェリーナはフェレス副隊長の指示に従いつつ、道具を借りて食材を刻んだ。

「ずいぶんと手慣れていますね」

「はい、料理の下準備はよく手伝っていましたので。ジャガイモなら一個を秒で剥けます！」

料理長の好みなのか、神殿の料理にジャガイモが使われることが多かったおかげだ。

需要がありそうだと追加で作ったアンジェリーナ特製スープは切った野菜を干し肉と一緒に煮て塩胡椒で味つけすれば出来上がり。

「これはおいしそうだ」

手元をのぞき込む気配を感じて振り返ると、そこにはジルベルト隊長がいた。

魔物の数に対して思いがけず早く片付いたせいか、フェレス副隊長は目を丸くする。

「おや、早いですね。怪我はありませんか？」

「いつもより敵が弱くて、あっけなく倒した。近くにいたが毒の影響も受けなかったな」

でしょうね、お役に立てて光栄です！

無言で笑顔のまま、アンジェリーナは心を込めて鍋をかき混ぜる。

おいしくなれー、おいしくなれー。はい、回復の魔法の付与が終わりました。ついでに解毒もオマケしてあります。さーて、味はどうかしら……。

「んー、おいしい！　お待たせしました、皆さんごはんですよー！」

アンジェリーナの味見が終わると、キラキラとした眼差しで兵士達が集まってくる。

「っと、いけない。たくさん水を使ってしまったので追加で汲んできますね」

「そうか、ならば一緒に行こう」

アンジェリーナが抱えている桶のひとつをジルベルト隊長がさりげなく受け取った。しまった、あまりにも自然な流れだったから、うっかり渡しちゃったよ！

「いやいや、それよりもどうぞ温かいうちにスープを召し上がってください！」

実質戦闘に参加していませんからね、私が一番元気です。

けれどジルベルト隊長に押し切られて、小ぶりの樽を一個ずつ抱えて沢に降りてきた。

木々の隙間から陽の光が差し込んで水面がキラキラと輝いている。芳しい木の香りに、揺れる可憐な花。景色を堪能したアンジェリーナは、清々しい気持ちで森の空気を吸い込んだ。

「恐ろしい森だと聞いていましたが、こういうおだやかな場所もあるのですね！」

「今日は比較的魔獣との遭遇率が低い。だからそう思うのかもしれないな」

柔らかく目を細めて、ジルベルト隊長は川の水を口に含んだ。

「毒はない、大丈夫そうだ」

毒と聞いてアンジェリーナは顔色を悪くする。

「川の水に毒が含まれることもあるのですか？」

「先ほどのように毒を持つ種がいるときは稀にな。体液か、もしくは爪や牙に含まれるものが滲み出るのか。とにかく、舌に乗せたときに痺れる感覚がするときは飲むのをやめたほうがいい」

知らなかった、そんなこと教本には書いていなかったもの。知識ではなく経験に基づいた知恵ということか。すべてを知ったつもりになって恥ずかしい。

がっくりとアンジェリーナは肩を落とした。

「どうした？」

「毒のことを知りませんでした。勉強不足を深く反省しているところです」

「セントレア王国は魔獣や魔物がいないからな、知らなくても無理はない」

決して責めているわけではないと、樽に水を溜めながら彼は困った顔で笑った。

「アンジュは若いから知らないことがあって当然だ。わからないことは学んでいけばいい」

「私を無能とは思わないのですか？」

「人は学ぶことで知恵と知識を身につける。差があるとすれば、いつ学ぶかという時期の違いだけ。君は働き者で実地でもよく学んでいるし、積極的に学ぶ姿勢はむしろ誇るべきことだ」

どこかむずがゆい気持ちでアンジェリーナは視線をさまよわせる。

ちゃんとお礼が言いたいのに、なんと答えればいいのかわからないわ。おばあさま以外の人から、こんな風に労るような言葉をかけてもらったことがなかったからだ。

すると手元から桶が消えて、代わりに花が差し出された。

濃い緑の細い葉の隙間に小さな紫色の花が重なるように咲いている。花の縁がレースの飾りみたいに、フワフワしてかわいらしい。

「わぁ、素敵な花ですね」

「これはフィラニウム。葉は料理に使われて、薬にもなる」

「乾燥した葉なら見たことはありますけど、実際に咲いているところを見たのは初めてです」

フィラニウムは主に葉を使う。料理では肉の臭みを消し、毒消しや炎症を抑える薬となるそうだ。神殿に調薬の聖女がいたので、手伝いのついでに使い方を教えてもらった。嫌な顔をしながらも、聞けば丁寧に教えてくれるので彼女の手伝いは楽しみだったことを覚えている。

アンジェリーナはフィラニウムの花を陽光に透かした。

「澄んだ紫色がとてもきれい。それに採取したばかりだと独特の香りが一層濃い気がします」

「フィラニウムはリゾルド＝ロバルディア王国では国内の至るところで咲いている。踏まれてもまた再び咲き誇る生命力の強い花だ」

「そうなのですね！」

飽きることなく花を眺めていると、ジルベルト隊長が柔らかな微笑みを浮かべた。

「この花は君によく似ている。紫は気品があって、優しい色だ」

フィラニウムを握りしめたまま、アンジェリーナは途方に暮れた。

彼の言葉が胸の奥にじわじわと広がって、うれしいのに胸が痛んだ。

幸せなのに、不安になる。この気持ちはなんだろう。初めてのことばかりでわからないわ。

それとも落ち込んでいるように見えたから慰めてくれたのかしら。もしそうだったら、これ以上の優しさを期待するのは間違っている。

揺れる気持ちを隠してアンジェリーナは笑った。

「生命力が強いということは図太いということですね！」

「いや、そういう意味で言ったわけではないが」

「ふふ、冗談ですよ。でも元気が出ました、ありがとうございます」

アンジェリーナが笑うと、ジルベルト隊長は微笑んで、軽々と樽を二つとも抱える。

「あ、すみません。一個持ちます！」

「いやいい、そこまで重くないから。それに早くしないと特製スープが食い尽くされてしまう」

冗談めかして笑っていても、重さを感じさせない足取りだ。

彼の後ろを追いながらアンジェリーナは小さく笑ってフィラニウムの花を鞄にしまった。

なんだか花よりも、もっと大切な物をもらった気がするわ。

「隊長、アンジュ。おつかれさまでした」

野営地に戻るとフェレス副隊長は水の入った桶を受け取って、早速怪我人の元へと運んだ。

毒に触れた傷はまず水で洗い流すのが定石だ。そのあと治癒か回復の魔法をかける。だが魔獣や魔物との戦闘行為で深く傷ついた場合は注意が必要だ。傷口が赤紫色に変色しているときは、もう一段階、傷口を浄化するため聖水を振りかける。

「かけますね、少々しみますが我慢してください」

　フェレス副隊長が聖水を振りかけて浄化すると、焦げるようなジュッという音がして兵士は顔をしかめた。聖水を使うと傷口にしみて軽く痛みを感じるが、魔に侵された傷には特にこの浄化という手順が重要だ。

「治癒」

　続けて副隊長が魔法をかけると傷口がわずかに光ってきれいにふさがった。

　兵士が安堵したように、ほっと息を吐く。

「これで大丈夫でしょう。しばらくしても、まだ痛むようなら教えてください」

「ありがとうございます！」

　見事な腕前だわ。無駄なく影響範囲にだけ照射できるよう魔法を制御している。

　実のところ、ヘレナのようにキラキラとした光がわんさか出るのは未熟な証拠。制御が甘いと、あんなふうに魔力が光となって漏れ出る。人々は天使の光だとありがたがっていたけれど、それを知らないからだ。彼女の魔力量はそんなに多くないし、制御が上達していないのなら一度に大量の怪我人は捌けないだろう。

　担当の神官は制御の仕方を教えてあげているのかしら……って、もう私には関係のない話だ。

　余計なお世話だとアンジェリーナは深く息を吐いて、鍋からスープをすくった。

　様子を見ながら、手当てを終えた兵士達にも配っていく。ワームの体毛は吸引すると体内に毒として残りやすい。解毒は体内に残る毒を打ち消す効果があるから、体調も良くなるはずだ。

「はい、元気が出るようにたくさん食べてくださいね！」

「ありがとう、アンジュ」

皆、笑顔でお礼を言ってくれる。この場所でアンジェリーナを無能の役立たずと罵倒する人は誰もいなかった。もっとがんばろうと思うし、気配りにも差がついて当然だ。

あ、この人には解毒の効果を追加しておこうかな。

魔物との戦いで傷ついた兵士の目にアンジェリーナはキラキラと輝いてみえる。

清楚で可憐……しかも、なんだか神々しい。

「まるで聖女だ」

「ひいい！」

しまった、どこでバレた⁉

あからさまに、うろたえたアンジュの手を兵士はあわててつかんだ。

「驚かせてごめん。つい堪えきれなくて。俺はマルコ、ぜひ国に戻ったらそのときは」

「おや、怪我はすっかり良くなったようですね」

「誰だ邪魔……って副隊長！」

「ええそう、あなたの上司です。それなりに存在感があるつもりでしたが、まだまだですね」

フェレス副隊長はそっとアンジェリーナの手を外すとマルコさんに優しい微笑みを向けた。

「国に戻ったらあなたを特訓に招待しましょう。私の存在を深く刻み込まなくてはなりません。ああ、無駄にはなりませんので安心してくださいね。間違いなく実力が限界突破します」

目の奥が笑っていない……あ、これ危険なやつ。

そらした視線の先にはなんとも言えない微妙な表情を浮かべたジルベルト隊長がいる。

アンジェリーナはフェレス副隊長に聞こえない音量で、そっとささやいた。

「特訓って、訓練のことですよね？」

先ほどからどうにも私の認識している訓練とは違う気がしてならない。

「特別メニューというやつだ。我が隊の名物だよ」

「副隊長の言葉遣いや口調は普通なのに、そこはかとなく命がけの香りがするのですが？」

「まあそうだな、死んだ奴はいない。だが経験者によると死んだほうがマシらしい」

アンジェリーナの脳裏に鬼畜という文字が浮かんだ。そして、にっこりと笑ったフェレス副隊長と視線が合ってアンジェリーナの第六感が警鐘を鳴らす。

うん、彼には逆らわないようにしよう。

序列というものを学んだアンジェリーナは、うまく溶け込んで順調に旅程をこなした。

特製スープを量産し、傷の手当てをしつつ、変色した傷だけをこっそり浄化する。

あら、いやだ。これなら魔除けの力を使いつつ、ひっそりと生きていけそうじゃない？

ええそう、決して焚火のついでにワームを燃やしたり、たまたま雷が落ちたふりでトレントを分断したり、スライムを粉砕してこっそり特製スープの材料になんてしていませんよ！

ただ、薪を拾っていたフェレス副隊長の背後に土蜘蛛が糸を引きながら降りてきたときは、どうしようかなと悩んだ。いつもなら秒で燃やすところだけれど間違いなくバレる。

あのときは彼が背を向けているのを幸いと土で障壁を生成――土蜘蛛は牙が鋭く毒を含んだ糸を吐くこともあるので要注意――したうえで「キャーッ蜘蛛！」とでっかい声で叫び、サクッと退治してもらった。すべて片付いたあとにフェレス副隊長は土の壁を無言で凝視していたけれど、そこは全力で誤魔化します。

「日ごろの行いが良い証拠ですね、たまたま偶然運よく土の壁が生えているなんて！」

付け入る隙のない完璧な言い訳だ。そう、設定大事、日ごろの行いも大事。

私はか弱い非戦闘員ですもの。土から障壁なんて生やすことはできません。

だからって調子に乗って気を抜いてはいけない。そう思っていた矢先のことだった。

「あー、やっちゃったな」

アンジェリーナは、今まさに足を滑らせて落ちてきた崖の上を眺める。

高さがあったように見えたけれど、なだらかな坂を一気に滑り落ちた感じだ。岩がむき出しの場所ではなく、柔らかな土のところに落ちたのは本当に運がよかった。

このところの雨で地盤が緩んでいたから、足元が崩れたのかも。

一瞬のことだからアンジェリーナ自身にも何が起きたのかわからない。ただ、近くにいた兵士が青ざめた顔でとっさに腕を伸ばした姿だけは覚えている。

「きっと心配しているだろうな」

ふと、ジルベルト隊長の顔を思い出した。

人一倍責任感が強そうだから、あまり気にしてないといいけれど。

巻き込んだ兵士の皆さんにも申し訳なく思いながらアンジェリーナは周囲を見回した。

うわー、こんな深い森のど真ん中で迷子とは。派手に落ちたけれど骨には問題ないようで、なんとか動けるけれど、こういうときは下手に移動しないほうが正解だったよね。

アンジェリーナは擦り傷と打撲の痛みに顔を顰(しか)めて、巣穴らしきところに這い寄った。

おそらく放棄された魔獣の住処だな。入口付近は狭いけれど巣の中はそれなりの広さがあるから身を隠すにはちょうどいい。念のため、浄化の光を放ってから潜り込んだ。

よしよし何もいない。ちょっとお邪魔しますー。

アンジェリーナは鞄から調薬の聖女特製治癒薬を取り出して飲み干した。たちまち傷や打撲痕までがきれいに治る。でも服は泥だらけだし、擦れたところが派手に破れていた。予備の服を取り出して、着替えて。これで見た目はすっかり元どおりになった。

それなのに……なぜか心は傷ついたままだ。

ついにはこのタイミングで雨まで降り出した。この悪天候ではアンジェリーナの捜索も難航するだろう。しなくてもいい苦労までさせて、これでは本当に役立たずだ。

雨は止むどころか、雨脚は次第に強くなっていく。

「……はは、全然うまくいかない」

素性を隠す今は戦闘で役に立つわけでもなく、食事も寝床も借りてお世話になってばかりだ。

そのうえ迷子にまでなって、迷惑までかけて。中途半端で良いところがまるでない。

呆れたように笑ってアンジェリーナは巣穴の外を濡らす冷たい雨を見つめる。

ああ、忌々しい雨だ。

思い上がるな、代わりならいる。ならば自分の望むように生きてもいいじゃない。

セントレア王国では、誰も彼もが自分よりもずっと幸せに見えた。

うらやましい、私だって幸せになりたい。でも人々の幸せを守る一方で、アンジェリーナの幸せを誰も守ってくれなかった。そこまでする価値がないと思われている証拠じゃないか。

あともう少しで手が届くのに。

誰もがあたりまえのように持っている幸せをあきらめる。それが何よりもつらかった。

「――――アンジェリーナ！」

「ギャーッ、ハイ！」

完全に気を抜いていたので変なところから声が出た。

入口の光がさえぎられたと思ったら、そこには熊……ではなくずぶ濡れのジルベルト隊長がいる。狭い入口を驚くような速さで潜り抜けて、腰が抜けたアンジェリーナの前に膝をついた。

「無事でよかった。そうだ、気分が悪いとか、強くぶつけたところは？」

「ええと、ありません！」

立て続けに聞かれたので、聖女特製治療薬のお世話になったことと着替えたことを伝える。

すると安心したように、隊長は深々と息を吐いた。

「足場が崩れて落ちたと聞いたときは頭が真っ白になった」

「ご心配をおかけして申し訳ありません。それで、どうしてここにいるとわかりました？」

「このあたりに人の使った魔法の痕跡が残っていたからだ。その痕跡を追ってきたらアンジュを見つけた。もしかして君が使ったものか？」

射貫くような眼差し。悪天候で、しかもこれだけの時間が経過していてもわかるとは。この場合は、なんと答えるのが正解なのだろう。

困り果てて、アンジェリーナは黙り込んだ。

それをどう解釈したのかジルベルト隊長は苦笑いを浮かべる。

「怪我人に聞くことではないな。すまない、つい焦って」

「いいえ、こちらこそご迷惑をおかけしました。他の皆さんは？」

「被害が増えるといけないから今日は近くで野営することにした。アンジェリーナが見つかったことは捜索していた者に連絡をしてある。今ごろ野営地に戻っているだろう」

「見つけてくださってありがとうございます。でも雨でこんなに濡れて……」

「大丈夫、すぐに乾く」

魔法だろうか、ふわりと風が吹いてジルベルト隊長の髪や装備から水滴が消えた。

ほっとしたアンジェリーナと視線が合って彼の表情が曇った。

「それよりも、アンジュは大丈夫か。今にも泣きそうな顔をしているぞ？」

この状況で、そんな細かいところになんで気がつくのかな。

「はは、平気です。丈夫なのが取り柄ですから！」

でもこれ以上心配をかけてはいけないよね。

アンジェリーナがいつもみたいにヘラっと笑うと、ジルベルト隊長は眉根を寄せる。

「無理に笑う必要はない。慣れない環境で緊張していただろうし、こんな目にまで遭ったのだから疲れていて当然だ。こちらも配慮が足りなかったと反省している、申し訳ない」

逆に謝罪までされてしまった。

これだけ迷惑をかけたというのに……それでも責めないのか、この人は。

「隊長、ひとつお聞きしてもいいですか？」

そんな彼に、どうしても聞いてみたいことがあった。

「もし隊員の誰かが隊長に頼まれた仕事をできないと答えたらどう思います？」

「相手と内容によるな。正当な理由であれば配慮する」

「では、できない理由が隊長の理解できないものだったら。役立たずとは思いませんか？」

「理解できない理由とはなんだ。ずいぶんと遠回しな聞き方をするな？」

ジルベルト隊長は怪訝そうな顔をした。

でしょうねー、私ったらなんでこんなことを聞いたのかしら。自分でもどんな答えを望んでいるのか、わからないのに。

「だがそうだな……もし君がそう言ったのなら、本当にできないのかと思うかもしれない」

「ど、どうしてですか。嘘つきなだけかもしれませんよ？」

「共に行動したからわかる。アンジュは自分ができることに全力を尽くす人だ。そして必ず結果を残す人でもある。その君ができないというのだから、それは君にとって本当にできないことなのだろう。裏にどんな理由があるかわからないが、私ならそう考えるな」

不意打ちをくらったアンジェリーナは、うろたえたように瞳を伏せる。

しまった、油断していたら本気で泣いてしまいそうだ。

ジルベルト隊長はアンジェリーナの顔を見ると深く息を吐いた。そして人一人分の隙間をあけて隣に座ると、並ぶように壁へと寄りかかる。

「雨が降っている間だけだ」

「……え？」

「横を向いておくから、泣きたいなら泣けばいい」

予想もしていなかった反応にアンジェリーナは目を丸くする。

驚いた、こんな人は初めてだ。

「泣いてもいいと言われても、そんな簡単には泣けませんよ！」

思わずアンジェリーナが笑った顔を見て、ジルベルト隊長は安心したように微笑んだ。

「まあ、そうだろうが。でもときには泣くことで気持ちの整理がつくこともある」

彼の言葉に、アンジェリーナの心の奥底にあった何かがぐらりと揺れた。

まるでアンジェリーナと同じ痛みを知っているかのような。

彼は巣穴の入口から明るさを取り戻した空を見上げてまぶしそうに目を細める。

「私が知る限り止まない雨はないよ。どれだけ激しく、終わりのないように思える雨でもいつか必ず止むものだ」

さあ、おいで。言葉とともに差し出された手をアンジェリーナはためらうことなくつかんだ。

どうやらこの手は私を傷つけるものではないらしい。

導かれるように巣穴から出ると、見上げた空はあきれるほどの快晴だった。

「あの雨は一体なんだったのでしょうねー」

「必要なものだったと思うことにしている。雨が降らなければ豊かな実りはない」

目の前にあるのは、すっと背筋の伸びた迷いのない背中だった。

「あ、虹です！」

「運がいいな。我が国で虹は幸運の前触れだとされている」

天へと延びる七色の階段をアンジェリーナはあこがれのように見上げる。

この大きな背中越しに見た幸運を、この先もずっと忘れることはないだろう。

視線が合うと柔らかく笑ってジルベルト隊長はアンジェリーナの手を引いた。

「戻るぞ、皆が心配している。森の中は方向感覚を失って迷いやすいから気をつけないと」

「わかりました。こっちでしたよね！」

「そっちじゃない、こっちだ。出だしで迷ってどうする！」

結局は叱られながらジルベルト隊長に回収されたあと、なんとか無事に野営地まで戻った。

もう大丈夫だというのに、事故の状況を聞かれたので破れた服を見せたらフェレス副隊長に治癒を連発されるし、当番制でガチガチに脇を固められた状態で山道を移動することになった。

滑落防止の肉壁。それとも連行、まさか逃走を疑われている？

国に到着するまでアンジェリーナに断るという選択肢が与えられることはなかった。

「もうすぐリゾルド＝ロバルディア王国ですよ。ここまでよくがんばりましたね」

「はい、連れてきてくださってありがとうございます！」

見上げれば、たしかに空の色が違う。淀んだような青が、澄んだ淡い水色に変わっていた。

――拝啓、天国のおばあさま。

アンジュは今、おばあさまが見たものと同じ空を見上げています。なぜか国を出てからのほうが聖女と呼ばれるなんて、不思議ですよねー。これからはできるだけ目立たず暮らします。一生懸命に働けばきっと楽勝です。

それにもう魔女と呼ばれることもない。

セントレア王国を捨ててよかったと、アンジェリーナは心からそう思った。

「……ああしていると普通の娘なのだが」

険しい山並みに澄んだ青い空が広がるという絶景が見てみたい。

そう夢見るように語ったアンジェリーナの背中をジルベルトはじっと見つめている。

「何かわかりましたか？」

さりげなく隣にフェレスが並んだ。

「いいや、まったく読めない」

「魔法を読む能力に長けたあなたに読めない者がいるのでしょうか。もしかするとまったく魔法の使えない一般人かもしれませんよ？」

「だが秘めた魔法の気配を感じる。あれが勘違いでないのなら絶対に何かが使えるはずだ」

魔力だまりの恩恵により、強力な魔法師と魔法剣士が多く生まれるとされるこの国で、魔法を読む力は重要だ。特にジルベルトは、使用された魔法の痕跡から系統だけでなく、相手の体内で巧妙に隠された魔法の存在まで認知する能力に長けていた。

この魔法を読む力では国内随一と評価されているジルベルトが読めないのは、まったく魔力のない人間か、想定していない理由があるか。

「とにかくアンジェリーナは何かを隠している。国に戻るまでに見極めたかったのだが」

「あえて手元に置くことで深く探ろうと思ったのですが難しいものですね」

普通なら隊に民を同行させることはしない。だが彼女を監視するため、特別に許可したのだ。

「一ヶ月間、同じテントで狭い思いをさせられてきたのですが私の努力も無駄になりましたね」

「さすがに私が彼女と同じテントで寝るというわけにはいかないだろう。それに……もしかすると生まれつき与えられた素質が桁違いなのかもしれない」

たとえば神に選ばれた聖女のような。

セントレア王国では特別な力を与えられた女性を聖女と呼ぶという。聖女の力は千差万別、個性にあふれていると聞くが、あれでも彼女は聖女ではないらしい。

「聖女でないのなら、何者なのでしょう？」

「さあ。ただセントレア王国の出国証明書も持っているし、旅の途中で我々をよく助けてくれた。悪事を働くような人間ではないことは確実だ」

「ええ。不慣れなこともあったでしょうに我々を精一杯支援してくれました」

特に食事面……特製スープと、傷の手当ての正確さには助けられた。どうやら料理と怪我人の扱いには慣れているようだ。結果が我々にとって悪いものでないだけに魔法が読めないという理由だけで切り捨てることもできない。

「魔法の種類が判明するまで目を離さないようにするしかないな。手配を頼んでいいか？」

「了解しました」

出会ったときから手放してはならないという気がしていた。彼女の魔法がどのようなものか、わからなくても国にとって悪いものではない。国を守る立場にあるジルベルトはそう読んだ。

だからこそ、彼女の力が何か知りたかった。

艶やかな黒い髪をしたフィラニウムのような少女。たくましく図太いようで、でも折れそうになるときもある。気がつけば、ずっと彼女を目で追っていた。

ちょっとどころか、ずいぶんと深みにはまっている。それを嫌だと思わない時点で相当だ。

ジルベルトはほんの少しだけ顔を赤らめた。

自分の感情が制御できないのは初めてのこと。これは一過性のものか、それとも。

「もう少し探ってみるか」

第四章

リゾルド＝ロバルディア王国対魔獣特務部隊本部と魔の巣窟

アンジェリーナの想定どおり、フェレス副隊長の口利きもあってさらっと入国できました。

真面目に一生懸命働いてよかったです、ありがとうございます！

「それで、このあとはどうされるのですか？」

「まずは宿を取りまして、それから仕事を探します」

この検問所は王都から二日ほどの距離にある。兵士の皆様から安くて安全と評判の宿を紹介してもらったし、万が一セントレア王国から接触があってもすぐに逃げることができる。

「この付近で働き口を探しつつ、色変え魔法薬を売った商人を探すことにします」

そうです、表向きの理由があることを忘れてはいけませんよ！

「ですが働き口を探しつつ、人を探すというのもなかなか大変ですよね」

思案したフェレス副隊長はポンと手を叩いた。

「そうだ、よければ我々の宿舎で働きませんか？」

「えっ！」

思いもよらない申し出にアンジェリーナは目を丸くする。

「宿舎ということは、王都のですか？」

「ええ、ちょうど管理人さんから人手がほしいと相談を受けていたのですよ。魔獣の大移動に合わせて兵士の数も増やしているので大忙しのようなのです」

住み込みで働きながら人が集まりやすい王都で商人を探す。たしかに私にとっては良い条件ですが、そこまでしてもらうのはどうにも心苦しいというか……怪しいというか？

「住み込みですから食事も出ますし、部屋代はタダです。しかもお給料まで出ます」

フェレス副隊長はにっこりと笑った。ますます怪しいと、アンジェリーナは眉根を寄せる。

「どうしてそこまでしてくださるのです？」

「簡単なことです。この一ヶ月間、あなたをずっと見ていました。その結果、あなたは信用できると判断した。それだけです」

たったあれだけのことで、アンジェリーナは言葉を失った。

「私を信用してくださるのはうれしいのですが一ヶ月だけのことですよ？」

「人が人を裏切るのに一ヶ月もあれば十分です。あなたは我々の生命線である食事と、怪我の治療もした。もしあなたに悪意があるのなら、どちらも絶好の機会なのです。ですがあなたは誠意をもって我々に尽くした」

悪意のある人間にとって食事と治療は絶好の機会となる。たしかにそうかもしれない。

「ちゃんと気がついていましたよ。あなたは自分が作った料理を必ず皆の前で最初に口にします。あれは毒味のつもりなのでしょう。我々が気兼ねすることなく、安心して口にできるように。それから治療もそうです。必ず私がいる前で処置します。手順に間違いがないか確認させ、怪しい動きがないか目視させるためでしょう。そうすることで怪我人は安心して治療を受けることができる」

「気づいていたのですか」

「もちろん。たった一ヶ月だろうと、あなたは我々が魔物や魔獣と全力で戦えるよう最善を尽くしてくれました。ですから我々もあなたの努力に報いたいと思ったのです」

アンジェリーナはうれしそうに頬を染めた。

ジルベルト隊長も、フェレス副隊長も。口にしなくても気がついてくれる。それがこんなにうれしいことだとは思ってもいなかったわ。

そして淡く色づいたアンジェリーナの微笑みにフェレスは視線を奪われる。

普段は大人びているだけに無防備なところがより際立つというか。時折り見せる、素直なところが愛らしい。

「アンジュはかわいいですね」

「いやいや、そんなこと初めて言われましたよ。セントレア王国では生気のない不細工な顔とか、うす気味悪い、冷酷な女とか言われていたので」

「ほう、それは具体的に誰ですか？　本名を教えてください」

フェレス副隊長が笑みを深めた。ハッとしたアンジェリーナは勢いよく視線をそらす。

うっかり地雷踏んだかも。このままでは国を跨いだ粛清案件になってしまう！

焦るアンジェリーナの耳元でフェレス副隊長の声が甘く響いた。

「ねぇ、アンジュ。返事は？」

「はい、宿舎でお世話になります！」

「そうですか、それはよかった」

ええ、私の精神的な安寧のために都合の悪いことは聞かなかったことにしましょう！

それに宿舎の件は悪くない話だ。そこまで長く滞在する気もなかったし、魔獣の大移動を見届けてから落ち着いたところでひっそりといなくなればいい。

「では移動しましょう」

アンジェリーナは副隊長が差し出した手をそっと握る。本当に不思議だ、セントレア王国ではこんなふうに手を差し伸べられたことなんて一度もなかった。まるで私に優しくすることが罪のようだったから。もしかしたら誰か探しに来るかもなんて考えていたけれど、それはないわね。

ただの自意識過剰じゃないの、恥ずかしいわー。

「さあ、これが転移の魔法陣です」

「すごいですね、こんなに大きなものは初めて見ました！」

石造りの台座の見た目は古代の遺跡みたいだ。足元には魔法陣が描かれていて、この大きさだと一度に十人は余裕で転移させることができるらしい。

「魔力の供給はどうするのです？」

「我が国には魔力だまりがありますから、排出された魔力の余剰分は魔法陣に供給されるようにしています。ここ以外にも必要と思われる各所にこれと同じものが設置されているのですよ。国内でしたら大抵の場所にすぐ転移できます」

「それは便利ですねー！」

魔獣の大移動というリスクを負いながらも住み続けるのはこういう恩恵もあるから。

すごいな、これ以外にもセントレア王国では見たことのないものがありそうだ。

フェレス副隊長に連れられて魔法陣に近づくとジルベルト隊長が待っていた。

彼はアンジェリーナの顔を見て、ほっとしたような顔になる。その表情が心を許したものに思えて、ほんの少しだけ胸が騒いだ。

「話はついた？」

「はい、もう少しお世話になります」

「もう少しと言わず、ずっといてくださってもいいのですよ？」

「あはは、まあ先のことはあとで」

フェレス副隊長が意外とグイグイきますね。

特製スープが気に入ったのかな。じゃあ国を出るときがきたらレシピを置いていこう。

これで万事解決と思ったのに、ジルベルト隊長はフェレス副隊長の手に手を添えたアンジェリーナを見て愉快ではないという顔をした。

「ずいぶんと仲良くなったものだな」

「いけませんか？」

フェレス副隊長はアンジェリーナの手をしっかりと握り直して、にこやかに微笑んだ。

ちょっと待て、煽るなんて何を考えているのやら。

「そうか、ならば受けて立つ」

二人とも笑っているのに空気が微妙だ。

ジルベルト隊長はアンジェリーナのもう片方の手をつかんで軽く引いた。

「それでは行こうか」

「はい！」

最後は度胸、アンジェリーナは深く息を吐いて転移の魔法陣に乗った。

魔力が供給されると線が輝いて光を放ち、あまりのまぶしさに目を閉じる。一瞬の浮遊感のあと、地に足がついた。目を閉じていてもわかる、周囲を取り巻く空気が違っていた。

「もう目を開けて大丈夫ですよ」

フェレス副隊長の声にそっと目を開けた。

セントレア王国の色鮮やかな街並みとは違って、リゾルド＝ロバルディア王国の建物は灰と白と黒でできている。石を積み上げた堅牢な建物がどこまでも続き、頑丈で無骨な印象だ。でも地味というわけではなく至るところに赤や青や黄色といった華やかな生地に、金糸や銀糸の刺繍が施された豪奢な旗が飾られている。

威風堂々とした城塞都市。威厳があって美しい、そんな台詞がぴったりとはまった。

「素敵、想像以上だわ」

「それはよかった」

アンジェリーナは瞳を輝かせる。うれしそうに笑って、ジルベルト隊長は手を引いた。

「ようこそ、リゾルド＝ロバルディア王国へ。まずは我々、対魔獣特務部隊本部に案内しよう」

「……へ？」

対魔獣特務部隊。なんですか、その仰々しい名前は。

めちゃくちゃ身分の高そうな……権力の香りがするじゃないですか！

「内部で取扱う情報には機密も含まれます。関係者以外には内密にお願いしますね？」

もう片方の手をつかんでいるフェレス副隊長が口元に指先を当て、甘い声でささやいた。

外部に漏らすなってことですよね。まさか他国に移住するのも制限されるレベルですか？

無言で両側を固めた二人はにこやかに微笑んだ。

あらやだ、いつのまにか完全に囲い込まれている。

いまさら退路を断たれていたことに気がついてアンジェリーナは顔色を悪くした。

「わ、私は色変え魔法薬を売った商人を探さねばならないのですが」

「もちろん我が隊が全面的に協力しよう。預かった瓶を鑑定部署に回して国内の販売登録されている商品に適合するものがないか調べてもらう。そのうえで適合する物がなければ、国外に通達して同様に調査してもらう予定だ」

まさかの国を巻き込んでの捜索。ジルベルト隊長はニヤリと笑った。

「特務部隊の名は飾りではないということだよ」

「いやいやいや、そこまでは望んでおりません。国家の横暴、権力の無駄遣いです！」

「無駄ではありません。絶対に見つかるから安心して任せてください」

フェレス副隊長の微笑みがこわい。

逆よ、逆。むしろ簡単に見つかったら困るの！

「自分で心ゆくまで探しますからお気になさらず」

コワイワー、国家権力。簡単にできそうな雰囲気がさらに恐怖を煽ります。

ひとまず瓶を回収して、困ったら相談させてもらうということにする。回収した瓶を鞄の奥にしっかりとしまって、ようやくほっと息を吐いた。

さてこの後はどうするかな、アンジェリーナは思案する。

そうよ、いくら機密情報を扱う場所で働くとはいえ、そもそも情報に触れなければいいのです。だってお掃除、洗濯、調理の手伝いに、食料の買い出しですよ。どこに機密と触れる機会があるとお思いですか。魔獣の大移動さえ見届ければ心残りもなく、あとは自由の身です。

それまでは存分に異国の空気を満喫しましょう！

「宿舎に行く前に買い出しが必要なら付き合うぞ？」

「まずは宿舎で荷を整理して、必要な物を確認してからにします。余計な物を買ってしまうと逆に荷物になるので。ただ、それよりも先に見てみたいものがあるのですが」

「なんだ？」

不自然にならないよう、どこまでも話のついでという雰囲気を醸し出す。

そう、これこそがリゾルド＝ロバルディア王国に着いたら真っ先に見たいと思っていたもの。

私の人生にとって無縁ではいられないものだ。

「リゾルド＝ロバルディア王国の魔力だまり……通称魔の巣窟が見たいです」

思ってもいなかったのだろう。二人は目を見張った。

リゾルド＝ロバルディア王国の魔の巣窟はこの世に蔓延る魔のつくものが生まれるところ。ここから闇が生まれ、魔獣の大移動が始まる。

探るように、フェレス副隊長は目を細めた。

「どうして見てみたいのですか？」

「リゾルド＝ロバルディア王国の一番の観光名所だからです」

嘘偽りなく、観光案内のトップを飾る情報だから問題はないはずだ。

アンジェリーナは用意してきた理由をさらりと答えたけれど、フェレス副隊長は硬い表情のまま、ゆるく首を振った。

「魔獣の大移動の兆候が見られるときは非公開なのです」

「そうですか、それは残念ですね」

たしかに観光名所だろうと安全確保が最優先。観光客の目の前で魔獣の大移動が始まってしまうのは困るものね。それなら場所だけ確認しておいて、あとでこっそり見に行けばいいか。

けれどジルベルト隊長はちょっと考えて、アンジェリーナの手を握った。

「いや、いい機会だ。見せておこう」

「隊長、ですが！」

「リゾルド＝ロバルディア王国に住んでいるのに場所を知らないというのは命に関わる。特務部隊の宿舎に住むなら余計に、だ。魔獣の大移動が起きれば無関係ではいられない」

「それはそうですが……」

「存在を隠して守ることだけが優しさじゃない。そのせいで自分の人生でありながら選ぶことができないなんて、やりきれないだろう」

とまどうようにアンジェリーナは瞳を揺らした。

どうして彼はこんなにもアンジェリーナが望む言葉をくれるのか。彼は魔除けの聖女と呼ばれていた私のことを欠片も知らないはずのに。

「気持ちのいいものではない。それでも見るか？」

「はい、見せてください！」

「では早速、対魔獣特務部隊本部に行こう」

「どうしてですか？」

「来ればわかるよ」

二人は視線を合わせて意味ありげに笑った。

そして特務部隊の本部があるという敷地に連れてこられたのだが……。

「こういうことだったのですね」

広さのある中庭のど真ん中に深々と抉（えぐ）れた大穴が開いている。底を満たすのは、渦巻く黒々とした濃厚な魔素の塊。柵の外からでも、一目で危険なものとわかる。そして大穴のある中庭を囲うようにして砦のように堅牢な石造の建物が建っていた。

「あの大穴が魔力だまり、中庭の周囲を囲む石造の建物が特務部隊本部だ。ここに国の魔法師や魔法剣士の精鋭が集められている」

　なるほど、魔力だまりのために砦が築かれ、特務部隊が編制されたということか。

「魔獣の大移動が始まると、まずは敷地内で対処する。我が国の兵力で魔獣を削れるだけ削って、対処しきれなくなったところで鉄扉を開く」

　ジルベルト隊長の指先が順番に門を指していく。門は全部で五つ、それぞれ各国の魔力だまりがある方向へと続いているそうだ。そして他国に到達した魔獣は他国の責任において対処する。

「ここが最初で最後の砦。魔獣の大移動が始まると全員がまさに命がけで戦うことになる」

「……二年前の戦いで亡くなった方もいるのですか？」

「ああ。友人も、尊敬する先輩もここで亡くなった。隊員には家族を亡くした者もいる」

　二人は悼むような眼差しを中庭へと向けた。

　そのとき私は何をしていただろうか。掃除に洗濯、他の聖女の手伝い。調理場でいつものようにジャガイモを山になるほど剥いていた。

　違う、私はそのために生まれたわけじゃない。

「今日は珍しく姿を見せていないが、普段は頻繁にさまざまな種の魔獣や魔物が生まれる。それを日時を決めて、各国から招いた視察者や観光客の前で狩って見せるんだ」

　模擬戦のようなものだと、ジルベルト隊長は冷たく暗い眼差しで魔の巣窟を見つめる。

　模擬戦を行う趣旨はリゾルド＝ロバルディア王国で魔獣を狩ることがどれだけ重要で、どれほど危険が伴うことなのかを各国に理解させるため。

たしかに説明するよりも見てもらうほうがわかりやすいこともあるだろう。

他国の理解を得るためには必要なことだ。そうは理解しても、心から楽しんでいるわけではないということもわかってしまった。

配慮に欠けていたな、安易に観光気分で見たいという場所ではなかったということか。

「すみません、つらいことを思い出させて」

「いや、いい。仕方のないことだから」

短くそう答えると、ジルベルト隊長は苦笑いを浮かべる。

「それで次回の兆候が出ているとのことでしたが、どのくらい余裕があるのでしょうか？」

「半年か、この状態を保っても一年だと予想している」

それはあまりにも短い、間違いなく膨張は頂点に達しつつある。そこから生まれた魔獣の数は計り知れず、凶暴性は格段に上がるだろう。

そう予測したアンジェリーナは探るように魔の巣窟をのぞき込んだ。

ドクン！

波打つ黒い脈動の奥で眼が開き、ニタリと歪んだのが見えた。瞳の虹彩や角膜は赤く、白目は黒く塗りつぶされている。アンジェリーナに宿る魔除けの力が教えてくれた。

あれこそが魔の巣窟の主。あらゆる魔のつくものを生み出す親であり、魔そのものだ。

「っ！」

息が詰まって、うまく呼吸ができない。

アンジェリーナの心拍数が一気に上がって、呼吸が乱れる。

きつく胸が締めつけられ崩れるように膝をついた。

「アンジュ、どうした！」

「魔素に当てられたのでしょうか」

濃厚な魔素にさらされて、同じような症状を訴える患者がいるという。青白い顔で荒く呼吸を繰り返しながらアンジェリーナは激しく首を振った。

そうじゃない、そうじゃないの！

ジルベルト隊長の胸に倒れ込んで、フェレス副隊長が手首をつかむ。

「もっと短い」

「……え？　なんだって、アンジェリーナ！」

時間がないとそう思ったところで完全に意識を失った。

「申し訳ありませんでした！」
「こちらこそ申し訳ない。君が隊に馴染みすぎて民間人という意識が薄くなっていたようだ」
「いいえ、見たいと言ったのは私です。まさかこんなご迷惑をおかけするとは思わず」
アンジェリーナの意識が途絶えていたのは、ほんの十分くらいだったらしい。お姫様抱っこで運ばれているときにジルベルト隊長の腕の中で気がついた。

真っ青な顔色をした彼の顔が近くにあって驚いた拍子に落ちそうになりましたよ！

「まさか意識を失うところまで影響を受けるとは思わなかった」

「違います、本当にもう大丈夫なのです！」

しょんぼりとうなだれたジルベルト隊長に、焦ったアンジェリーナは首を振った。

魔素に当てられたわけじゃない、たとえるなら拒絶反応だ。

魔と魔除けの聖女の力は対極にあるもの。魔除けの聖女だけが魔に干渉できる。裏を返せば、魔のつくものもまたアンジェリーナに干渉できるのだ。

あれは警告、魔の巣窟には手を出すなという戒めのようなもの。過去、どれほど力のある魔除けの聖女がいたとしても魔力だまりを消すことができなかったのは当然だ。実際に見たからわかる、アンジェリーナでもあれは無理。手を出したら逆に喰われる。

あれをどうこうできるのは、名に神とつく人ならざる存在だけだ。

「疲れただろう、少し休むといい。あとで迎えにくる」

黙り込んだアンジェリーナに気を使ったのか、ジルベルト隊長は頭をなでた。

相変わらず温かい手だ。一ヶ月間、一緒に過ごしたからわかる。彼は強くて、誰からも慕われている優しい人。私とは大違いだ。

アンジェリーナは離れていく手を逆につかんだ。ジルベルト隊長は驚いた顔で目を見張る。

「アンジュ？」

「隊長はセントレア王国の魔除けの聖女のことをどう思いますか？」

彼は誰よりも勇敢に戦い、最前線で生き抜いた人だ。だからこそあなたの答えが聞きたい。

アンジェリーナの言葉に一瞬押し黙った彼は、覚悟を決めたように重い口を開いた。

「二年前、たくさんの兵士が命を落とした。彼らは自らの義務を果たして死んだ。魔除けの聖女がきっとこの国を救ってくれると信じて、それまで持ちこたえるのだと」

アンジェリーナは痛みを堪えるように瞳を伏せた。

私の力をを信じ、ここまで存在を待ち望んでくれた人々がセントレア王国にいただろうか。

「もちろん平常時なら個人の意思を尊重してもいい。婚約したばかりで浮かれる気持ちも理解できる。だが自らがのうのうと幸せを享受する一方で、命を落とした兵士達がいることを彼女はなんとも思わないのだろうか」

たしかに選択や優先順位は個人の自由、それでもだ。

きつく握りしめたせいで彼の手がギリッと音を立てた。

「私は与えられた義務を果たさない人間は嫌いだ」

彼の瞳に暗く燃え盛るのは、恨んで、憎んで、それでも尽きることのない怒り。

中途半端だった覚悟がこの瞬間に定まった。彼らが憎むほどアンジェリーナを切望してくれたのならば力を尽くす価値がある。魔除けの聖女としてではなく、アンジェリーナとしてこの国に手を貸すことを決めた。

ただひとつだけ、心残りがあるとすれば……そこまで開きかけた口を固く閉じる。

バカだな、何を期待しているの。こちらにどんな事情があろうが、彼らの知ったことではないでしょうね。魔除けの聖女がこの国の要請を退けたという事実は変わらない。

私の助力が得られず、たくさんの兵士が亡くなったという事実も。

あきらめたように笑って、アンジェリーナはベッドから滑るように降りた。

「もう少し休んだほうがいいのでは？」

「いいえ、もう元気いっぱいです」

時間が惜しい。一刻も早く、ひとつでも多くの有益な情報を集めなくては。

アンジェリーナが歩き出すと、その背後からいぶかしげなジルベルト隊長の声がした。

「どこへいく気だ？」

「もちろん、勤務先の宿舎ですよ」

「方角が違う、宿舎はあっちだ」

「……あら、そうでしたっけ？」

「そもそもの話、まだ宿舎の場所を教えていないはずだが」

アンジェリーナは無言で方向を変える。

「切り替えが早いのはいいが思い込みが過ぎないか？」

「うるさいですよ、ちょっと間違えただけじゃないですか」

呆れたようなジルベルト隊長の声が降ってきたので、反射的にポンと言い返す。

……しまった、不敬まっしぐらだわ。

焦るアンジェリーナの頭上で吹き出すように笑う声がした。

「図太いのか、繊細なのか。うっかり目が離せないな」

「ご安心ください。図太いのは認めますが、繊細ではありません」

「悪いほうを認めてどうする、普通は逆だろう」

気安い会話に、顔を見合わせて二人でひっそりと笑い合う。少し前までは想像もできなかった心穏やかな時間が流れていた。

「そういえば、ひとつ聞きたいことがある。アンジュは倒れる前に『もっと短い』と言った。あれはどういう意味だ？」

よく覚えているなー、言った当人はすでに忘れかけているのに。でも詳しくは話せない。魔除けの聖女であることがバレてしまうから。ただ……忠告くらいはしておくべきだろう。

「昔、おばあさまが教えてくれたのです。普段と違う動きがあるときは、本人や周囲が気づいていないだけで、ちゃんと理由があるのだと」

「たとえば？」

「因果関係というものですかね。これは、おばあさまが旅人から聞いた話だそうですが、遠く離れた異国には、ここと同じように大きな魔力だまりがあるそうです。その場所では、これまで活発だった魔獣や魔物の生まれる頻度が目減りするという不可解な現象が起きることがあるとか。目減りする期間は、数週間から一ヶ月。止まるわけではないので、よくよく気をつけていないとわからないこともあるそうです」

しかも必ず起きるというわけでもない。あくまでも過去にそういうことがあったという言い伝えが残されているだけだ。

「ただ旅人はこうも言っていたそうです。その静止状態が終わった次のタイミングで魔獣の大移動が必ず起きる、と。だから兆候に気づいたら周辺の住民は逃げる準備を始めるのだとか」

噂すら貪欲に集積したおばあさまの知識、そこに魔の巣窟を実際に見たアンジェリーナの勘を加味した。

「ここ最近、今日のように魔獣の出現率が下がることはありませんでしたか？」

「……それは」

「もしくは逆に他国の魔力だまりで出現率が上昇したという情報は？」

「っ、それはどういうことか？」

「書物にも書かれていますが、魔力だまりは水脈のように地下で繋がっているとされています。水源のひとつが汚染されれば水脈にも影響が及ぶように、どこかが活性化すれば、引きずられて他の魔力だまりも活発になるということは十分にあり得るとは思いませんか？」

「その知識、どこから」

呆気にとられた顔でジルベルト隊長は足を止める。真剣味を帯びた眼差しを受け流すように、アンジェリーナはふふっと笑った。

「おばあさまの知恵袋です！」

アンジェリーナはドヤ顔で胸を張った。

年寄りの戯言と侮ることなかれ。セントレア王国の神殿で知恵の書と評された方だ。

……なんてことは言いませんけれどね。私が魔除けの聖女だったことは秘密なのです。

「又聞きであることは否定しませんし、誇張も含まれているかもしれません。ですが火のないところに煙は立たないものですよ」

「ということは……」

「もし出現率が目減りしているのならば一ヶ月以内に魔獣の大移動が起きる可能性があります」

ジルベルト隊長は沈黙した。

それもそうだろう、あと一ヶ月以内なんていくらなんでも早すぎる。だが私の情報を嘘だと断定できる証拠もないはずだ。こうして情報は渡したし、忠告もした。あとは彼らがどこまで真剣に受け止めるかだけ。

「ちなみにその旅人はどこから来たかわかるか？」

アンジェリーナはこの国より北にある島国の名を口にした。

こんな荒唐無稽と思えるような情報を一蹴しないところはさすがだわ。

見定めるように目を細めて、ジルベルト隊長が一歩前に出る。圧力がすごいけれどアンジェリーナは決して引かない。引き下がる理由がないからだ。

「アンジュ、いや、アンジェリーナ。君は一体何者だ？」

さて、なんと答えたらいいか。

アンジェリーナが首をかしげたときだ。角を曲がって真っ青な顔をした兵士が姿を現した。

「ジルベルト隊長、緊急事態です！」

「どうした！」

「セントレア王国から連絡がありました。国内の魔力だまりから大量の魔獣や魔物が発生、また結界の外からも大量の魔獣や魔物が領土に押し寄せているそうです。至急応援を要請すると！」

ジルベルト隊長は息を呑み、アンジェリーナはひっそりと口角を上げる。

ほらね、こういうことだ。それにしてもセントレア王国は魔獣の大移動を待つまでもなく耐えきれなかったか。だから言ったのに……私が役立たずであることは幸せなことだ、と。

さあ、あなた達の愛する聖女が役立たずに堕ちていくさまを見るがいい。

第五章

セントレア王国の悪夢のはじまりと嵐の前触れ

セントレア王国の悪夢の始まりは農夫からの通報だった。

青ざめた彼は転がるように走って、巡回の兵士にすがりつく。

「朝起きたら畑に見たことのない生き物がいるのです！」

「はは、酔っ払って夢を見たとか？」

「ち、違う。イノシシよりも大きいし、牙だけでなく爪もある。目が血走っておっかなくて！」

畑に近づくと農夫は震える手で何かを指した。兵士は畑の真ん中で農作物を荒らす生き物を一目見た途端に震え上がる。

この生き物はなんだ、絶対にイノシシではない。

その不吉な何かはおぞましい咆哮を上げる。そして視線が合うと兵士に襲いかかった。

「ギャー！」

口腔が血のように赤い。この記憶を最後に兵士の意識は途絶えている。

断末魔の叫びをあげた兵士を見捨てて農夫は駆け出した。唐突に曽祖父が教えてくれた魔獣という未知なる存在を思い出す。

まずい、まずいぞ。まさか、これが魔獣なのか！

そういえば曽祖父は、魔獣に近づいたらどうなると言っていたか。

か弱い人間なんてな、あっという間に魔獣に喰われてしまうだろう。

もう遅い。囲まれた……そう思ったところで農夫の意識もまた途絶えている。

やがて国民からの通報が相次ぎ、国は軍を魔力だまりのある一帯へと送り込んだ。

だが数が多く、討伐は遅々として進まない。そうこうしているうちに都市部にまで魔獣や魔物が姿を現すようになり、ついには魔獣や魔物の存在をすべての国民が知るところとなった。

「あれが魔獣……空想ではなく本当にいたのか！」

人々は逃げながら神殿にたどり着き、ようやく思い出した。

神殿には魔除けの聖女がいたはずだ、と。

「何が魔除けだ、仕事をしていないじゃないか！」

「今すぐこの状況をなんとかさせろ！」

鉄扉を打ち壊す勢いで、人々が神殿に押し寄せた。

さんざん無能で役立たずと蔑んでいたくせに、無能で役立たずだと責める。

矛盾していることに冷静さを欠いている人々は気づいていなかった。

「お待ちください、暴力はいけません！」

そこに姿を現したのは金の髪に翡翠色の瞳をした少女――癒しと回復の聖女ヘレナだ。

いつものように微笑んで、ヘレナは人々に手を差し伸べる。

「さあ、治療しましょう。どなたか怪我をされた方はいらっしゃいませんか？」

誰だって怪我や病気はつらいもの。だから癒しと回復という力が最強なのよ！

すると想定以上にたくさんの人間が列を成した。途端にヘレナは顔色を悪くする。

いつもよりずっと人数が多いわ、それに傷口が見たことのない赤紫色をしている。

少しばかり心許ない気持ちで、まずは先頭に並んだ男の子の傷に手をかざした。

「嘘でしょう、どうして」

……癒しの魔法が、効かない。

つぶやくような声を拾った男の子の母親が不安そうな顔をした。いつもの傷とは明らかに質が違っていて、まるで水が油を弾くようだ。

「聖女ヘレナ、どうしましたか？」

顔馴染みの神官に話しかけられたので、小声で説明すると彼も顔色を悪くする。そして文献から治療する方法を探ると言って建物に戻っていった。

いつもは治療に積極的なヘレナが前触れもなくやめたことで人々はさらに動揺する。

「ど、どうしたのです。聖女ヘレナ。早く癒しを！」

誤魔化すように笑ったヘレナは、しかたなく人々を仮設テントに集めた。だが怪我人は続々と増えていくのに、治療は遅々として進まない。そのうちヘレナは気がついた。

簡単に治せる傷と、治せない傷がある。

どうやら赤紫色をした傷口は治せない。しかもそういう患者は時間が経つにつれてどんどん症状が悪くなっていくのだ。治療の進捗に差が出て、人々の不満が最高潮に達しようとしたそのときだ。ようやく神官が駆け込んできた。彼は手に透明な液体の入った薬瓶を握りしめている。

「わかりましたよ、聖女ヘレナ。これが必要だったのです！」

「それはなんですか？」

「聖水です。まずはこれを傷口にかける……いいかい、ちょっとしみるけれど我慢してね？」

先頭で待っていた男の子は青ざめた顔でうなずいた。神官が聖水を振りかけると同時に、皮膚を焼くようなジュッという嫌な音がする。

「さあ聖女ヘレナ、癒しを！」

「はい！」

するとどうしたことか、傷が癒えていくではないか。劇的な変化に周囲から歓声があがった。

神官が説明するところによると、なんでも赤紫に変色した傷は聖水を使って浄化しなければ、癒しの魔法が効かないらしい。

「その知識、どこから……」

すると神官はヘレナの耳元でささやいた。

「おばあさまの残した報告書からです。そこには治療方法だけでなく、聖水の作り方や対魔戦の武器に効果を付与する手順まで記されていました」

「そう、先代魔除けの聖女の……」

「おそらくアンジェリーナも知っていたでしょう。肝心なところで役に立たない聖女だ」

聖水は神官総出で作っているし、武具に対する付与は聖女ができるか試しているところだ。

それを聞いて、ヘレナは口元を歪めた。

だったらあの無能で役立たずの代わりに、私が魔除けの知識を有効活用してやればいい。

建国以来、途切れることなく綿々と受け継がれてきた魔除けの聖女の称号。神殿はひた隠しにしているけれど、神殿の規範で、聖女達の最上位とされるのは魔除けの聖女だった。

あの無能で役立たずが聖女筆頭なんて腹立たしいものね！

「さあ皆さん、まずは傷口を洗い流して、赤紫に変色した傷は神官から聖水を振りかけてもらってください。魔除けの聖女がいない今、私が代わりに皆様を癒します」

「聖女ヘレナこそ我々の魔除けの聖女だ！」

アンジェリーナがいなくなったのはむしろ好都合、これで聖女筆頭は私のものよ！

こうして癒しと回復の聖女ヘレナの治療は順調に進み始めたように思えたのだが。

「聖女ヘレナ、これ以上は聖水が作れません！」

聖水を作るには祈りの力を持つ神官が必要だ。だが彼らの使う神聖力には限りがある。いまさらながら大事なことを思い出してヘレナは青ざめた。

聖水なしでどうしろというのよ。今でも魔力が切れそうになるのを調薬の聖女特製の魔力補給薬を服用しつつ治療を継続しているのに！

この魔力補給薬には副作用があって、続けて服用すると魔力が貯まる速度が落ちていく。最悪の場合、魔力補給薬がなければ魔法が使えなくなってしまうのだ。それだけでなく、普段から魔力の無駄遣いをしてきたヘレナは効率よく治療をするという経験が皆無だった。

だってキラキラした光を見ると皆が喜ぶのよ、天使だとほめてくれる。

だから彼女はこういう緊急事態が起きたときの魔力の使い方がわかっていなかった。

それなのに怪我人は増える一方だった。

……もういや、やめたい。

しかも人々の回復力がおそろしく悪かった。傷はふさがっているのに体調が戻らないという人々の訴えを聞いたヘレナは青ざめる。

癒しを使いすぎると人間本来の自己治癒能力が衰えるのよ。

ヘレナはいまさらのようにアンジェリーナの言葉を思い出した。癒しや回復の魔法に頼りすぎた人々はヘレナの魔法なしでは自分自身の力で傷を治せなくなっていたのだ。

嘘でしょう、これではいつまで経っても終わらないじゃないの。

「魔獣だ！　やつら、ここまで来たのか！」

あわてて振り向いたヘレナの視線の先で熊のような魔獣が牙を剥き出し人々を襲っている。

せっかく治療しても、これでは無駄になってしまう。

焦ったヘレナは近くにいる神官に叫んだ。

「ナナリー様はどうされたの！」

「せ、戦闘の聖女は最前線で戦っておられましたが大怪我を負ったとのことで、間もなく運ばれてまいります」

「役に立たないわね、それではイルダ様は？」

「祝福の聖女は弱体化と聖力の効果を武具に付与しようとしたのですができないというのです。

なんでも系統が違うと説明しているのですが……」

弱体化は魔のつくものから力を奪い弱らせるもの、聖力は文字どおり聖なる力で魔を滅ぼす。どちらも対魔戦で有効な付与魔法だ。

「系統が違うですって、意味がわからないわ。ああもう、どいつもこいつも使えない！」

慈悲深い天使の仮面をかなぐり捨てて、聖女ヘレナは仲間の聖女を使えないと吐き捨てた。周囲の人々は使えないのはおまえも同じだと不快そうに眉をひそめる。

先ほどから遅々として進まない治療に負の感情が伝播していく。もうだめか、そう思われたときだ、誰かがテントに駆け寄ってきた。

「お待たせしました、聖水の代わりになる補助薬ができました！」

「本当ですか、さすがユリアンネ様です！」

「まだ試作段階ですが時間がありません。ひとまずこれを使ってください」

調薬の聖女ユリアンネが、ドンと音を立てて床に薬瓶の詰め込まれた木の箱を置いた。薬瓶の見た目は聖水の入っていたものと同じもののように見える。

ヘレナは迷うことなく瓶の蓋を開けて兵士の傷口に振りかけた。

「ギャー！」

嘘でしょう、そんなにしみるの⁉

慣れているはずの兵士がすさまじい悲鳴をあげて呆然としたヘレナをユリアンネが急かした。

「今です、ヘレナ様。癒しを！」

「い、癒しを」

魔法が効果を発揮し、瞬く間に傷口はふさがる。なるほど、効くことは効くらしい。だが兵士はあまりの痛みに気を失っていた。つまりこの壮絶な痛みを我慢しなければ治療ができないということになる。

静まり返ったテントの中で聖女ユリアンネだけが生き生きとしていた。

「実験は成功ですね！　あとは振りかけてすぐに癒しをかけることがコツです」

「痛みのないものには改良できないの？」

「いろいろ試したのですけれど、痛みだけは取り除くことができませんでした」

「そ、そんな！」

「いいですか、この痛みは対価です。神聖力を使うことなく魔を取り除くため、神が課した試練というわけですね」

もっともらしいことを言ってユリアンネは背中を向けた。

「ちょっとどこに行くのよ！」

「これ以外にも作らなければならない薬があるの。あなたの足元に転がっている魔力補給薬とかね。そうそう、同期のよしみで忠告してあげる。もうすでに過剰摂取だわ。これ以上は何があっても責任取れないわよ」

冷ややかな顔で足元の瓶を一瞥するとユリアンネは眉をひそめながら神殿の奥へと消えていく。

そこから、どのくらい時間が経っただろうか。

気がつけば、いつのまにかテント内には怪我人以外にヘレナしかいなくなっていた。

神官も仲間の聖女達も、あまりの惨状に耐え兼ねて関わり合いになるのを避けたからだ。

「どうして私がこんな目に遭うの、おかしいでしょう！」

ヘレナは髪を掻きむしる。彼女が壊れかけていることは誰の目にも明らかだった。魔力を使い続けていたため髪は艶を失い、肌は荒れて、翡翠色の瞳は輝きをなくして濁っている。

足元に山と積まれた魔力補給薬の空瓶。ヘレナ自身も、もう何本飲んだかわからなくなっていた。たぶんもう、魔力補給薬なしで魔力を作り出すことができなくなっている。

そしてついに最後のときが訪れた。なんの感情も浮かんでいない顔で、続けざまに魔力補給薬を二本飲み干し、兵士の傷口に手を当てた。

「癒しを……」

だがかすかな癒しの光すら生み出すことはできなかった。もう一度、癒しの言葉を紡ぐけれど奇跡は起きない。ずっと立ち続けていたヘレナは崩れるように膝をついた。

ああ、終わった。魔法が使えなくなっている。

「アハハ、アハハハハ！」

ヘレナは狂ったように笑った。

もう二度と魔法を使うことができないという悲しみよりも、もう魔法を使わなくて済むという安心感のほうが明らかに上回っていた。

「聖女ヘレナ。笑っていないで、早く治療を！」

「無理よ、魔法が使えなくなってしまったの。だから私には、もう誰も癒せない」

ひび割れた自分の魔力の器さえ、治せなくなってしまったのだから。

「なんだと、役に立たない無能が！」

理解の追いつかない人々は怠けているのだと思い込みヘレナを罵倒する。

まさか自分が無能で役立たずと呼ばれる日が来るとは夢にも思っていなかったわ。それでもできないものは、できないのよ。アンジェリーナもよくそう言っていたわね。あのときは理解できなかったけれど、今なら気持ちがよくわかる。

ヘレナは虚ろな表情をしてテントから姿を消した。

彼女が天使と呼ばれる日は二度とこないだろう。

そして同じころ、王城でも別の騒ぎが起きていた。

「私は悪くない、私は悪くないの！」

震えながら王妃リオノーラはクローゼットの奥に逃げ込んだ。

「リオノーラ様、王の召集でございます。扉を開けてください！」

鍵をかけているのに部屋の扉を激しく叩く音がする。

おぞましい魔獣は城の前にも姿を見せ始めていた。今はまだ数が少ないから対処できているけれど、手に負えなくなるのも時間の問題だ。

リオノーラは聖女の能力だけで王妃の座を得ている。つまり彼女は自分の価値が張る結界と同等だと知っていた。そして結界に価値がなくなれば、彼女の価値もなくなる。

「私は悪くない。だって国の方針であり、王が決めたことなのよ！」

私は説明したのよ、同じ結界でもアンジェリーナのものとは質が違うのだと！

それを知っていて、他国にリオノーラの結界が魔を退けると説明したのは王を筆頭とした国の上層部が勝手に決めたことだ。他国がどれほど魔獣や魔物対策に追われようとも、セントレア王国の王妃に手を貸せとは言えないという理由だけでついた嘘だ。

「だからできないものは、できないのよ！」

魔を弾き、魔を退ける。それは魔除けの聖女にしかできないことだと教えていたのに。

すると扉の向こう側から、落胆したようなため息が聞こえた。

「そこまでできないとおっしゃるのなら、王妃教育すらこなせなかったあなたが結界を張る以外で役に立つことがあるのですか？」

言外に役立たずと言われたような……リオノーラはクローゼットの奥で沈黙する。

城の外からは勝ち誇るような魔獣の咆哮が響き渡っていた。

「――――それで、やはりリオノーラは駄目か」

「は、閉じこもったまま部屋を出ようとしません」

報告を受け、王は冷淡な為政者の顔で軽く机を叩いた。

状況は刻一刻と悪くなっていくというのに、相変わらず頼りにならない。

「もうよい、逃げ出さないよう部屋に閉じ込めておけ」

所詮、王妃になる覚悟も器量もない平民の娘だ。物言わぬ看板として、邪魔にならなければそれでかまわない。

　セントレア王は虚空を仰いだ。

　聖女の国とも呼ばれる我が国において聖女は国の威信を高める広告塔の役割も果たす。

　ただ一人、魔除けの聖女を除いて。かけがえのない存在とわかっているからこそ、魔除けの聖女の価値を落とした。つまり国策、国を存続させるための尊い犠牲だ。

　たとえるなら聖女と魔女、主役と悪役といったところか。

　悪役という新しい駒を手に入れたことで、我が国はうまく回っていたのに。補償も十分のはずだし、利口そうな娘だったから、わざわざ説明せずとも理解してくれると思っていた。

「少しばかり無能で役立たずと呼ばれたくらいで、国の駒が勝手なことを」

　王は不愉快とばかりに眉をひそめる。

　責任をうまいこと回避できなければ、王国に未来はない。

　こんなことになるのなら、多少の不利益は承知のうえで牢にでも閉じ込めておけばよかった。

　それができなかったのは神殿の不始末と、管理すべき神官の怠慢のせい。

　そう考えたところで、王は責任を神殿に押しつける妙案を思いついた。

「まさか自分達だけは無事でいられるなどと、よもや思っておるまいな」

　こうして荒れ狂う嵐が神殿を直撃する。グイドは重い足を引きずって神官長の執務室へと向かっていた。聖女アンジェリーナが姿を消してから二週間以上が経つ。責任の所在を明らかにするため、監査官から上司であるグイドの事情聴取を行いたいという申し入れがあったからだ。

この監査には、あわよくば神殿に責任を転嫁したいという王の思惑が透けて見える。

重い足を引きずるようにしてグイドが扉を開けると執務室には監査官が二人いた。

年嵩の男性はライモンド、若いほうはトーニオと名乗った。

そしてグイドが恐れていたとおり矛先は真っ先に上司である自分へと向くことになる。

まずトーニオ監査官がグイドの提出したアンジェリーナの予定表を差し出した。彼は作業時間の割り当てがおかしいと指摘し、彼女を追い詰める原因となった過酷な労働環境はグイドのせいであると指摘したのだ。

内容を聞いてグイドは青ざめた。まさか一人でこれだけの作業量をこなすように強いられていたとは知らなかったからだ。そして彼女が無能で役立たずと呼ばれるようになった責任の一端が自分にあるとはまったく思っていなかった。

「違います、私に悪気はなかったのです！」

状況を把握した神官長は、グイドに冷ややかな視線を向ける。

悪意がなかったとすれば余計に質が悪い。管理すべき聖女に欠片も興味がなかったという立派な証拠となってしまうではないか。

そもそもアンジェリーナが割り当てられていた仕事――どれもこれも、そもそも聖女が率先してこなさなくてはならない仕事ではなかった。

「グイド神官、私は彼女の行動予定を管理し、監視しろと指示しただけだ。無理に働かせろとも、蔑ろにせよとも言っていない。その程度の配慮すらできないとは期待外れも甚だしい」

「神官長！　ですが、不満を本人が言わなければわからないではないですか」

　突き放すような神官長の口調にグイドは不満そうな顔をする。どこか他人事のような神官長の態度と、グイド神官の子供じみた言い訳に、ライモンド監査官は呆れた顔をした。

「責任の押し付け合いは後にしていただけますか。ここは真実を明らかにするための場です。前もって言っておきますが、グイド神官だけでなく神官長も他人事ではありませんよ。聖女アンジェリーナに国から手当が支給されていないにもかかわらず、対処せずに放置したのですから」

「は⁉」

　これには、さすがの神官長も絶句した。

　なんでも支給担当者が聖女アンジェリーナの手当を着服していたらしい。支給されるはずの手当は徐々に金額を減らし、やがてまったく支払われなくなった。

　書類上は支払ったことにして、年度末に収支報告書まで作成していたらしい。五年ほど前から行われていたが、手口が巧妙で、今回監査が入ってようやく判明したそうだ。

「ちなみに彼の理屈では聖女アンジェリーナが無能で役立たずなのが悪いそうですよ？」

　仕事をしない人間に手当を支払う必要はない、支給担当者はそう繰り返していたという。

　つまり無能で役立たずという悪い評判が罪を助長したというわけだ。

「だ、だが聖女アンジェリーナには通常の聖女よりも多く手当が支給されているはずだ。国はわざわざ彼女の手当を支払うために予算まで組んでいる」

　そこまでして高額の手当が支給されている理由を担当者が知らないわけがない。

神官長の言葉で二人の監査官は魔除けの聖女を取り巻く不可解な謎が解けてしまった。

なるほど、聖女アンジェリーナの悪い噂を放置する代わりに、手当という高額な賠償金を支払うことで国と神殿の間で調整がついていたのか。たとえ世間の風当たりが強くても、高額の手当さえ与えておけば金ほしさにアンジェリーナ嬢は我慢すると、そう考えたのだろう。

ところがそこで監査官の口から衝撃の事実が明らかになる。

そんな裏の事情があることを支給担当者が知らなかったというのだ。

「実は前任の担当者が急に辞めたのですよ。そのせいで引継ぎが不十分だった。ですから後任の担当者は聖女アンジェリーナの高額な手当が賠償だと知らずに着服したそうです」

「だ、だが手当の着服そのものが犯罪行為だ、知らなかったとしても許されるわけがない。国の監督不足が招いたことだ！」

「そうですね。ですが彼はこうも言っていましたよ。聖女アンジェリーナの手当の支給が止まれば神殿から連絡が来るはずだ。ところが問い合わせの一本もこなかった。つまり神殿もまた手当が不要と判断しているのだと、そう思ったそうです」

聖女としての活動を支援するのは神殿の仕事だ。その神殿が放置していたとすれば聖女を誰が守るのだろう。

「ですから私は聖女アンジェリーナから相談を受けたことがありません。それなのにわかるはずがないでしょう！」

「相談しなかったのではなく、相談できなかったのです。グイド神官の態度を見れば一目瞭然でしょう。自分が一方的に悪いと断じられることがわかり切っていたからです」

終わった、崩れ落ちるようにグイドは膝をついた。降格で済めばマシ、場合によっては神官を解任されるかもしれない。神官としての生き方しか知らないグイドが、この先平穏無事に生きていけるのだろうか。

「我々は取り急ぎ監査の結果を王に報告したうえで、聖女アンジェリーナの捜索範囲を国外に広げることを提案するでしょう」

「そんなバカな、聖女が国を捨てるなんてそれこそありえませんよ！」

激高したグイドに神官長は冷めた口調でこう吐き捨てる。

「まだわからないのか。セントレア王国がアンジェリーナにこだわる理由はあっても、彼女がこの国にこだわる理由なんて、はじめから何もなかったのだ」

だから逃げられないよう監視しておけと言ったのに。

見限られないよう高額の手当を支給せよと言ったのに。

「頼んだよと、言われていたのに……」

神官長の脳裏には、呆れたようなおばあさまの顔が浮かんでいた。

「だがきっと捕まえてみせる」

象徴である黒い髪と紫水晶色の瞳は、どんな魔法を使っても色変えができない特別な色だ。

この国が滅ぶのが早いか、それとも我々が聖女アンジェリーナを捕まえるか。

ここから先は時間との勝負だ。

第六章

ずるくて嘘つきなアンジェリーナと紫色の記憶

「アンジェリーナ、この皿を運んでおくれ」

「はーい！」

アンジェリーナはできたての料理がのった皿を受け取ってカウンターまで運ぶ。

「アロさん、ルードさん、お待たせしました。注文の日替わり定食です！」

「ありがとう、今日も美味しそうだ！」

「よかったです、いっぱい食べてくださいね！」

もうすぐ私がこの国に来て三週間が経とうとしている。

窓の外は、おだやかな陽射しの降り注ぐ平和そのものだ。ほのぼのとした空気に似つかわしくない魔を生む巣窟は健在だけれど、魔獣や魔物は驚くほどその数を減らしていた。

「今日もゼロか」

たぶん私のせいだろうなー。そこにいるだけで能力が勝手に仕事をしてくれる。

力が拮抗しているから魔力だまりは消えないけれど、そこから魔物は生まれない。ただ、アンジェリーナがウロチョロする気配は感じるようで、魔窟の主がジャマだうっとうしい消え失せろという怒りのオーラをビシビシぶち当ててくる。

あはは、腹立つだろうなー。宿敵、邪魔者、目の上のたんこぶ。我々はそういう間柄だから。

不意を突かれたときは倒れたけれど、今は蚊に刺されたくらいの気持ちで受け流している。

とはいえ意図せずジルベルト隊長に語った他国の事例と同じ状態になってしまった。

さすがにゼロはないとあわてた彼は北方の島国から情報を取り寄せて、不可解な現状と似た事例ということで取り急ぎ王に報告したそうだ。

結果、魔獣の大移動は一ヶ月以内に起きる可能性が高いとして情報が修正され、他国にも通知が出された。現在は急ピッチで住人の移動や、武器や食料の備蓄が進められている。

隊長から感謝の言葉とともに、おばあさまの知恵袋をもっと詳しく教えてほしいと乞われたので、時間の許す限り熱く語り尽くした。おかげさまで彼も今では立派な知恵袋信者です。天国のおばあさまもさぞかし鼻が高いことでしょう。

「アンジュ、私にも日替わりをくれ」

「私にも同じものを」

「ジルベルト隊長に、フェレス副隊長も。珍しくお二人が揃っていますね！」

厨房に日替わり定食を二つオーダーしながら、アンジェリーナは目を丸くする。

隊長と副隊長なのだから常に行動を共にしていると思っていたが、意外にも別行動のほうが多かった。それぞれ鍛錬、討伐、会議にと、忙しく働いている。ちなみに隊長はジルベルト様一人だけれど、副隊長クラスはほかに何人かいるそうでフェレス様は筆頭格なのだとか。

「緊急の召集ですか？　最近、特にお忙しそうですものね」

「ああ、懲りもせずセントレア王国から応援要請があったからな。セントレア王国に兵士を派遣するかどうか、議会で審議が行われて我々が証人として呼ばれた」

私を失ったセントレア王国は想像以上に荒れているらしい。

建国以来、初めてとなる魔のつくものによる襲撃。兵士は魔獣や魔物と死にものぐるいで戦っていたけれど怪我をしても癒しと回復が追いつかないために呆気なく戦意喪失。国民は早々に国を見限り、続々と脱出しているとか。聖女も元から戦力外の能力しか持たないものや、あまりの過酷さに脱落者が出て使いものにならず、神殿の権威も地に落ちたままだとか。

「それで審議の結果は？」

「満場一致の否決だ。応援は出さない」

「我が国の要請を断っておきながら、なりふり構っていられなくなったのでしょう」

ジルベルト隊長は不快そうに眉を寄せ、フェレス副隊長は苦笑いを浮かべた。

満場一致かー。でしょうね、まず時期が悪い。リゾルド＝ロバルディア王国は魔獣の大移動対策で手一杯だ。それに要請を二度も断っておきながら、自分の国を助けてくれというのは虫が良すぎる。各国だって、今までさんざん対策が不十分だと忠告していたのに、セントレア王国は忠告を受け流していたのだから。

その影響で各国の対応は冷ややかなものらしい。形ばかりの見舞いのお手紙を出して、逃げてきたセントレア王国民を仕方ないので保護しているだけだとか。

すると苦い顔をしたジルベルト隊長がつぶやいた。

「我が国に魔除けの聖女を呼ばなかったのは正解だったな」

どの国の認識でも最後まで魔除けの聖女は義務を果たさなかったことになっているのだろう。

表情を読ませないようにアンジェリーナは視線を下げた。

そうよ、そう思われるように立ち回った。だから決してこの流れは悪いことではない。自分がいなくなったあとの影響を考えて、それでもと選んだ道だ。ただ、過去の自分が否定されるのは胸が痛む。表に出ていないだけで努力してきたと思うから余計にだった。

ジルベルト隊長は浮かない顔をしたアンジェリーナに気がついて眉を下げる。

「別に君のことを言ったわけではないが……」

「大丈夫、わかっていますよ。ただ、そのとおりだと思っただけです」

できれば隊長にだけは、そう思われたくなかったな。彼の前ではいつでも役に立つ自分でいたかった……でもこれ以上は、秘密に。

アンジェリーナは冗談めかしてニヤリと笑った。

「私を宿舎の従業員に推薦してよかったでしょう？」

「ああ。働き者だし、掃除も洗濯も食事の準備も手際がいいと料理長や寮母のエルダさんが褒めていたよ。特にジャガイモを剥くスキルは神業だそうだ」

「それは光栄ですね！」

「アンジュはどんなに忙しいときでも最善を尽くそうとする。良い心がけだ」

褒め言葉だとアンジェリーナの口元がゆるんだ。わかりやすく輝いたアンジェリーナの表情にジルベルトは目を細める。

時折見せる彼女の素の表情が、とにかくかわいい。

無意識にジルベルトが頭に手を伸ばしかけたところで、厨房からアンジェリーナを呼ぶ声がする。はーいと軽やかに返事をしてアンジェリーナは皿を受け取った。

「お待たせしました、先に日替わり定食が一皿です。次のお皿もすぐにできますよ！」

「隊長、先にどうぞ」

「では席を探しておく」

アンジェリーナから皿を受け取ってジルベルト隊長はその場を離れた。

その背中を見送ってフェレス副隊長が、そっとアンジェリーナの耳元に顔を寄せる。

「本当に無理をしていませんか？」

「もしかして元気がないように見えました？」

「ええ、どこか不安そうにしています」

この人は感情の機微に聡いから、隠していても大抵の場合は気づかれてしまう。きっと根は優しい人なのだ、鬼畜だけど。でもやはりこれ以上は言えない。

話題を変えるために、アンジェリーナは今一番聞きたいことだけを口にする。

「魔獣の大移動が起きたとき、副隊長はどう行動されるのですか？」

「魔の巣窟の前で指揮をとります。今回はきっと総力戦になるでしょうから、役職についているものはほとんどが前線に配置される予定です」

魔獣の大移動が始まる予兆は真っ先にアンジェリーナが気づくだろう。

だからこそ事前に彼らがどう動くのかが知りたかった。

「……では、隊長は？」

アンジェリーナはジルベルト隊長の背中にそっと視線を向ける。

あの広い背中は、どんなに強い魔獣と対峙するときも崩れることはなかった。

フェレス副隊長は痛みをこらえるように同じ背中へと視線を向ける。

「誰よりもこの国のために戦う立場にある隊長は間違いなく最前線です」

死に一番近い場所。最前線はそういう場所だとアンジェリーナは知っている。しかも今回は国が滅ぶほどの規模だ。誰よりも勇敢に戦って、きっと死ぬ気なのだろう。

そうはさせない。アンジェリーナは強い眼差しで彼の背中を視線で追った。

「アンジュ。あなたは今、何を考えていますか？」

ハッとして横を向くとそこには探るような顔をしたフェレス副隊長がいた。

……おっと、いけない。

「なんということはありません、ただ私には何もできないのだなと思って」

せめて一度くらいは共に戦ってみたかった。そうすれば役に立つことが証明できたのに。

するとフェレス副隊長は視線をゆるめてアンジェリーナの頭をなでた。

「あなたは優しい子ですね。誰もが他人のことよりも自分を必死で守ろうとするときに、あなたは誰かの痛みに寄り添おうとする。自分に何かできることがないか考えることは、優しさ以外の何物でもありません」

違うよ、本当はずるくて嘘つきなだけ。優しい人は人を傷つけるような嘘をつかない。

「できることはありますよ。魔獣の大移動が始まったら避難所に逃げてください。全部で三箇所ありますから、必ずそこに逃げるのです。そしてもし、緊急避難の放送が流れたら、脱出用の地下通路を使って他国の指定された施設に逃げてください。避難民は他国が無条件で保護してくれることになっているのです」

「どういう状況になったら、緊急避難の放送が流れるのです？」

「そのときになればわかりますよ」

フェレス副隊長はあいまいに笑って誤魔化した。

だけどアンジェリーナにはわかる。緊急避難の放送が流れたときはフェレス副隊長やアンジェリーナの知る兵士達が皆、力尽きたときだ。もちろん、ジルベルト隊長も。

抗戦不能と判断されたときに、民は国を捨てる。

「あなたが無傷で逃げ延びることを隊長は望んでいます。そして……もちろん私も。あなたを守るために命をかけるなら本望です」

フェレス副隊長の瞳の奥に嘘はなかった。

優しさしかない言葉が申し訳なくて、すべてを話してしまいそうになる。

ごめんなさい、私はあなた達を利用したというのに。それでも彼らは命がけで、ずるくて嘘つきなアンジェリーナを救おうとしてくれる。信じて生かそうとする彼らの態度に義務以上の優しさを感じて、うれしくて幸せで、一瞬でも己が命を捧げてもいいと思ってしまった。

おかしいな、こんな情にもろい人間ではないはずなのに。

いつのまにか、ずいぶんと絆されていたらしい。

「重い話になってすみません。おや、日替わりができあがったようですね」

頭に添えられた手の温もりが離れて皿に伸びる。アンジェリーナは、ほんの少しだけその温かい手に触れた。

「いろいろと、ありがとうございます」

こんなありきたりな言葉しか返せない。それなのにフェレス副隊長は幸せそうに笑った。

「あなたからのお礼の言葉はどんな褒賞よりも価値がある。光栄なことです」

かすかに指先を握り返して、彼は皿を受け取ると背を向けた。

大丈夫だよ、きっと守ってみせる。そのためにはもっと情報が必要だ。

次の日、アンジェリーナは買い出しのついでに情報を集めようと町に出た。

「アンジュ、こっちだ」

呼び止められて、差し出された手の先にはジルベルト隊長がいる。

昨日のうちに時間があったら一緒に出かけようと誘われていたからだ。

「外出しても大丈夫なのですか？」

「国に戻ってきてから休まず働いていたので、このあたりで休ませておこうという計らいだな。

今日は自由に過ごしていいとのことだった」

「それなら部屋でゆっくりされたほうがいいのではありませんか？」

「正直なところ、部屋にいるほうが落ち着かない」

それもそうか。特務部隊が常駐する施設は魔の巣窟を中心として、ぐるりと囲むように建てられている。つまり宿舎の窓からも様子は見えるわけで、たとえ部屋でおとなしく過ごしていたとしても、目につけば結局は魔獣の大移動のことを考えてしまうのだろう。

「だからアンジュの行きたい場所があれば連れて行こうと思って誘った」

「ありがとうございます！」

「この勇壮で壮大な景色も、見納めかもしれないしな」

思い出を探るようにジルベルト隊長の視線は遠いところを見ている。前回の魔獣の大移動で傷ついた箇所はだいぶ修復されたけれど、見えない部分にはまだ傷跡が残っているらしい。

説明を聞きながら、アンジェリーナは中庭から砦をぐるりと見渡した。

「そういえば、あの門だけは鉄扉で閉ざされていないのですね」

視線の先には五か所の鉄扉の他にもうひとつ、隠されるように設置された第六の門があった。

他の門と比べても幅広く、しかも頑丈な石を使って組まれている。古びてはいるけれど造り自体はしっかりとしているし石の色合いも似ているから、たぶん城壁や砦と同じ時代に造られたものなのだろう。

「私が知る限り、あの門を魔獣や魔物が使った形跡はない。ただ言い伝えで、この門は絶対に閉じるなと戒められている。だからあえて鉄扉をつけていないそうだ」

「閉じるな、ですか？」

「ああ、この門を閉じると国が滅ぶとまで言われている」

「理由はなんでしょうね？」

「さあ、わからないな。歴史家によると、この門は通路の先にある遺跡の一部らしい。何か重要な儀式の折に使われたものではないかと言われている」

　面白い、アンジェリーナは口角を上げた。

「その遺跡、見ることはできません？」

「もしかして興味があるのか？」

「はい、遺跡なんて夢とロマンしかないですよね！」

　アンジェリーナは瞳を輝かせる。

　おそらくはそこにあるはずだ。魔除けの聖女にとって秘策となる何かが。

　するとジルベルト隊長は苦笑いを浮かべた。

「変わっているな」

「それよく言われます。で、ダメですか？」

「朽ちているところがあるので一般人は立ち入り禁止だが、アンジュは微妙に関係者だからな」

「そうです、そうです」

「見せてあげてもいいが、勝手な行動は慎むように」

「もちろんです、ありがとうございます！」

「……見せなければ見せないで、こそっと忍び込みそうだからな」

よくわかっていらっしゃる！

浮かれた足取りでついていくと、二股に分かれた大きな木の脇を通り過ぎた。すれ違いざまに、アンジェリーナは木の隙間に隠すようにして設置された魔道具に気がついた。見た目からすると転移の魔道具、しかも骨董品級の見たことがない型のものだ。

「魔道具での転移が必要なくらいに、ここから遠いのですか？」

「いや、徒歩でも行ける距離だ。なんでもこの魔道具は通路ができたのと同時期に設置されたらしい。ただ古いものだから壊れているのか使えなかった」

観察していたアンジェリーナは、魔道具に見覚えのある紋章が描かれているのを見て口角を上げた。けれどそれは黙ったまま、おとなしくジルベルト隊長の背後についていく。

古すぎて使えないというけれど、この紋章は間違いない。たぶん私は使える。

やがて三十分ほど歩いたところで頂上に到着した。吹きすさぶ風の音が絶え間なく響き、アンジェリーナの黒髪が強い風に煽られる。

「ここが遺跡――通称魔獣の墓場と呼ばれる場所だ」

オオン、オオン――。

風が吹き抜けるたびに地の底から悲しげな音が響く。現在地から数メートル先の地表に深い裂け目があって、音はそこから響いてくるようだ。右を見ても左を見ても裂け目の終わりがわからない。ジルベルト隊長によると、国土を横断するように裂け目が続いているのだとか。

ちらりとのぞいた裂け目はどこまでも真っ暗で、底が見えない。長いことのぞき込んでいると意識が持っていかれて、奥深くに引きずり込まれそうだ。

オオン、オオン――――。

この鳴き声は這い上がることができないという魔獣の嘆きか。おそらくこの悲しげな風の音が名前の由来なのだろう。

なるほど、魔獣の墓場とはこの底なしの深い裂け目のことを指すらしい。

裂け目には向こう側に繋がる細い吊り橋がかけられていてギシギシと不吉な音を立てる。

「この裂け目の向こう側は隣国の領土だ。ただ裂け目を挟んで森の手前までは我が国の領土とされているから本来は兵を常駐させて管理すべきところなのだが……さすがにこの吊り橋を渡ってくる勇気のある旅人はいないだろうと半ば放置されている」

「たとえ悪意あって忍び込んだとしても行き着く先は特務部隊本部ですものね。油断したところで捕まえる。ある意味で最強の罠ということですか」

「まあそういうことだ」

続いて彼は一定の間隔で並んだ石柱と、規則性をもって置かれたような丸石を指した。

「あれが古代の儀式の跡だと言われている」

振り向いてアンジェリーナの顔を見た彼は呆れたような顔で笑った。

「行きたいという表情をしているがダメだぞ。あの吊り橋も遺跡と同じくらい古い時代のものだから、いつ切れるかわからない」

過去には危ないので吊り橋を落とすという計画もあったそうだ。だが、切ろうと思っても未知の魔法が組み込まれているようで剣でも魔法でも切れない。

「失われた魔法のひとつなのだろう。おそらく特定の刃物でしか切れないようになっている」

大当たりだ、紋章の存在で仕組みを理解したアンジェリーナは目を丸くする。

魔法に関して、ジルベルト隊長はおそろしく勘が鋭いところがあるのよね。

昔、セントレア王国の神官がリゾルド＝ロバルディア王国には魔法を認知する能力に長けた人間が生まれると言っていたけれど、彼はそういう人物なのだろう。

おそらくあの遺跡がアンジェリーナの求める目的地。ただできれば、あの場所が正解だという確証がほしかった。

「あれ、あそこに紫色の何かがある？」

「本当だ、なんだろう？」

裂け目を挟んで遺跡の向かい側に紫色の何かがあった。

「あ、遺跡にも同じ色がありますよ！」

「偶然だろうが目を引くな」

ちょうど遺跡の真ん中あたりだ。アンジェリーナはこちら側にある紫色の何かに近づいてみる。

するとそこには教えてもらったばかりの、見覚えのある花が咲いていた。

「フィラニウム！」

「本当だ、こんな硬い土と小石しかないような場所に珍しい。種が飛んできたのか？」

点のように見えた紫色はフィラニウムの群生だった。きっと裂け目の向かい側にある紫色の点もフィラニウムなのだろう。踏まれても再び咲き誇る生命力が強い花。そんな花だからこそ、こんな厳しい環境にも適合できたのかもしれない。

それにしてもこんなきっちり向かい合うように咲いているなんて……まるで何かの印みたいだ。

そう思ったところで、アンジェリーナはハッと目を見開く。

目印と、紫色。その単語が記憶に残るおばあさまの言葉と重なった。

かわいいアンジュ、良い子だね。忘れないでおくれ、迷うときは紫色を探すのさ。代々魔除けの聖女は瞳と同じ紫色を後継者への目印となるよう世界にちりばめてから逝くのだよ。

ああ、おばあさま。そういうことなのですね。

アンジェリーナにはわかる。これはおばあさまが残した目印だ。代替わりの前に、たった一度だけ国を出ることを許された彼女が、最初で最後の旅行先としてリゾルド＝ロバルディア王国を選んだことには意味があった。

「アンジュ、どうした？」

「どうやら師匠は弟子が約束を守らないことぐらいお見通しだったみたいです」

おばあさまはアンジェリーナが国を捨て、ここにたどり着く未来を予期していたのかもしれない。もしそうであったなら、アンジェリーナの行動も思考回路もしっかり把握されている。

……かわいいアンジュ、よく来たね。待っていたよ。

脳裏に響く声があまりにも懐かしくて、少しだけ泣いてしまいそうだ。

おばあさまの優しい笑顔を思い浮かべて、アンジェリーナは瞳を閉じた。

もしかして泣いているのだろうか。

ジルベルトは普段よりもずっと大人びた彼女の横顔を見つめている。小さく震える肩、脆く崩れてしまいそうな予感がして、ジルベルトはそっと彼女を抱き寄せた。触れた体の細さに思わず胸が締めつけられる。いつも溌剌と元気よく動き回る姿から、この儚さは想像できなかった。

彼女は今、花の先にどんな景色を思い出しているのだろう。もしかするとジルベルトの知らない過去があって、今もまだ苦しんでいるのだろうか。

この人を守りたい、甘やかしたい、もっと自分を求めてほしい。

――ああ、この気持ちが恋か。音もなくジルベルトは恋に落ちた。

彼女を胸の内に閉じ込めて、ジルベルトは同じように瞳を閉じる。

恋なんて、死に一番近いところにいる自分が手に入れても真っ先に失ってしまうものだ。だからいっそ知らないほうが幸せだと思っていたのに。こうして気がついてしまえば、これ以上の幸せはなかった。

「……泣いた訳を聞かないのですか?」

「聞いてほしいなら、聞く」

ああもう、どうしてこんな突き放すような言葉を。どうがんばっても、ジルベルトに気の利いた言葉なんて返せない。けれどアンジェリーナは、なぜか小さく笑った。

「こういうときの隊長は優しいですよね」

「そうか？」

「森で迷子になったときと同じです。無理やりではなく相手が話すまで待っていてくれる」

あのときは、さすがに怪我人を問い詰めるのはどうかと自重しただけだ。本当は優しくなんてないのに。君は誰だ、どうしてここにいる。今すぐ問い詰めて、すべてを暴いてしまいたい。そんな男が、優しいわけはないものを。

ジルベルトの胸の内を知らないアンジェリーナは、顔を上げて無邪気な表情で笑った。

「でしたら内緒です。逃げる隙を与えたからいけないのですよ」

意地悪だ、でもこういうときのアンジェリーナには絶対に勝てない。どうにも手が届く気がしないのだ。けれど手ごたえのない彼女を、なんとしてでも捕まえておきたいと思う時点で、そうとう深みにはまっている。

叶わなくても、せめて思いだけでも伝わるといいが。

そう願いを込めて、ジルベルトはポケットから布袋を取り出した。

「アンジュ、君に贈り物がある」

「え？」

「偶然見かけて、似合いそうだったから」

袋からこぼれ落ちたのは小さな石のついたネックレス。大切な人へ渡す贈り物に幸せな思い出と生きて帰るという願いを託すのだと、兵士達がそう話しているのを聞いて、自分らしくないと思いながらも手に入れたものだ。

一目見て、アンジェリーナは素材やカットの技術から価値あるものとわかったらしい。

「こ、こんな高価なものはいただけません！」

「これが最後の機会になるかもしれない。だからこそ、君にこれを受け取ってほしい」

そう答えると、ハッとした表情をしてアンジェリーナは沈黙した。

ずるい手だ。聡い彼女のことだから、きっと意味がわかると思っていた。

魔獣の大移動が始まる前、どれだけ緊迫する状況でも兵士は必ず一日休みをもらえる。その一日を大切な人と過ごしてお別れをするためだ。

ジルベルトは彼女の手のひらにネックレスを置いた。銀の鎖にきらりと銀の石が光る。

誰に贈るか、そう考えたときにアンジェリーナの顔が浮かんで。なんで彼女だったのかは、思いを自覚した今ははっきりと理解しているけれど。

ジルベルトの髪は灰色、そして瞳もまた銀色だ。

買ったときは無自覚のはずが、しっかりと自分の色を選んでいる時点で十分計画的だった。

この期に及んで、重いとか、執着がこわいとか言われたら立ち直れないから絶対に言わない。

偶然見かけて手に入れたと、そういうことにしておこう。

……おや、意気地なしですねぇ。

誰かのからかうような声が聞こえたが、おまえにだけは言われたくない。

ネックレスを掲げて、アンジェリーナは鉱石の輝きに負けないくらい瞳を輝かせた。

「星水晶。夜空からこぼれ落ちた光の欠片。研ぎ澄まされた剣みたいで、隊長の色ですね」

贈った相手に自分の色だと知られるのは、こんなに恥ずかしいものなのか。

アンジェリーナには見えないところで、ジルベルトはほんの少しだけ頬を赤くする。そして慣れない手つきでアンジェリーナの首元にネックレスを飾った。

「きれいだ、よく似合っている」

まるでジルベルトのものだと主張するように星水晶はキラキラと輝く。それがうれしくて、思わず彼女の艶やかな髪をなでた。

「うれしいです、素敵なものをありがとうございます！」

贈り物を受け取ったアンジェリーナはジルベルト隊長の手つきに懐かしさを覚えて柔らかく目を細める。

不器用でも、あったかくて。おばあさまの手つきによく似ていた。

「銀色なら今の黒の髪と紫の瞳にも合う。アンジュが商人を見つけるまで、ずいぶんと時間がかかりそうだから、やっぱりこの色で正解だな」

「あはは、けっこう真剣に探しているのですけどねー」

嘘だ、全然探していないけれどそうとは言えないのでアンジェリーナは笑って誤魔化した。

髪をもう一度なでて、ジルベルト隊長は表情を真剣なものに変える。

「でも私は、今のままの君も好きだ。独立心旺盛な黒と、優雅で神秘的な紫の瞳。元がどんな色をしていたのか知らないけれど、強さと優しさを感じさせる随一の組み合わせだ」

強さと、優しさだなんて。不気味な黒髪に意地の悪そうな紫の瞳と言われていたのに。

「不気味とか意地が悪そうとは思わないのですね」

「誰だ、アンジュにそんな悪口を言った人間は。もしかして隊員の誰かが？」

「いえ、セントレア王国ではそう言われることもあったなって」

ジルベルトは眉を跳ね上げた。

この人は私が絡むと沸点が低すぎる。でもそうやって怒ってくれるのは私を大切に思う証だから。この黒髪も紫の瞳も悪くない。今ならそう思える。

彼はアンジェリーナの髪を一房すくい上げて、口づけを落とした。

「明るく振る舞う君にそんなつらい過去があったのか。そばにいたら助けてやれたのに」

そう呟いてジルベルトはアンジェリーナの首に下がる石に触れた。

「この石には魔獣を寄せつけない力が宿る。採掘量が少ないのは難点だけれど、国の要所にも使われているから効果はたしかだ。魔獣の大移動が始まったときは君を守ってくれる」

「そんな貴重な石を……ありがとうございます」

「そして、もし許されるのならば君の心は私が守りたい」

懐深くに抱き込まれてアンジェリーナは呼吸を止めた。

この人は惜しみなくアンジェリーナが望むものを捧げてくれる。言葉や優しさ、強さだけでなく愛も全部だ。

困ったなぁ、背中に回した手で彼の上着を強くつかんだ。

「今回の魔獣の大移動はかつてない規模になるだろう。そう予測されたとき死を覚悟した。生き残ることをあきらめていたのは、終わりの見えない苦難に生きるよりもずっと楽だから」

周期が短くなったことで繰り返される魔獣の大移動。友人を失い、信頼する人を失って、それでも生きるためには戦い続けなくてはならなかった。

「きっと苦しかったですよね」

「どれだけ苦しくても、苦しいなんて言える立場ではなかった」

しぼり出すような言葉がアンジェリーナの心を揺さぶる。

それもそうだろう、隊長として人を鼓舞する立場だ。苦しいときほど平気な顔をしていなくてはならない。責任も立場の重さも違う。けれど同じだ、アンジェリーナと同じ。傷ついていても平気な顔をしているところも、戦う前にあきらめていたところも同じだった。

魔女だって傷つかないわけじゃない。虚勢を張って、傷つかないふりをしてきただけだ。

「だがアンジュと触れ合ううちに、こんなところで死にたくないと思えるようになった。君の存在が私を変えた」

そして、もう一度戦うことを決めたところも同じだった。

アンジェリーナを抱き寄せるジルベルト隊長の腕の力が強くなる。

「必ず生き残ってアンジュを迎えにいく。だから待っていて」

乞い願うようなジルベルトの言葉にアンジェリーナの胸が痛んだ。

――――彼の願いはきっと叶わない。

この美しい約束が反故にされたと知ったとき、彼はどう思うのだろう。魔除けの聖女に捧げたものと同じ熱意で私を恨むだろうか。それでも答えないこと、期待させないこと。どれだけ残酷だろうと、それがアンジェリーナの捧げる最上級の誠意だ。

覚悟を決めたアンジェリーナは上着をつかむ手を離した。そして平気な顔をして、するりと彼の腕の中から抜ける。

どうか、最後まで気がつきませんように。

「あっ、いけない！　買い物に行かないと日が暮れてしまいます！」

無邪気を装うアンジェリーナに、ジルベルト隊長は苦笑いを浮かべた。

「もう満足なのか？」

「はい、満足しました。さあ、行きましょう！」

アンジェリーナは踵を返した。過去はもう振り返らない。

次に来たときは、ここが私の戦場になる。

第七章

魔獣の大移動と、魔除けの聖女が隠した力

かりそめの平穏は、やはり唐突に終わるものだった。

兵士達の朝食が終わり、厨房の後片付けを手伝っていたアンジェリーナは布巾でテーブルを拭く手を止めた。

「始まった」

アンジェリーナが異変に気がついて、ジルベルト隊長経由で国に進言したあの日から三週間と六日。明日はフェレス副隊長に誘われて、二人で買い出しに出かける予定だった。

よくわからないけれど誰かの胃袋をつかむ作戦のために、彼がおすすめしたいという甘い物を一緒に食べに行くという約束をしていたのだ。

せっかくの約束が果たせなくなってしまったな。

満杯になった器から水があふれ出す感覚とともに放出された圧力は想像以上だった。

これでは、ほかにも気がついた人がいるかもしれない。

アンジェリーナは、さりげなく食器棚のほうを振り向いた。

「エルダさん、人が引けたので先に休憩に入ってもいいですか？」

「ああ本当だ。いいよ、休憩に入りな。それから、いつも言っているように魔の巣窟には危ないから近づかないようにね」

「エルダさんも鐘の音に気をつけてくださいね。この瞬間にも始まっているかもしれません」

警告はした、あとは彼女の運次第。背を向けて、アンジェリーナは勢いよく走り出した。

自室に戻って鞄をつかみ、用意しておいた手紙を机の上に置いた。

内容は色変え魔法薬を売った商人を見つけたので追って旅に出ること。突然辞めてしまったことへの謝罪と感謝の気持ち。これでもしアンジェリーナの不在が問題になったとしても探そうとはしないだろう。

アンジェリーナの嘘はこれで完結。あとは魔獣の大移動を処理して旅に出るだけだ。

少しだけ寂しさに痛む胸を押さえつつ、部屋の鍵を手紙と一緒に置いて部屋を見回した。

「お世話になりました、ありがとうございます！」

お礼を言って、アンジェリーナは部屋を飛び出した。

急げ、急げ……ここからは時間との勝負だ！

宿舎を出て、魔の巣窟の状況を確認する。すでに兵士達が武器を手にして取り囲みつつあった。

さすがリゾルド＝ロバルディア王国でも選び抜かれた精鋭ばかり。こういう勘の良さがないと生き残れないということか。

その輪の先頭に厳しい表情をしたジルベルト隊長とフェレス副隊長の姿があるのを確認して、アンジェリーナは口角を上げる。

やっぱりすごい人達だなー。

リゾルド＝ロバルディア王国にとって彼らこそ対魔戦の要だ。今回は全力で支援しますよ、全員欠けることなく生き残れるように。

アンジェリーナは目立たないように細心の注意を払って第六の門をくぐった。

そして大樹の奥に隠された転移の魔道具に描かれた紋章に手をかざす。

どのくらい魔力を充填すればいいのかな、古い機械だから燃費が悪そうだ。魔力を注ぐと魔道具が音を立てて起動した。使えるものと判断してアンジェリーナは口角を上げる。

ジルベルト隊長はこの魔道具を壊れていると言ったけれど、正解は魔除けの聖女の特殊な魔力でのみ動くように作られているから動作しないだった。

やはり過去にこの地と魔除けの聖女とは深い関わりがあったのは間違いないみたいだ。

魔窟の主との因縁はアンジェリーナには計り知れない昔から引き継がれているものらしい。

脈動が一際大きく跳ねた。魔窟の主が解放されたと歓喜の雄叫びをあげている。

「よし、ここから先は手加減なしだ」

挑めというのなら、全力で受けて立つ。

転移するアンジェリーナの背後で、始まりを告げる鐘の音が高らかに鳴り響いた。

剣を振るう手を止めて、ジルベルトは顔を上げた。
「……今のはなんだ？」
アンジェリーナが始まりを予知したときジルベルトも同時に何かが弾けた気配を感じていた。

気配は途絶えることなく続き、やがて脈動の間隔が徐々に短くなっていく。

「隊長！」

倉庫の扉を開け放ち、フェレスが血相を変えて飛び出してきた。備品の最終確認をするためにこもっていたはずだが……視線が合った瞬間、ジルベルトは反射的に叫んだ。

「配置につけ、大移動が始まるぞ！」

ジルベルトが走り出すと誰もがハッとした顔で駆け出した。魔獣の大移動が始まる直前はいつでも対応できる態勢を作るため、武器と装備を身につけたまま戦闘訓練を行うのだ。

夜間でなくてよかった、就寝中であればどうしても初動が遅くなる。それに夜は魔獣や魔物の力が強くなるため、さらに手間取ったかもしれない。それにしても、前回はこんな異常な感じがすることもなく突然始まったのに、やはり今回は異例ずくめだ。

「魔獣は？」

「まだです、ですが押し寄せる気配はあります！」

見張りの兵士が叫んだ。ジルベルトがのぞき込むと水面に浮かぶ泡が大きく弾けた。

「っ、来ます！　下がって！」

フェレスの言葉で反射的に距離を取った。すると今まさにジルベルトがいた場所に魔獣が生まれる。体の大きさが三倍以上あって、避けていなければ踏み潰されていたかもしれない。

魔獣は威嚇するように雄叫びをあげて、正面からジルベルトを睨みつける。

「ケルベロスか！」

また大物ばかりを出してきたものだ。マンティコアにバジリスク、ミノタウロスやオーガなどの人形もいる。上位種ばかりでなく、変異種も含まれているじゃないか。

背後で兵士達が大きく息を呑んだ。まるで何者かを警戒するように、持てる強力な駒を余すところなくぶつけてきたような。

いいだろう、上等だ。

ジルベルトは攻撃を避けてケルベロスの首をひとつ刎ねた。いつもより体が軽く感じる。

よし、これならいけそうだ。

「鐘を鳴らせ！」

「はい！」

ジルベルトの号令とともに鐘が打ち鳴らされ、あわただしく避難する非戦闘員の姿が視界に映る。ジルベルトは無意識のうちに艶やかな黒を探した。

……アンジェリーナは大丈夫だろうか。

コカトリスを切り捨て、サラマンダーの火を魔法で防ぎつつ、スライムは蹴り飛ばす。

蹴り飛ばした先に、ちょうどフェレスがいて魔法で火を放つと一気に燃やし尽くした。

「よそ見とは余裕ですね」

「体が軽いと思わないか？　対人戦での訓練のときは普通だった」

「それに魔法の威力も上がっています。魔獣や魔物に対するときだけ個々の能力が底上げされたとしか思えない状況です」

そしてジルベルトに近づくと声を一段低く落とした。

「大丈夫、アンジュは無事ですよ」

「なぜわかる？」

「この時間帯は休憩時間ですから食堂にはいません。それに彼女には避難所のことを教えてありますし鐘のこともですが、緊急避難の放送や地下通路のことも教えてありますから大丈夫。それに何があろうと彼女は確実に生き延びるでしょう。そうは思いませんか？」

「あのふてぶてしさだからな」

ジルベルトはふっと笑った。ついでにコボルトを数体まとめて吹き飛ばす。

「すまない、気が楽になった」

「いいえ、お気になさらず」

フェレスは笑って、トレントの群れに火を放つ。そして小さな声でつぶやいた。

「……本当にあなた達はよく似ている」

二人ともお互いのことしか見えていない。あまりにも手応えがなさすぎて心が折れそうだ。

フェレスが腹立ちまぎれに放った火は、瞬く間に燃え広がって周囲の魔獣や魔物を巻き込んでいく。まるで計ったかのようなタイミングのよさにジルベルトは苦笑いを浮かべた。

「えげつない」

「あなたには言われたくありませんよ」

「違う、褒め言葉だ」

ジルベルトは油分の多いスライムを蹴り上げ、燃える魔獣にぶつける。さらに風の魔法で火を煽ってからケルベロスの残った首を切り落とした。

「勢いのあるうちに一体でも多く倒せ！」

「おう！」

脈が動くたびに新たな魔が生まれてくる。あれだけ強力な種を大量に生み出しながら、一向に弱まる気配はなかった。

これは長い戦いになりそうだ。

負の感情を一切顔に出すことなく、ジルベルトはため息をついた。

◇◇◇

一瞬の浮遊感のあと、アンジェリーナは地表に降り立った。吹きすさぶ風の隙間に、ほんのわずかだけれど武器のぶつかる音と爆発音が混じっている。

ついに始まったわね。今ごろ盛り上がっているだろうなー。

今日のために、アンジェリーナは兵士の戦闘力を気づかれないように底上げしておいたのだ。

具体的には、数週間かけて少しずつ食事に効果を付与した。個々の特性に合わせて、毒や火炎に対する耐久力向上、対魔戦の近接攻撃や遠距離攻撃のダメージ増加、能力増幅などなど。

アンジェリーナの魔除けの力を兵士の体に馴染ませることで、いざというときに魔除けの聖女がいなくても効果を発揮するように調整した。

さらに治療用の水を汲む樽には毒無効と浄化の効果を付与しておいた。これなら水で洗い流すだけで傷口が浄化されるから聖水を使わなくて済む。結果としてフェレス副隊長のような治癒職は攻撃魔法に魔力を振り分けることができるから、戦闘にも長く参加できるはずだ。

もちろんどちらも効果は一時的なものだが時間稼ぎにはなるだろう。

視線を戻すと再び遺跡を観察した。石柱の配置に丸石の並び方。それらはやはりアンジェリーナの予想どおり、一定の規則性をもって並んでいた。

この並びは間違いない。魔除けの聖女特製防御陣だ。

防御陣は魔のつくものから聖女の姿を隠蔽する。今は力を失っているけれど、儀式によって効力を取り戻せば使えるはずだ。

アンジェリーナが儀式を行い、力を取り戻すと柱の上にある皿に浄化の炎が宿った。

「本当、不思議よね。風でも水でも消えない火って」

アンジェリーナが命じない限りこの火は消えない。

そしてこの防御陣がある限り、魔除けの聖女が魔獣や魔物に襲われることはないのだ。

ただ人間の目からはアンジェリーナの姿が見えてしまうので、そばから見ると怪しい儀式をやっている不審者にしか見えない。だから隠れてコソコソ準備しているというわけです。

さて、最後の仕上げだ。

アンジェリーナは鞄に手を入れてローブを取り出した。魔除けの聖女を象徴する紫に、魔除けの効果を持つ銀糸で刺繍を施してある。魔法抵抗向上にダメージ減少、毒無効、効率強化と攻撃力増加。あらゆる便利機能を搭載した逸品。

　これが魔除けの聖女にとっての戦闘服というものだ。繊細な刺繍で限界まで飾り立てた装飾と、背後のでっかい紋章を確認してアンジェリーナは深々とため息をついた。

「いやー、相変わらずド派手だ。コレを初めて見たときは初代はずいぶんとはっちゃけたなって思ったよ」

　銀糸の刺繍はまだいい。五色の錦糸を使い背中に描かれた紋章がさらに豪華なのだ。

　シンボルは剣、杖、聖杯。それをぐるりと囲むようにフィラニウムの葉が描かれていた。これだけド派手なのに格調高く品位を損ねないとは、さすが国の威信をかけた品だけある。

　ちなみにこれは、はっちゃけた初代が作らせたものではなく、セントレア王国の始祖が命じ、当時の最高技術を総動員して織り上げた品を下賜したものだった。

　つまり昔は王家と魔除けの聖女は仲良くしていたという証拠。

　アンジェリーナはローブに手を通す。魔力を流すと、紋章が輝きを取り戻した。

「まあこのローブを身につけて舞台に立つと気分が上がるというのはたしかね」

　平和に慣れて、いつしかセントレア王国は忘れてしまったのだろう。魔除けの聖女は魔のつくものから大切なものを守護するために戦う存在だということを。裏を返せば、守りたいと思わなければ魔除けの聖女は全力を発揮することができない。

　アンジェリーナは天を仰ぎ、頂上に燦然と輝く太陽に目を細めた。

　正義は誰にあるか、答えはきっとこの迷走の先にあるはず。さあ、天国のおばあさまに今までの練習の成果を見せるときだ。

「それでは最初から全力でいきます。弟子の成長をごらんになってください」

アンジェリーナは出し惜しみせず初手から奥の手を使うことにした。

両手を組むと、拳を額に当てて目を閉じる。神殿での祈りの姿勢、アンジェリーナにとって一番集中できる姿勢だ。意識を集中して自分の内側を真逆の色に染め上げていく。

普段のアンジェリーナを白とすれば、ここにいるのは黒。

頭の先から爪先まで、内側を真っ黒に塗り替える。一片の塗り残しもないよう、細心の注意を払って濃厚に甘く仕立てる。そして完全に塗り替えたところでアンジェリーナは目を開けた。

さあ、もう自由時間は終わり。日が暮れて宵闇が訪れる前にすべてを終わらせるの。

アンジェリーナは類稀なる美しさで国を傾けた妖狐のように艶やかな微笑みを浮かべた。

そして魔の巣窟のある方角にゆるりと手を差し伸べて、船乗りを岩礁に誘うセイレーンのように甘やかな声を響かせた。

「魔のつくものよ、こっちへおいで。ここには美味しい魔力が待っているわ」

そして真っ黒に染め上げた魔力を解放する。アンジェリーナの体を中心として魔のつくものだけが感じ取ることができる甘くて濃厚な闇の香りが波動のようにゆるやかに広がっていく。

アンジェリーナが生み出す闇の魔力。魔のつくものにとってこの世でもっとも甘美なもので、彼らを酔わせ狂わせる極上の餌だ。

魔除けの聖女が秘技、魔寄せ。

この力があるからこそ魔除けの聖女は対魔という限られた分野で最強なのだ。

さあおいで、おいでよ。

甘く誘うアンジェリーナの声が、魔の巣窟に届いた。

どのくらい時間が過ぎただろうか。

魔の巣窟からは上位種や変異種を挟みつつ、まったく途切れることなく一定の間隔で魔獣や魔物が姿を現している。しかも怪我をした兵士が抜けただけ人間側の戦力が落ちていた。

勢いに乗って攻め続けていたものの、さすがに誰もが体力の限界を迎えつつある。

じわじわとこちらを痛めつけるような狡猾なやり口、だが実に効果的で人間は体力が落ちれば気力も削られる。ここまで追い詰められているのに死者が出ていないのは奇跡だった。

さらに戦況が厳しくなりそうだと判断したジルベルトは、疲れを見せ始めたフェレスを振り返った。魔獣の爪先が彼の装備に引っかかって腕の皮膚を切り裂く。あっという間に片腕が血に染まった。

「フェレス、先に小休憩をとれ」

「っ、すみません。すぐに戻ります！」

人の血の匂いは魔をさらに興奮させ凶暴性が増す。魔獣につけられた傷はすみやかに手当てをすることが肝心だ。フェレスは魔法を放って魔獣を焼き尽くすと、戦線を離脱しようとする。

そのときだ、なんとも言えない嫌な予感がしてジルベルトは思わず振り向いた。

一瞬にして魔の巣窟の魔力が膨れ上がり、再び勢いを増したのだ。

「まさか、ここで第二波だと⁉」

かつてない事態にジルベルトだけでなく兵士の動きが一瞬止まった。

魔力だまりには魔を生み出す強弱の波があって、一気に強い個体が生み出されたあとは比較的勢いが弱まる時間帯がある。そのタイミングを見計らって交代で兵士を休ませ、怪我の手当てをするのだが、今回は途切れることなく強い個体が生み出されていたためここまで休憩を取らずに狩り続けてきた。だが、ここにきてまた大量の強い個体が生み出される気配を感じるとは。

長期戦に持ち込めば、こちらの体力が落ちて優位に立てる。手持ちの駒を使い、策を練るなんて、まるで知性があるようではないか。

魔の巣窟の奥で見えない何かがこちらの混乱ぶりを嗤ったような気がした。

負けるものか、ジルベルトは力の限り剣を振り抜いた。

「隊長！」

「いいから、おまえはそのまま離脱しろ！」

焦ったようなフェレスの声が聞こえて一瞬意識がそちらに向いた。

次の瞬間、ジルベルトの頭上に影が落ちる。反射的に避けると、真横を鋭い爪の切っ先が横切った。頬に擦れたような感覚があって反射的に視線を向ける。

そこには真っ黒な毛並みをした犬が唸り声をあげてジルベルトに狙いを定めていた。

ヘルハウンド。地獄の猟犬がまさか、こんなところに。

牙を剥いて飛びかかる魔犬の動きがジルベルトの目にはなぜかゆっくりとして見えた。自分の名を呼ぶフェレスの叫びがどこか遠いところから聞こえる。ジルベルトは奥歯を噛み締めた。

自分はこんなにも呆気なく死ぬ定めだったのか。

いいや、持ちこたえて見せる。アンジェリーナに生きて帰ると約束したのだから。

そのときだ、なぜか一瞬ヘルハウンドの攻撃に不自然な間が空いた。まるで見えない何かに気を取られたかのようで、わずかだが隙ができる。

隙を突いてジルベルトは間一髪、首筋に牙が届く寸前でヘルハウンドを切り捨てた。

「ジルベルト隊長！」

「……っ、大丈夫だ！」

今の不自然な間はなんだ、指示を出しながら荒くなった呼吸を整える。

だがこの奇跡のような出来事は、それ以降に起きた不可解な現象によってあっさりとジルベルトの記憶から上書きされる。

「こ、これは一体……」

先ほどまで我が物顔で暴れ回っていた魔獣や魔物がピタリと動きを止めていた。目の前にはいまだ武器を携えた兵士がいるというのに、それすらも視界に入らないようで。

そして次の瞬間、一斉に走り出した——第六の門へと。

「なっ、あいつら何を！」

ジルベルトは初めて第六の門が使われる様子を目の当たりにした。信じられないほど大量の土煙が立ち昇り、魔獣や魔物が地を揺らしながら次々に門を潜って駆け上がっていく。

「あの先に何かあるのか？」

魔力だまりを目指すときと同様の秩序を保って突き進む姿は、あまりにも異様だった。

兵士達も蹴り飛ばされないよう避けるので精一杯だ。

やがてその不可解な現象は魔の巣窟にも影響を及ぼすようになる。ケルベロスやオーガ、ゴブリンキングや配下のゴブリンも皆同じ、何千という魔獣や魔物が生まれたと同時に第六の門を目指して、取り憑かれたように駆け抜けていくのだ。兵士に欠片も視線を向けることなく、すでに万を超える魔が生まれたはずなのに、中庭には一頭も残っていないとはどういう理屈か。

やがて魔の巣窟は力を出し尽くしたようにコポコポと小さな泡を生み出すことしかできなくなっていた。始まりのときのように、圧倒的で爆発的な力を感じることもない。

「終わったのか……？」

信じられない思いで誰もが武器を振る手を止めた。たしかに、前回の魔獣の大移動もこんなふうに唐突に終わったものだ。だが各国に繋がる門を開放しないというのは、初めてのことだった。あれほど強い魔を生み出していた魔の巣窟が、これほど呆気なく力を出し切るという結末を誰が予想しただろう。兵士達の驚愕は、時間が経つにつれて歓喜へと変わっていく。

「魔獣の大移動が終わったぞ！」

誰かがそう叫んだ。その言葉を皮切りに静まり返った中庭に兵士達の歓声があがる。

結局、怪我をした者はいても死者は出なかった。

だが本当にこれで終わりなのか？

「変則的に湧く魔獣がいるはずだ、討伐は継続。私は魔獣を追う、変化があれば報告せよ！」

そう指示して、反射的にジルベルトは第六の門を駆け抜けていく魔獣の背後を追った。

第八章

逃げるアンジェリーナと、魔の巣窟の最後の悪あがき

魔寄せの力を使ったアンジェリーナは周囲の音に耳を澄ませる。

「おー、きたきた。大成功だ！」

土煙と振動が魔獣の到来を予感させた。作戦が当たれば吉、外れたら凶だ。

さあ、ここからが本番ですよ！

アンジェリーナの姿は防御陣によって隠されているから魔獣や魔物の目には見えない。だが姿は見えなくても魔獣や魔物は嗅覚だけで餌となる魔力を求めるという習性があった。

アンジェリーナは誘い込むように一際強く力を開放する。

甘く濃厚な魔力の気配に狂わされた魔獣や魔物は、欲求に従って、ただひたすら一直線に裂け目の向こう側にいるアンジェリーナを目指して突き進む。魔性に支配された今、彼らは自らの意思で止まることができない。勢いがついたまま、次から次へと裂け目に落ちていく。数にして万に近い強力な魔獣や魔物が抵抗もできずに裂け目の奥へと吸い込まれていった。

まさか魔獣の墓場という呼び名がそのままの意味とは思わないでしょうね。

看板に偽りなし。魔獣や魔物を誘き出して裂け目に突き落とす。魔寄せの力を持つ聖女だからこそ、こんな途方もない発想が生まれるのだ。

過去にはアンジェリーナと同じ策を考えた魔除けの聖女がいて、そのときに作られたのがこの

遺跡――防御陣ということになる。

どれだけの魔獣が押し寄せてもアンジェリーナは魔力を放出する圧力をゆるめなかった。

もっと濃く、もっと遠くまで。周囲を徘徊する魔獣や魔物もこの機会にできるだけ減らしておきたい。ただ本気を出すと不可抗力でこんな迷惑なものまで釣れてしまうけれど。

「ワハハハハハハ、なんと甘美で極上の魔力！　喜ぶがいい、我が嫁に」

「邪魔」

「ブフォッ」

視界の端から物体が消えて何かが煌めく星になった。アンジェリーナが弱体化の効果を付与して、限界まで固めた結界をぶち当てたからだ。

でも平気、ヤツらはこの程度では死なない。

アンジェリーナが踏んでも潰しても懲りもせずに湧いてくるのだから。

防御陣に守られたアンジェリーナの姿は魔獣や魔物の目には見えない。だがごく稀に人の血が混じる魔のつくものには見えてしまうことがある。

魔の後ろに人とか王とかついているらしいが仕事中に余計なことするな、うっとうしい。

ちなみに妖艶な美魔女だったおばあさまは仕事中に二回ほど拐かされかけたそうだ。節操なし、乙女の敵確定だな。

アンジェリーナは裂け目の奥を見つめた。

暗闇から獲物を狙うように赤い目がいくつも炯々と光っている。オオン、オオン……アンジェリーナという餌を求める彼らの怨嗟の声が地の底から絶え間なく響いていた。

残酷だよね、たぶらかして地の底に突き落とすのだから。

そう思ったとき、一瞬、脳裏にジルベルト隊長の顔が浮かんだ。騙しているという認識があるだけに心は痛む。アンジェリーナは彼との美しい思い出をこの場所に置いていくつもりだった。

そして心の奥底に芽生えたばかりの思いも一緒に。

アンジェリーナは、今このときも奮闘しているだろう彼の姿を思い浮かべる。

自分にはない清廉潔白な強さ。どんな敵にも臆せずに立ち向かう揺るぎない背中を見たときから胸が騒いで仕方がなかった。

こんなふうに愛を失うのは他人の好意を利用するアンジェリーナへの罰だから。

それでも二年前に果たせなかった義務を果たして、きっちりとケジメをつける。死んだ兵士達が命がけで守ろうとしたものを今度はアンジェリーナが守るのだ。

アンジェリーナの視界の先では、今も滝を流れる水のように魔獣や魔物の巨体が為す術もなく裂け目から地の底へと次々に落ちていく。やがて群れは地上から完全に姿を消した。翼を持つ個体も飛んできたが、アンジェリーナが撃ち落として同じように裂け目へと叩き落とした。

さて、そろそろ終幕かしら。

いくら活性化した魔力だまりだろうと魔獣や魔物を生み出す数は無限ではない。一度出しきったら再び力を貯めなくては生み出すことはできない、それが自然の摂理というもの。

裂け目に到達する個体がいなくなったということは、魔獣の大移動が終わったということ。

アンジェリーナは再び手を組んで額に当てると内側の色を塗り替えていく。

頭の先から爪の先まで完全に内側の色を塗り変えて、ほっと息を吐いた。アンジェリーナの視線が裂け目の奥に蠢く魔を捉える。

なんてわかりやすい。

万を超える憎しみに燃えた視線が突き刺さった。先ほどまでの純粋な思慕の色合いは跡形もなく消え失せ、アンジェリーナを憎むべき敵としか認識していないのがよくわかる。

今のアンジェリーナは魔除け、彼らにとって天敵だから。

魔法とはなんとも罪つくりな力だ、いくらでも自分を甘く優しく偽ることができる。

魔に対してかわいそうという負の感情がアンジェリーナを侵食した。

「っと、いけない。これがおばあさまの言っていた副作用のひとつか」

内側を黒く塗り替えるとね、魔に愛着が湧くのだよ。染まりたいという欲求に抗いにくくなる。

だから引きずり込まれないように警戒せねばならない。

アンジェリーナは熱を逃がすように深く息を吐いた。

たしかにこれは意識していないと危険だわ。でも大丈夫、ちゃんとわかっている。私には果たすべき義務があるということを。

「さあ、最後の仕上げだわ」

アンジェリーナは魔力を練り上げる。痛みなく、一瞬で終わらせるためにも威力は最大で。

「次に生まれ変わるときは、魔獣や魔物ではない別の生き物に生まれるといいわね」

それでもこのくらいなら寄り添っても許されるだろう、せめてもの餞となるように。

かわいい、かわいい魔物達――――では、さようなら。

「さ迷える魂よ、天に還れ」

アンジェリーナは裂け目に浄化の魔法を放った。巨大な光の渦がうねりながら裂け目に落ち、浄化の光が暗く淀んだ地下世界をあまねく照らす。

まるで太陽が落ちたようだわ。

でもこれだけ近くで浴びたとしても、浄化の光がアンジェリーナを焼くことはない。温もりに包まれたような安心感を覚えるだけだ。光が消えて、少し時間が経ったところでアンジェリーナは裂け目をのぞき込んだ。見渡す限り、真っ暗な闇。蠢いていた赤い光が瞬くこともない。

安堵したようにアンジェリーナは深く息を吐いた。

ようやく終わった……終わってしまったのだ。

「アンジュ！」

颪に乗ってジルベルト隊長の叫ぶ声が聞こえる。

本当に、あの人はタイミングが良いのか悪いのか。アンジェリーナにとって間の悪いときに居合わせる。初めて出会ったときと同じように、簡単には逃してくれないだろうな。

アンジェリーナは火を消して、防御陣を解除した。ローブをまとったまま、鞄を肩から下げる。

どうしても今は素直に顔を上げることができなかった。

それでも一応、お世話になったのだから最後の挨拶くらいはしておこう。

アンジェリーナは声が届くように、吊り橋の真ん中まで渡ったところで足を止める。

ぐらり、ぐらり。ギシギシと軋むような音を立てて揺れる吊り橋は私の心みたいだ。

「そこは危ない。きちんと話を聞くから、まずはこちらに渡って！」

ジルベルト隊長は懸命に言葉を尽くして橋を渡らせようとする。けれどアンジェリーナは、どうしても彼のもとに戻るわけにいかなかった。

それでもジルベルト隊長は、焦れたように手を伸ばす。

優しさしかないその手を拒絶するため仕方なくアンジェリーナは顔を上げた。

「アンジュ、君の瞳が真っ赤に染まっているのはなぜだ？」

とうとう見られてしまったと、アンジェリーナはあきらめた顔で笑った。

魔寄せの力を使うと、こんなふうに瞳の虹彩や角膜までが血のような赤に染まってしまう。一時的なものだけれど、まるで魔のつくものみたいで初めてのときはこわくて泣いてしまった。

これもまた魔寄せの力を使ったときの副作用。しかもいつ戻るかは力の使い方によってまちまちで。数分か、数十分か……時間を気にしたことはないけれど、けっこう派手に力を使ったし、しばらくはこのままだろう。

「まさか君も魔物なのか？」

「あなたがそう思うのなら、そうなのでしょう」

相変わらず呆然としたままの彼を突き放すようにアンジェリーナは表情を消した。

「今後の魔獣対策に役立ちそうな情報は部屋に資料としてまとめて置いてあります。古い情報も含まれていますので、参考にならないと判断したら処分していただいてかまいません」

「どういうことだ、君は何をした？」

何をしたですって、もちろん当然のことをだ。

アンジェリーナは彼の混乱を嘲笑うように、傲慢にも聞こえる口調で答えた。

「不当に貶められた矜持を取り戻したまで」

あなた達の望むように義務を果たしたの。だからもう国に縛りつけられるのはごめんだわ。

アンジェリーナは瞳を伏せ、決意を込めて再び開いた。

「瞳の色が紫に戻っている……君は一体、何者だ？」

混乱しているはずなのに、それでもジルベルト隊長は視線をそらさなかった。

「そんなふうにはぐらかさないで、きちんと説明してくれなければわからないだろう！」

君が誰かわからない、それでも君を助けたい。

まっすぐに注がれる強い視線からは彼の優しさが痛いほど伝わってくる。

でもね、それは私が何者かをあなたが知らないからだ。

今回の顛末を聞けばセントレア王国は必ず確認する。黒髪に紫水晶色の瞳をした魔除けの聖女がいるのではないかと。そうなれば遅かれ早かれ、リゾルド＝ロバルディア王国の誰かがアンジェリーナの素性に気がつくことになる。

もう後戻りはできない。これ以上彼を傷つけないよう突き放す。

「私を許さないで。恨み、憎んだままでかまわない。尽きることのない怒りを抱いたまま、ひたすら力を蓄える。そうすれば、あなた達はもっと強くなれるでしょう」

憎まれたまま魔除けの聖女は表舞台から姿を消すのだ、誰もが幸せになれるように。

そしてもちろん、アンジェリーナ自身も幸せになりたい。

アンジェリーナは鞄から小刀を取り出した。断魔の小刀と呼ばれ、魔力を帯びた物質ならなんでも断ち切ることのできる妖刀。魔を弾き、切り裂くために銀でできている。

魔除けの聖女のために武器錬成の聖女が鍛えた品で、アンジェリーナ自身が対魔戦において扱うことのできる唯一の武器だ。

慣れないから滅多に使ったことはないけれどね。

「アンジュ、何をする気だ！」

「あなた達には関係のないこと。私のことは忘れてください」

そっけない口調と、冷たい表情で言い放った。そのまま興味を失ったように背を向ける。

……さようなら、幸せになってくださいね。

アンジェリーナは小刀で吊り橋の縄を切った。切断する部位は縄の中心部、白く紋章が染め抜かれているところ。刃物でも魔法でも切れないはずの縄がブツリと音を立てて切れた。

支えを失ったアンジェリーナの体は裂け目の上に投げ出される。

「っ、アンジュ……って、は⁉」

ジルベルト隊長のちょっと間の抜けた声がして、アンジェリーナはくっと笑った。

ほらね、思ったとおり！

下から吹き上げる風を受けたアンジェリーナの体は、ローブに付与された空中浮遊の効果で一気に向こう岸へと投げ出される。

よっしゃ、このまま華麗に着地して隣国に脱出だ……と思ったけれど意外に勢いがついている。このまま地面に落ちると腰と背中を激しく打ちつけてしまうかもしれない。これは想定外だ。でも調薬の聖女特製治癒薬があるから命さえあればきっと助かる。

そう覚悟を決めて受け身の体勢をとったのに、どういうわけかアンジェリーナの体がふわりとした柔らかいものに包まれる。

「残念、つかまえた」

「へ？」

「ほんと無駄に思い切りが良いというか。どうにも危なっかしいところがあるよね」

顔を上げると、そこには満面の笑みを浮かべたフェレス副隊長がいた。この柔らかい感じは、どうやら彼の腕の中でしっかりと抱きとめられているから、らしい。

ちょっと、なんであなたがここにいるのよ！

「対人戦闘能力は皆無と聞いていたけれど、これだけ近づいても気がつかないなんて相当だ」

「ど、どうして、どうやって崖の反対側に」

「アンジュは橋さえ落とせばこちらに渡れないと思っていたようだけれど、誰がそう教えた？」

一瞬、理解ができなくてアンジェリーナは彼の腕の中で固まる。

「たしかに吊り橋を落とす計画があったけれどいろいろな理由があって断念した。でもね、ここは我が国の領土だ。橋がなければ渡れないのに、なぜ吊り橋を落とす計画が立てられたのか」

ようやく理解ができた瞬間、アンジェリーナの顔から血の気が引いた。

「ずる賢いアンジュなら、もうわかるよね。あ、念のため言っておくけれど褒め言葉だから」

絶対に褒めてない、目が笑っていないもの。

「我々は吊り橋を使わなくても対岸に渡る手段をすでに獲得しているからだよ」

正解は、あれだ。

フェレス副隊長はアンジェリーナを抱っこしたまま体の向きを変えた。視線の先にはなんで気がつかなかったのか不思議なくらい立派な最新の魔道具が鎮座している。

どれだけ視野が狭かったのよ、私……。

「対岸に橋を架ける魔道具だ。これには我が国の秘匿技術が使われている」

内緒だよ、とささやいてフェレス副隊長は魔力を流した。音もなく動き出したのは透明な板。橋を形成しているはずなのに、まったく起動音がしないとはどういう仕組みなのよ？

今、アンジェリーナの前に音もなく継ぎ目ひとつない透明な橋ができあがった……らしい。

目に見えないのにどうやって渡るのよ、これ。

「この魔道具には兵士の姿を隠蔽できる特別な素材を使用している。稼働音を極限まで減らしているから、魔獣狩りだけでなく今回みたいな隠密行動には便利だ」

コワイヨ、その含みを持たせた言い回しが。それ絶対国家機密じゃないですか！

フェレス副隊長はにこやかに微笑みながら、アンジェリーナを地面に降ろした。

「さあ、どうぞ」

「どうぞって、なんでしょう⁉」

「渡れるでしょう、一人で」

「ムリムリムリ、絶対無理ですよ！　橋の床板ないじゃないですか！」

「ありますよ、ほらここに」

フェレス副隊長がコンコンと叩く仕草をするとたしかに音はある、でも継ぎ目すら見えない。

どれだけ目を凝らしても、まったく視界に映らないのですが⁉

「これ完全に透けているじゃないですか。透ける板に乗って裂け目の上を歩くなんてこわいです、絶対に渡れませんよ！」

「おや、吊り橋の綱を切って空中浮遊を経験した人間がずいぶんと弱気ですね」

「だって見えないのですよ、つかむどころか踏むところもわからない橋なんてあり得ます⁉」

「そうですね、踏み外したら裂け目に真っ逆さまですからね」

甘い声でささやくような台詞ではない。鬼畜というのは設定だけではなかったのか。

涙目になったアンジェリーナをフェレス副隊長はもう一度抱き上げる。

「わかりました、一緒に渡ってあげますよ」

「ではなく逃げ」

「この期に及んで逃すと思いますか？」

ですよねー。しかも抱き上げるというか、そのまますると肩に担ぎましたよこの人。

しかも落ちないように腰をガッチリホールドされているから絶対に逃げられない。

「何を遊んでいる？」

それでも逃れようと足掻いていたら呆れた顔をしたジルベルト隊長が傍に立っていた。アンジェリーナの前にあるという、見えない橋を渡ってきたらしい。

おかしいよね、どうして見えないのにみんな渡れるの？

「これが遊んでいるように見えますか！」

「いえ、アンジュがこわいというから運んで差し上げようと思いまして……この体勢で」

フェレス副隊長がいい笑顔で答えるとジルベルト隊長はニヤリと笑った。

肩に担がれると、体がゆらゆら揺れて不安定だし、見たくもない裂け目の底がよく見える。

おかげさまで恐怖十割増しです！

「いいだろう、さんざん我々を振り回した罰だ。フェレス、逃すなよ」

「もちろん」

「聞きたいことが山ほどある。覚悟しておけ」

ジルベルト隊長が闇を背負った恐ろしい顔で笑ったから、アンジェリーナは顔面蒼白だ。

鬼畜の上司もやっぱり鬼だった。だがいまさら気がついたとしても、もう遅い。

アンジェリーナを肩に担いだまま、ゆっくりと橋を渡り始めたフェレス副隊長は途中で何を思ったのかピタリと足を止める。

「逃げてもいいですよ、ここに置き去りにしますけれど？」

「いやだー！」

笑いながらフェレス副隊長が一歩足を進めるたびに、アンジェリーナの精神力がゴリゴリ削られていく。ついには涙目になった顔を見て、フェレス副隊長は頬を赤らめた。

「アンジュは泣き顔もかわいいですね」

だから、なんでうれしそうなわけ！

――拝啓、天国のおばあさま。

アンジュは決して清廉潔白ではありませんが最善を尽くしてきました。目立たず慎ましく暮らして、真面目に働けばきっと幸せになれると努力してきたつもりです。

「さて、どこに運びますか？」

「まずは私の執務室に。あとは尋問してからだな」

それなのにどういうわけか捕獲されたうえに、連行されて尋問されるようです。

「私は悪いことしていませんよ！」

「大丈夫、最初はみんなそう言います」

フェレス副隊長がにっこり笑って切って捨てた。

なんてこと、信じていただけない。

結局、アンジェリーナは担がれたまま特務部隊本部のある敷地まで運ばれた。第六の門をくぐり、魔の巣窟の近くを通りかかる。恐怖しかない透明な橋を渡ったことで生命力を削られ、力なく運ばれるアンジェリーナの元に特務部隊隊員のサビーノさんが駆けてきた。

キタ、救世主。なんだかんだで優しい人だから絶対に助けてくれるはず！

「隊長、報告が……ってアンジュ、どうした？」

「サビーノさん、助けてください！」

明らかに捕獲された格好のアンジェリーナに目を丸くしたサビーノさんは、ジルベルト隊長とフェレス副隊長の顔を見比べて、どういうわけか深々と息を吐いた。

「いいか、あとでちゃんとごめんなさいすることだ。謝れば許してくれる……たぶん」

ちょっと待ちなさい、なんで私が悪さしたことが前提になっているのよ。

「それで報告とは？」

「はい、再び魔の巣窟が活性化する兆しが！」

「なんだと！」

ジルベルト隊長が魔の巣窟に視線を向けたときだ。穴からどろりとした液体が噴き出した。そして腐臭のする液体を撒き散し一体の竜が飛び出してくる。想定外の展開に精鋭揃いとされる特務部隊の隊員達も、さすがに言葉を失っていた。

でしょうね、明らかにこの世にあってはならないものだもの。

「……最後の悪あがきか」

魔の巣窟の奥で、アンジェリーナを待っていたとばかりに主が歓喜している。

なるほど、私のためにとっておきを出してきたわけか。実力を測ってのことならば、光栄なことだわ。

「バカな、竜だと」

「しかも死霊化している」

思考停止していた隊員達がようやく動き出した。

死霊化しているのは、どこぞ魔力だまりの近くで命尽きた竜の死体を引きずり込んでいたからだ。竜の知識を取り込んで体と魂を再構築し、魔巣の主が創造した魔物。

たしかにこんな掟破りの手を使う狡猾な主を相手にしていたのなら、前回の魔獣の大移動で迎え撃つ側は苦戦したでしょうね。

死霊となった竜――人に危害を加えるものを総称して邪竜と呼ぶこともあるが、この個体に普通の攻撃は効かない。伝説級の宝剣や魔道具など専用の武器や魔法が必要なのだが、とうに失われてこの世に存在しないとされていた。だから誰もが一様に顔色が悪いのだ。

ジルベルト隊長は指示を出しながらも思案している。最悪の場合、国を捨てるという判断が必要だと理解しているのだろう。

でもね、彼を悩ませるのはそれだけじゃない。

竜は腐食させる液体を撒き散らしながら、まるで我がもののように上空を旋回している。これでは国を捨てたとしても安心してはいられない。翼のある竜は、リゾルド＝ロバルディア王国だろうと他国だろうと関係なく腐食した体液と一緒に呪いを撒き散らすだろうから。

おばあさまは魔力だまりを自然の脅威だと評した。魔獣の大移動によって人の営みを徹底的に破壊する。自然災害と同様に、避けられないものだと。

とはいえ、いくらなんでもこれはやりすぎ。

「アンジュ、下がって！」

「いいえ、ここは私が」

「何を言っているのですか、相手は竜ですよ！」

「だからです」

フェレス副隊長の手を軽く避けてアンジェリーナは軽やかに進み出ると片手を横にないだ。

「天の怒り、聖なる槍を穿て」

すると稲妻のような煌めく光槍が落ちて邪竜の翼を切り裂いた。バランスを崩した竜の巨体が中庭に激しい音を立て墜落する。

「よっしゃ、大当たり！」

満面の笑みを浮かべてアンジェリーナは拳を突き上げた。

「え、あれはアンジェリーナ？」

「アンジュが、マジかよ」

兵士達が呆然とした顔で目を丸くする。

でしょうねー、だって皆の認識で私は非力でかわいい食堂の従業員だもの！

落下した邪竜は苛立つように咆哮をあげた。

っと、いけない。ここからさらに追い打ちをかけなければ。

アンジェリーナは驚きすぎて動けないでいる特務部隊の隊員に小走りで近づいた。

「おつかれさまです、すみませんが手伝ってください！」

あくまでも日常の延長で、井戸から水汲んできてくらいの口調でお願いする。なんとなく勢いに呑まれた彼らはいつもみたいにコクコクとうなずいた。

天国のおばあさま、ごらんになっていますか。アンジュは新たな技を習得したようです！

「では、お手数ですが剣をこちらに向けてくださいな。弱体化とダメージ増加を武器に付与しますので、思いっきり邪竜の体力と精神力を削ってきてください」

「弱体化、ダメージ増加、なんだ、その魔法は」

皆、アンジェリーナの視線の先で目を見開き固まっている。

まあ、そうなるでしょう。普通の魔法とは系統が違うのだから。

どう説明しようか悩んだところで、アンジェリーナの頭を誰かの手が軽く叩いた。

「指揮命令系統を無視して暴走するな」

「っと、すみません。ついいつもの癖で厚かましいお願いを」

「厚かましいという認識があるところが厄介だな！」

若干、頭を抱えながらジルベルト隊長は隊員の剣を指した。

「弱体化とダメージ増加の属性はなんだ？」

「属性……はないですね。弱体化もダメージ増加もそうですが、あくまでも補助魔法の位置付けなのですよ。属性魔法の行使を邪魔することなく総合的に威力が増すというふうに考えていただけますか？」

「だから読めないのか。なるほど、筋は通っているな」

やはりジルベルト隊長は誰よりも深く魔法を読んでいる。

恵まれた才能と知識。属性ではなく、質の違いまでわかる人はそういない。

アンジェリーナにとって彼がこの場に最高責任者としていることは運がよかった。

「ついでに防具には反射の効果を付与することで腐食させる液体を避け、より安全快適に」

「わかった、私が許可する。とにかくやれるだけやってみろ」

ならば全力で応えなくてはなりませんね！

アンジェリーナは手早く剣と防具に魔法を付与すると笑顔で送り出した。最初は半信半疑だった彼らも、実際に対峙してみると効果を体感できたらしい。とまどうような顔つきから真剣な表情に変わった。さすが精鋭揃いの特務部隊、みるみるうちに邪竜の体に深い傷が増えていく。

さて頃合いか、アンジェリーナは兵士達を振り向いた。

「それでは最後に。竜殺しの栄誉と呪いはどなたが引き受けますか？」

活気づいた場が再び静まり返る。前衛はあくまでも竜の攻撃力を下げるだけの存在、傷は与えられても致命傷である竜の心臓を貫くには程遠い。

心臓という核を破壊する者は竜殺しという武勇の誉れとともに、自身は破滅の呪いを受ける。最強の誉れ高い竜を仕留める者に与えられる光と影だ。

決して幸せになれない、それでも栄誉を求めるか。

竜を殺すという行為には、その覚悟も同時に問われるのだ。

「それは、私が」

静かに告げた人物の顔を見て、アンジェリーナは微笑んだ。

ああ、やっぱり。あなたならそう答えると思っていた。

アンジェリーナはジルベルト隊長と向かい合わせに立った。けれどフェレス副隊長が二人の間に割って入る。

「だめです、隊長はこの国にとって大切な存在。それなら私が！」

「受け入れてくれないか。そうでなければ私は自分が許せない」

でしょうね。与えられた義務を果たさない人間は嫌い、あなたはそういう人だから。

「私が死んだときは、フェレスに隊長の権限を委譲する」

いつものように笑って、ジルベルト隊長はそれだけ告げると兵士達に背を向けた。そして覚悟を決めた顔でアンジェリーナに剣を差し出す。

「これ以上被害が拡大する前に終わらせたい、できるか？」

「もちろんです」

刀身が太く厚い剣だ、これなら一撃で終わらせることができるだろう。

アンジェリーナは魔力を操って魔法を付与した。すると剣に光が宿って強く輝き出す。

彼の背後から、どよめくような人々の声が聞こえた。

「聖力、そして破魔。この剣は今このとき唯一無二の聖なる大剣となっています」

「つまり聖剣か、感謝する」

「それと最後にもうひとつだけ贈り物があります」

「なんだ？」

アンジェリーナはすかさずジルベルトの頬に唇を寄せると口づけた。

別の意味で周囲にどよめきが起きる。

一瞬、目を見開いて固まったジルベルト隊長の頬がじわじわと赤くなった。

「これは、一体どういう……いやもいいいいいってくる」

「ご存分に」

微妙に噛んでいるところがかわいい。

アンジェリーナはローブをさばいて、しとやかに騎士を送り出す礼の姿勢をとった。

離れた場所では無視してイチャイチャするなとばかりに、邪竜がアギャーと吼える。

あはは、元気のいいトカゲだ。待ってなさいよ、きっと瞬殺だからね！

アンジェリーナはジルベルト隊長の背中に声をかけた。

「大丈夫、私を信じてください」

新手の詐欺みたいな台詞だ。さてどんな答えが返ってくるか。

ジルベルト隊長はほんの少しだけ足を止めて振り向くと、アンジェリーナにだけわかる角度で柔らかく笑った。

「わかった、信じてみる」

ならば大丈夫、うまくいくはず。

ジルベルト隊長は前衛を下がらせる。そこからは本当に一瞬だった。

「ギャギャギャアー！」

この世のものとは思えないほど、おぞましい咆哮をあげて竜は威嚇する。

ジルベルト隊長は邪竜の攻撃を軽やかによけると高く跳躍して一気に首を刎ねた。聖なる光が腐食した液体を浄化して、胸に突き刺した剣が破魔の力で死霊の核を破壊する。

ためらいのない、流れるような動きにアンジェリーナは深く息を吐いた。

やっぱり強いなぁ、冷静に剣を振るところもかっこいい。っといけない、集中、集中……。

破壊した核の割れ目から光が放たれる。その光に押し出されるようにして黒い靄(もや)が滲み出た。

そう、あれが破滅の呪いの正体。

黙って見つめるジルベルト隊長に靄から触手が伸びて体に触れようとした、次の瞬間。

弾け飛ぶような激しい音を立てながら触手が弾かれる。

よっしゃ、これまた大成功ですよ！

アンジェリーナはすかさず力を練り上げて、浄化の光を放った。

「さ迷える魂よ、天に還れ」

視線の先では弾かれた黒い靄が再びジルベルト隊長へと触手を伸ばそうとしていたが、体に触れる数センチ手前で浄化の光に包まれる。

魂を引き裂かれるようなおぞましい悲鳴をあげながら、黒い靄は細かなチリとなって消え失せる。残された巨体の崩れ落ちていく音だけが、周囲に響き渡った。

フェレス副隊長は隣に立つアンジェリーナの両肩を大きく揺さぶる。

「アンジュ、今の魔法はなんです！」

「浄化ですよ。竜を滅したときに発生する破滅の呪いは魂に由来するものなのです。ですから可視化したところで呪いを弾き、綺麗さっぱり浄化しました」

「呪いを弾く、いつそんな」

アンジェリーナはちょいと頬を軽く指す。

魂に影響する魔法は直接体にかけるほうが効果的なのです！

「ということは……」

「ジルベルト隊長の手の甲を見れば結果がわかりますよ」

竜の呪いは手の甲に宿る。目につくところに焼きついて精神的にも苦しめるとされていた。

ジルベルトが籠手を外して両手の甲をかざすと、そこには呪いの紋様が欠片も刻まれていなかった。つまり彼は竜の呪いに侵されることはなかったということだ。

空気を揺るがせるような、一際大きな歓声があがった。

「アレはそういう意味か」

「あ、おつかれさまでした！」

アンジェリーナが振り向くと、そこにはなんとも言えない表情をしたジルベルト隊長がいる。

喜んでいい状況のはずが微妙に残念そうな顔だ。なんだか周囲の人も皆、かわいそうなものを見る目をしている。

「えー、でもちゃんと言いましたよね。信じてくださいって！」

「それがどうした？」

「呪いを弾く魔法は信じる思いの強さが強度に直結するのです。信じるという言葉だけでは足りません。あの魔法は信じる勇気があるからこそ成立する契約の魔法なのです」

つまり隊長がアンジェリーナを信じてくれたから、呪いを弾くことができた。

「ありがとうございます、信じてくれて」

ずるくて嘘つきな私を信じてくれた、それだけで対価としては十分。

ジルベルト隊長は目元を和らげたのを見て、アンジェリーナはほっと息を吐く。

竜のいた場所を確認すると朽ちた肉体は魂ごと浄化されたようで、素材となりそうな部位だけがいくつか残されている。鱗の一部に、爪、骨など。これらは加工されて対魔戦で使う武器や防具になるのだとか。

「あ、隊長！　あれを分けていただけませんか？」

「ああ、いいぞ」

「え、何に使うか聞かなくてもいいのですか？」

「いまさらだ、それよりも先に教えてほしいことがある」

――あなたは、誰だ？

もうはぐらかすことは許さない。

真剣な眼差しをしたジルベルト隊長はアンジェリーナを静かに見つめている。

フェレス副隊長もアンジェリーナの肩をつかんだままだ。

これを誤魔化すのは、さすがに難しいかな。

さてなんと答えよう。頭を悩ませるアンジェリーナの背後で、場にそぐわない冷静で事務的な誰かの声がした。

「失礼いたします。アンジェリーナ嬢、ご同行願えますか？」

振り向くと、王城で働く使用人の姿があって。

ひとつため息をついたジルベルト隊長が咎めるような口調で応じた。

「彼女には我々も至急確認したいことがある。あとにしてもらえるか？」

「申し訳ありませんが王からのご命令です」

ああ、ここまでかな。相手の硬い口調と冷ややかな態度になんとなくすべてを察した。

「アンジェリーナ嬢――いえ、セントレア王国聖女筆頭魔除けの聖女アンジェリーナ様。あなたがなぜここにいるのか、王が事情を伺いたいとのことです」

その場に痛いくらいの沈黙が落ちた。

「本日はお疲れでしょう、部屋を用意してあります。そこで体を休めていただき、明朝、審議の場に証人として出廷していただくことになります。ご承知おきください」

王城にはセントレア王国から使者が押しかけてきて面会を求めているという。

ああ、ついにこのときがきてしまった。

「嘘だ、そんなことが……」

ジルベルト隊長の声が虚しく空気を震わせる。違っていてほしい、そんな表情だった。

証人と言っているが、たぶん被疑者として扱われるのだろう。この国にとって、アンジェリーナは無能で怠惰な役に立たない魔女だから。

さまざまな色合いをした視線をアンジェリーナは冷静に受け止める。

いまさら何をしにきたと思っているでしょうね。

だとしてもセントレア王国にだけ都合の良い魔除けの聖女なんていらない。誰よりもアンジェリーナが許せなかった。

真実を話す用意はあると、アンジェリーナはそう己を奮い立たせる。

こうなったら最終目標は国外追放。

「王のお召しとあれば、お受けしないわけにはまいりませんね」

「アンジェリーナ！」

うろたえるな、もともとすべてを失う覚悟だったじゃないか。

振り向きざまに淡く笑ってアンジェリーナは無言のまま背を向けた。

第九章 なぜ魔女は無能で役立たずになったのでしょうか

朝か……カーテンの隙間から差し込む光に意識が浮上する。

あくびをして、大きく手を伸ばした。どこでも寝ることができるという自負のあるアンジェリーナだけれど、さすが王家御用達だけあってベッドの寝心地は最高でした。魔力も完全に回復しています！

昨夜アンジェリーナが案内されたのは、自室ではなく本部にある客間のひとつだった。てっきり牢屋的なところだろうと思っていたけれど、こういうところがリゾルド＝ロバルディア王国は良心的だ。セントレア王国なら身ぐるみ剥がれて地下牢に幽閉コースだろう。客間の廊下に見張りの兵士が控えているくらいなら、全然余裕です。

さて着替えますか。

鞄から着替えを出して手早く身につける。髪型を整えて、薄く化粧を施した。肌も髪もセントレア王国では酷使されていたからボロボロになっていたけれど、今は手入れも行き届いてツヤツヤのサラサラに戻っている。

最後に戦闘服代わりの紫色のローブを身につけると鏡で全身を確認した。

ワンピースは飾りのないシンプルなものだけれどローブを着れば華やかな印象に仕上がる。

勝負のときは見た目の印象も大事ですからね。

荷物をまとめたところで、コンコンと控えめなノックの音が部屋に響いた。

はいと返事をして扉を開けたら、視線の先にとんでもない人達がいて衝動的に扉を閉める。もう一度、今度は強めに叩かれたので仕方なくそっと扉を開けた。

「なぜ扉を閉める？」

「ええと、幻覚を見たような気がして？」

「まだ寝ぼけているのか。相変わらず意味不明なことを」

それはそうでしょうよ。いつもより煌びやかな騎士服を身につけたジルベルト隊長とフェレス副隊長が扉の外に並んでいたら誰だってそう思うはずだ。

硬い表情をしたジルベルト隊長が手を差し出したので、そっと手を重ねる。

いつもと変わらない温もりに、ほんの少しだけ心臓が跳ねたけれど、それには気がつかなかったことにした。

「お二人揃ってということは護送ですか？」

「まあ、そんなところだ」

否定されないところが悲しい。今はどっちかと言うと卑劣な悪役だものね。ここから国外追放を勝ち取るところまでが腕の見せどころだ。

廊下を歩きながら、ポツリポツリと会話を交わす。

「部屋を調べた。明らかに嘘とわかる書き置きと、貴重な情報が記された書類が残されていた。嘘つきのアンジュと、献身的なアンジュ。どちらが本物の君なのだろうな」

とまどうような気配を感じてアンジェリーナは小さく笑った。

「どちらも、です。私にはどちらも捨てがたくて、結局どちらかを捨てきれませんでした」

清廉潔白にもなれず、悪に染まることもできない。どっちつかずで中途半端な存在がアンジェリーナだ。

「だからこそ今ここにいます。これまで助けていただき、ありがとうございました」

直接お礼を言う機会は二度とないかもしれないから。

アンジェリーナは無言になった二人に背を向けてたった一人、扉の前に立つ。ジルベルト隊長の合図で扉が内側に大きく開いた。

「セントレア王国聖女筆頭、魔除けの聖女アンジェリーナ様」

高らかに入場を告げる声があがって、アンジェリーナは謁見室と呼ばれる部屋に足を踏み入れた。議会を開催する場でもあるそうで、ずいぶんと大きな部屋だ。

そこには、すでにリゾルド＝ロバルディア王国の重鎮と呼ばれる人々が顔を揃えている。

うわー、針のむしろだ。チクチクどころかザクザクと視線が突き刺さる。

二年前のことを根に持たれているのだろう。さすが正々堂々が信条のお国柄、気に入らない相手には容赦ないところがいっそ清々しい。議場の真ん中あたりに控えるよう指示があって、私の背後にはジルベルト隊長とフェレス副隊長が並ぶ。

「ウィフトギルス・リゾルド＝ロバルディア国王陛下」

すかさずアンジェリーナは礼の姿勢をとった。おばあさま仕込みの古式ゆかしい型で、建国以来続く魔除けの聖女らしいという理由で代々受け継いできたものだ。

というのは建前で、新しい型を覚えるのが面倒だっただけだろうけどね！

「魔除けの聖女アンジェリーナ、顔を上げよ」

公正明大と評される賢王、口調も声音も思っていたよりは悪くない感触だ。怒りに任せて冷静さを欠くところがないのはさすがです。

粛々と姿勢を戻してアンジェリーナは顔を上げた。

あら、顔が誰かに似ているような？

「審議の場では、原則、不敬は問わない。身分差に配慮せず自由に発言してもよい。ただし、発言内容は記録され、内容によっては罪に問われることもある。よいな？」

「承知いたしました、このような機会を与えてもらったことに感謝します」

つまり内容に気をつければ、反論してもいいってことよね！

「それではセントレア王国の使者をこちらに」

王が合図を送ると扉が開いて、セントレア王国独特の煌びやかな衣服を身につけた二人の使者が姿を現した。アンジェリーナは二人の顔を見て目を丸くする。

えっと、使者ってこの二人？

なぜよりにもよって……。呆然とした表情のアンジェリーナとそのうちの一人の目が合った。

彼はアンジェリーナに気がつくと目を見開いて、いきなり大声で怒鳴りつける。

「この無能、役立たずが！」

無防備なところを怒鳴りつけられたためにアンジェリーナの肩が大きく跳ねた。

セントレア王国では怒鳴り声が日常のことだったから慣れていたけれど、気が抜けていたらしい。怯えたように見えたからか、相手の嗜虐心を刺激したようで、我を忘れて怒鳴り続ける。

「無能で役立たずのおまえがいなくなったせいで、建国以来初めて我が国は不浄な魔獣や魔物に蹂躙されたのだ。おまえが魔除けの聖女としての義務を果たさなかったばかりに、たくさんの罪のない民が傷つき、勇敢な兵士達が死にかけている。仲間の聖女達でさえ、無責任なおまえの開けた穴を埋めるために必死で働いているというのに、おまえは何をしているのだ！」

アンジェリーナは困惑した顔で目元を押さえた。

「しかもなんだ、その派手なローブは。無能で役立たずが調子に乗って偉そうな格好をしたところで余計醜くなるだけだぞ」

なんでセントレア王国は、よりにもよってこの人を使者に立てたのかなー。

いや、むしろいろいろ手間が省けるから大歓迎なのだけれど。

「はは、いつも大口ばかり叩くおまえがだんまりか。だが安心しろ、我が国では、おまえに与える処罰はすでに決まっている。私財は没収、囚人として神殿の地下牢で死ぬまで鎖に繋がれるだろう。一生陽の下に出ることはできないと覚悟しておくがいい！」

ここまでを一息で言い切った彼――グレアム・ベアズリース伯爵子息のドヤ顔がまぶしい。

「審議だかなんだが知らんが、こんなところで無駄な時間をかける必要はない。おまえの有罪は確定しているのだからな。さあセントレア王国に帰るぞ！」

本当、バカは助かる。

アンジェリーナは表情が読めないように面を伏せて肩を震わせた。

っと、危ない。思わず笑い出しそうになったわ。魔除けの聖女を取り巻く歪な状況を公の場でさらっと暴露してくれるのはこの人くらいでしょう。

もう一人の使者も「そんな裏の事情を、今こんなところで暴露しなくても……」なんていうフォローになっていない失言を量産するし、いや本当に私ったら運がいい。

さて反論するかと口を開きかけたところで空気が動いてアンジェリーナの肩を誰かが引き寄せた。そして目元を押さえていた手を別の誰かが優しく引き剥がす。

「怯えなくていい、なんとなく事情がありそうなことは察した」

「泣かないで、かわいそうに」

アレ、なんか想定していた感じと違うような。

予想もしていなかった展開にアンジェリーナはピシリと固まった。

絶対零度というか表情に温度を感じさせないジルベルト隊長がアンジェリーナの肩を引き寄せ、笑っているのに命の危機を感じさせるフェレス副隊長がアンジェリーナの手を握る。

「審議の場を無駄な時間とはずいぶんと傲慢な台詞を吐いたな？」

「それとも命が惜しくないという意思表示ですか？」

どうしよう、邪竜よりこわい。

アンジェリーナの肩が震えて、歯がカタカタと音を立てた。

怯える様子がベアズリース伯爵子息に脅された結果と思われたようで、場の空気がアンジェリーナに同情的なものに変わる。

盛大に誤解されているけれど悪くない流れだ。

すると国王様がベアズリース伯爵子息に尋ねる。

「ひとつ確認したいのだが、魔除けの聖女は無能の役立たずで間違いないのだな」

「はい、そうです！」

「では無能の役立たずなど放っておけばいいだろう。どうせいまさら連れ戻したとしても国が元に戻るわけでもない。そのうえ鎖に繋いで幽閉とは。そんな人道に外れる扱いをしてまで、無能で役立たずと呼ぶような人間をどう働かせる気なのだ？」

謁見室になんとも言えない沈黙が落ちる。

お見事です、アンジェリーナは国王様に拍手喝采を送りたかった。

でも肩を押さえつけられ、片手がふさがっているので身動きひとつとれません！

「そ、それはですね。魔除けの聖女は聖女筆頭のため、国の一大事に逃げ出すとは他者に示しがつかないというか……」

「だが無能で役立たずなのは昔からなのだろう。では別の者を筆頭に指名すればよい。仕事を全うする有能な人物を最高位に抜擢する。そして無能で役立たずの人間は聖女の身分を剥奪して平民に落とすか、国外に放逐するか。そのほうがよほど他者に示しがつくとは思わぬか？」

反論したもうひとりの使者――グイド神官もまた沈黙した。

どうしよう、国王様が素敵すぎる。うっかりしなくても惚れてしまいそうだわ。

するとなぜかアンジェリーナの肩を抱く手に力がこもって強く手を握られた。しかも、なんでだか冷気が両側から増している。

そこはかとなく怒られている気がするのは、どうしてかしらね？

あっさり息の根を止められる前になんとか助命を……そうだわ、自己アピールするのよ、私の利用価値を前面に押し出して！

「発言してもよろしいでしょうか？」

「もちろん。自由に発言してよいと許可したはずだ」

「ありがとうございます。ではまず私の特殊な能力について説明いたしましょう」

すると驚いた顔をしたグイド神官が強い口調でさえぎった。

「聖女アンジェリーナ、あなたはセントレア王国と契約したはずだ。契約書に記された守秘義務により能力を秘匿することになっているのを忘れたのか！」

「そんな契約は結んでいませんよ。先代か、他の聖女のことと間違えていませんか？」

途端にグイド神官は目を見開いて、あからさまに顔色を悪くした。

他の聖女から聞いたのだけれど、なんでもその契約書にサインすると自分の能力と国の定めた秘匿事項を他国の人間に話そうとしただけで血を吐いて死ぬらしい。

ずいぶんと一方的で、あくどい契約だと思ったわー！

とはいえ神殿が聖女と契約を交わすなんて基本中の基本。まさか契約していないなんて、そんなバカなと思われるかもしれません。

ですが人の思い込みという弱点を利用する、ずるくて嘘つきな存在がいるのを忘れてはいけません よ。

そうでなくても昔から私に興味が薄いのよねー、この人。どうしてこんな人が使者として遣わされたのか……おっと、そうじゃない、話がそれた。

「いまさら契約など持ち出さずとも、このまま手放すほうがグイド神官としては好都合ではないのですか。聖女らしくないと、たびたび神官長に私の解任を求めておられたでしょう。それともこの期に及んで、ようやく神官長から私の力について説明を受けましたか」

「そ、それはその……」

「うす気味悪い、冷酷な女。だから魔女なんて不名誉なあだ名をつけられる、でしたか。遅かれ早かれ追放されるのであればと自ら神殿を出ていったのです。何か問題でも?」

聞かれていたのかと、そう言わんばかりにグイド神官は青ざめた。

「魔女とは……君は聖女なのだろう?」

ジルベルト隊長は眉根を寄せた。アンジェリーナは皮肉げに口元を歪める。

「魔除けの聖女の頭の文字と、最後の文字を繋いで魔女です」

「誰がそんな意地の悪いあだ名を」

「貴賤関係なく国民一丸となって、でしょうか。不気味な黒髪、意地悪そうな紫の瞳、青白く生気のない顔。性格は見た目に出るから、きっと性格も冷酷で性根が腐っているに違いない。良いところがまるでないから聖女ではなく魔女だと」

「ずいぶんひどい言われようだ。それは本当か、グイド神官」

「ええと、さすがにそこまではその……」

否定しないのは肯定とみなす。

フェレス副隊長は労るようにアンジェリーナの手の甲をそっとなでた。謁見の間にいるリゾルド＝ロバルディア王国側の人間は皆、一様に厳しい表情を浮かべている。彼らもアンジェリーナの噂が作られたものだということに、だんだんと気づき始めていた。

だが相変わらず空気の読めないベアズリース伯爵子息はアンジェリーナを蔑むような眼差しで睨みつけ、強気な態度を崩さなかった。

「嘘偽りなくすべて本当のことではないか。冷酷で性根が腐っているからセントレア王国を見捨ててリゾルド＝ロバルディア王国に媚びを売った。節操なしの、あばずれが。さあ、これ以上我が国の名を穢す前に、さっさと帰るぞ！」

ベアズリース伯爵子息は兵士の制止を無視して、アンジェリーノに手を伸ばす。

その手をフェレス副隊長が強く弾いた。

「なっ、不敬だぞ！」

「不敬はどっちだ。死にたいのか？」

そして、ジルベルト隊長が守るようにアンジェリーナの体を胸元に引き寄せる。

「我が王は聖女アンジェリーナが自らの言葉で説明することを望んでいる。それをそっちの神官と結託して話をさえぎり、セントレア王国にとって都合の悪い話をされることを恐れて、強引に連れ去ろうとした。不敬以外の何物でもないだろうが」

格が違うというか、気迫が桁違いというか。

空気が読めないベアズリース伯爵子息でさえも黙り込んだ。さすが、ジルベルト隊長です。

「聖女アンジェリーナ、続きを」

「はい、それでは」

「それ以上話すな、この裏切り者が！」

台詞と被せるように、再びグイド神官が話をさえぎった。あまりにも騒ぐので、彼は一時的に魔法で声を奪われる。鬼のような形相で声もなく叫ぶ彼をアンジェリーナは一瞥した。

あなたは私の言葉を聞きもしなかったのに、誰があなたの言うことなんて聞くものですか。

「貴国が見込んだとおり、魔除けの聖女の能力は魔のつくものを弾き退けます。ですが、魔除けの力を使うために、我々は祈りも潔斎も厳しいとされる修行すらいりません。その場にいるだけで能力が勝手に仕事をしてくれる。それが強みでもあり、弱点でもあります」

「弱点とは？」

「人は自分の目で見たものしか信じません。たとえば同じ聖女でも、日々お勤めに励む聖女と、何もしていない聖女の姿を見たとき、どちらの能力が高いと判断しますか？」

「やはり仕事をしているほうだろう」

セントレア王国で魔除けの聖女が怠惰とされるのは、そもそも能力を使う状況がないからだ。

結界が正しく機能していれば、国内に魔のつくものが寄りつかない。魔が寄りつかないから魔除けの聖女は目に見える形で聖女らしい仕事をしなくなる。

「だが、そもそもセントレア王国に魔が寄りつかないのは魔除けの聖女がいるからなのだろう。それはきちんと仕事をしている証明ではないか」

「表立って聖女らしい活動を何もしていないのに？」

「ああ、なるほど。人は自分の目で見たことしか信じないからな」

「そういうことです。さて、本当に何もしていなかったのか。結果はセントレア王国の現状を確認されれば一目瞭然かと」

　誰もが深く考え込んだ。建国以来、一度も魔獣に蹂躙されたことのないセントレア王国が、国内にある魔力だまりから魔獣が湧き、結界の外からも魔獣が次々と侵入しているという。神殿にはヘレナを筆頭に有能とされる聖女が欠けることなく揃って、結界の聖女リオノーラ様が王城には変わらずいらっしゃるというのに。国王様は大きくうなずいている。

　そろそろ本題に入る頃合いかな。

「本来は聖女を庇護する立場にある国が、私の悪評を放置してきた理由についてはひとまず置いておいて。無能で怠惰、役立たずと評される私を聖女として神殿に留め置いたのは、いざというときに命がけで奉仕させることができるから。奉仕される側の一般人相手に命をかけて当然とは言えませんもの」

「いざというときに命がけで……君は一体、何をさせられてきた？」

「いろいろありますが、たとえば昨日と同じようなことをですよ」

アンジェリーナは魔の巣窟を振り返った。

謁見の間からも不気味に蠢く魔力だまりの様子がよく見える。コポコポと音を立てて、時折魔獣のものらしい足や頭の一部が現れて消えた。膨張から破裂して鎮静化したけれど、活動自体が止まるわけではない。

アンジェリーナの見ている前で、ちょうどいい具合に魔狼が生まれた。

連携をとりつつ見張りの兵士が応戦しているが魔獣のほうが優勢。力を削がれているはずなのに、一度に三頭もなんて魔窟の主はがんばるわね。

でもちょうどいい、アンジェリーナはジルベルト隊長を振り向いた。

「この場から彼らの援護をしてもよろしいですか?」

「そんなことができるのか?」

「もちろん」

一般的に標的まで距離がある場合、目視では捉えにくいためか、魔法を発動すると周囲の兵士を巻き込むことがあるとされていた。

でも私なら造作ないこと。アンジェリーナは魔獣に向かって手を伸ばした。

「燃えろ、燃えろ。惑う魂は灰となれ」

今まさに兵士の頭上から襲い掛かろうとした魔獣が一瞬にして燃え上がり灰となって崩れ落ちた。他の二頭も同様に燃え尽き灰となる。だが兵士達には傷ひとつついていなかった。

「こんな遠隔で、なんという精度……」

誰かの呆然とした声が聞こえる。

一見するとそう思いますよね、でも仕組みはもっと単純なのです。

じっとアンジェリーナの手元を見つめていたジルベルト隊長がつぶやいた。

「火属性のようで微妙に違う。ただ燃やすのではなく特定の相手にのみ作用するということか」

「よくわかりましたね！」

ほとんど正解、魔法に限れば隠し事はできなそうだ。苦笑いを浮かべたアンジェリーナは魔の巣窟に視線を戻した。

「あら、怪我をされた方がいるようです」

しかもあれは重症だ。

魔狼に噛まれたらしい傷跡から、血が大量に出て腕があらぬ方向へと曲がっている。兵士は剣を取り落として膝をついた。あれでは傷は治っても今までのように剣を握ることは難しいかもしれない。

フェレス副隊長が顔色を変えてジルベルト隊長にささやいた。

「現場に戻って、私が治癒を」

「よろしければ、それも私が」

「えっ！」

まさか、そんなことまで。フェレス副隊長は絶句する。すると高位貴族の中から、豊かな髭を蓄えた老齢の男性が叫んだ。

「……は、バカな。魔獣に負わされた傷の手当ては手順が複雑なのだぞ！」

それも、もちろん知っている。アンジェリーナはすぐさま答えた。

「まずは傷跡を水で洗い流し、聖水をかけて浄化する。そのうえで治癒の魔法をかけて治療を行うことがもっとも効率がよく、患者に負担がかからない。治癒の魔法を使える人間がいなければ魔法薬で炎症を抑えつつ、医師の診察を受けて完治を目指す。ただどちらにしても治療には限界があり、特に咬傷は魔獣の歯形によって傷口の形状が複雑となるため、完治はほぼ絶望的とされる。また痛みなどの後遺症が残りやすく、歯牙に付着している魔素や毒が組織内に付着することにより、感染症などを発症する頻度が高いため長期にわたる経過観察を要する」

魔除けの力とは関係のない知識だけれど、おばあさまに仕込まれていたからね。

正解だったようで、おじいちゃんが一瞬言葉に詰まった。

手順がわかるということは、あの人は間違いなくお医者様だ。

「わかっているではないか、では……！」

「よい、やってみせよ」

「我が王よ、ですが患者の命だけでなく騎士生命もかかっているのです！」

「だからこそだ。この期に及んでできないとは言わせぬぞ？」

「仰せのままに」

王の命に従い、アンジェリーナは先ほどと同様に手をかざした。

「聖なる導き手、刻戻し」

アンジェリーナの詠唱と同時に、兵士の腕が白色の温かな光に包まれる。

光が止んで、傷口に目を向けると誰もが言葉を失った。

折れ曲がった腕が正しい位置に戻っているではないか！

兵士は難なく腕を動かし、再び剣を握って振ると、歓喜の声をあげる。どうやら後遺症のひとつとされる痛みもないようだ。

窓越しに視線が合うと、兵士は深々と感謝の意を示す礼の姿勢をとった。アンジェリーナはにっこりと笑って手を振り返す。

よかったねー、完治して。

アンジェリーナは目を見開いたまま固まっているおじいちゃんに視線を向ける。そして呆然としたフェレス副隊長と、苦笑いを浮かべるジルベルト隊長に気がついて誇らしげに胸を張った。

ふふ、驚いたでしょう！

「あれは、なんの魔法だ？」

「先代からは聖なる刻戻しの魔法とだけ伝えられております。一般的な魔法にたとえるなら水属性の洗浄、聖魔法による浄化と、無属性の毒無効、治癒と修復の魔法を重ねがけしたものです」

「つまり複数の属性の魔法を併用したと……どうやったらそんな高度な技が使えるのだ」

おじいちゃんがグイグイと詰め寄ってくる。

いや、そんな聞かれても……魔除けの聖女が使う魔法は独特で説明が難しいのです。

「なんでできるのかと聞かれたら、魔除けの聖女だからとしか答えようがありません。それに、あの程度の傷は日常のことでしたから気にしたこともないのですよ」

ついでにアンジェリーナは壮絶だった対魔戦の状況をさらりと暴露する。

熱狂と困惑が渦巻き、場が一気に騒がしくなった。それを王は手振りで黙らせる。

「魔を退ける結界を張り、魔を滅ぼす魔法を操ることができ、完治が困難とされる魔獣の咬傷まで治した。それなのになぜセントレア王国はそなたを無能で役立たずと評価しているのだ」

ふと、背後から強い視線を感じた。振り向くとグイド神官が激しく首を振っている。

それ以上は言うな！

アンジェリーナが意地悪く口角を上げると、絶望の色に染まった彼の目が大きく見開かれる。

何度も言わせないでよ、私があなたの指示に従うわけがないじゃない。

「簡単に説明すると、私の魔法は人に効かないのです」

「人には効かない、どういうことだ？」

「魔除けの聖女は対魔特化なのですよ」

対魔特化――肉体、魔力、そして魔法。魔除けの聖女が与えられたものはすべて、魔を弾き、退けるためにある。対魔戦のためだけに紡がれた特別な魔法を扱い、燃料となる魔力もまた特殊なものだった。

「対魔特化という言葉のとおり、私の魔法は魔のつくものにのみ効果を発揮します」

だからアンジェリーナは魔獣や魔物のいないセントレア王国で無能の役立たずなのだ。

すんなりとは理解できないようで、誰もが同じような困惑した表情をしている。

なるほど、とつぶやいて国王様は補足するように言葉を重ねた。

「一種の特異体質のようなものか」

「そういうことです。セントレア王国は聖女の国とも呼ばれています。彼女達の能力は千差万別、たとえば私のように特定の対象に効果を発揮する魔法と魔力を持つ聖女が生まれたとしても不思議ではないでしょう」

先ほどのおじいちゃんが、キラキラした眼差しでうんうんとうなずいている。さっと医学の観点からいかようにでも補足してくださるに違いない。

いやー、思っていたよりも良い人そうで本当によかった！

「だが兵士の腕を治していただろう。人に効かないというのなら、あれはどういうことだ？」

「私が扱う魔法は対魔戦のために紡がれたもの。魔に侵食され、赤紫色に変色している傷は範疇に含まれるようです」

魔獣や魔物の攻撃によって深く傷ついた場合、傷口は赤紫色に変色する。魔に侵食された傷ならアンジェリーナでも治すことができるのだ。

「一般的な治癒の魔法とは違うということか。では攻撃魔法も人に効かないのか？」

「そうなりますね」

ジルベルト隊長は少し考え込んでから、大きくうなずいた。

「わかった、では私に攻撃を当ててみてくれ」

「ええっ、いやです」

何が、わかったですか。全然わかりませんよ！

「万が一、怪我をしても文句は言わないから」

「いやいや、許すも何も確実に発動しないですから」

「それを確かめたいのだ。大丈夫、たとえ当たってもジルベルトであれば万が一もあるまい」

国王様が鷹揚にうなずいて、驚くほどあっさり許可が出ました。リゾルド＝ロバルディア王国の重鎮の皆様も瞳を輝かせて興味津々というご様子で。

そうですか、あのあたりに群れる高位貴族は三度の飯より魔法が好きな戦闘狂の集合体と。素養を存分に受け継いだらしいジルベルト隊長は小さく首をかしげた。

「だめか？」

ああ、もう。そういう顔をしないで。弱いとわかってやっているのなら確信犯だ。

「わかりました……その代わり、絶対に笑わないでくださいね！」

「もちろんだ、約束する」

詠唱までした魔法が不発に終わるのはめちゃくちゃカッコ悪いのだ。しかもこの流れは本気でやらないと怒られるやつ。そこかしこから期待に満ちた熱い視線が容赦なく突き刺さる。

……しょうがない、やるか。

アンジェリーナはジルベルト隊長と距離をとって、彼は万が一のために防御の魔法を自身にかけて。フェレス副隊長の監視の元でアンジェリーナは魔法を発動する。

「燃えろ、燃えろ。惑う魂は灰となれ」

本気でやった、当然だけど不発。だからイヤだったのよ、わかりやすく人前で失敗するのは。

謁見室になんとも言えない微妙な沈黙が落ちる。

そして安定して空気が読めない男が一人、アンジェリーナを指さして大笑いしていた。

「あははは、なんてザマだ。本気で放った魔法が不発だなんて無様なことこのうえないな。この無能、セントレア王国の恥さらしが！」

アンジェリーナはぐっと奥歯を噛み締める。

腹立つなぁ、最初から発動しないって言ったのに！

「笑うな。恥さらしはあなただ、グレアム・ベアズリース伯爵子息。人に効かないことを証明するためだと言っただろう。そっちのほうが頭が沸いているのではないか」

「た、他国の使者に対して無礼だぞ！」

「無礼なのはきさまだ。彼女の体内では正常に魔力が動き、発動寸前で破棄されている。つまり相手が魔のつくものなら、確実に魔法は発動して燃え尽きていたということだ。人を傷つけることなく、魔だけを排除する。これこそ魔除けの力が神の恩恵だという証ではないか」

「本当ですよね。どれほど大規模な攻撃魔法を行使しても彼女は人を傷つけることがない。まさに奇跡と呼ぶにふさわしい、貴重な力です。なんで理解できないのでしょうね」

いや、理解している人間もいる。ただ、声が出せないというだけだ。

口の動きだけでグイド神官はずっとアンジェリーナに向かって叫び続けている。

聖女のくせに、国を裏切り滅ぼす魔女と。

ほんと、何もわかっていない。先に裏切ったのは、セントレア王国だというのに。

「さて、魔除けの聖女アンジェリーナ。あらためて聞かせてもらいたい。そこまでの力を持ちながら、なぜ二年前の要請を断った。あなたにとって無能で役立たずの汚名を返上する貴重な機会であったはずだ。それに我々もあなたと共闘すれば犠牲は最小限で済んだかもしれん」

リゾルド＝ロバルディア王国側にとって国王様の疑問はもっともだ。私との間には利益しかないもの。でもね、唯一、それを損だと思う国があることを忘れてはいけない。

さて、反撃開始だ。

セントレア王国が私の能力に甘えて、さんざん好き勝手してきたツケを払うときがきた。

その先を言うな、絶対に言うな。

もちろん、聞かれことにはきちんと答えるに決まっているでしょうよ！

アンジェリーナの弾けるような笑顔に不穏なものを感じたようでグイド神官は青ざめる。

「断る以前に、知らされていませんでした」

「……は、知らなかっただと？」

「はい。二年前のときも、今回も。リゾルド＝ロバルディア王国から魔除けの聖女に派遣要請があったことなどセントレア王国側からは欠片も聞かされておりません！」

グイド神官は、がっくりと肩を落とした。

フェレス副隊長は呆然とした顔でつぶやく。

「では、あなたが婚約者のために要請を断ったというのは」

「セントレア王国が責任を私にすべて押しつけるつもりでついた人嘘です」

腹立たしいけれど効果は絶大だった。さまざまな嘘が積み重なって、無能で役立たずという噂の信憑性が増し、最終的には派遣要請が取り下げられたのだから。

審議の場が一気に殺気立った。

はっは、二人とも視線が痛いだろう。純真な乙女心を傷つけた罪の重さを思い知るがいい！

「そうか、ならば遠慮はいらないな」

そうつぶやいてジルベルト隊長はアンジェリーナの手を引いた。黒さの滲む微笑みにアンジェリーナの背筋が凍りつく。

うわー、悪い顔。なんだか、とんでもないことを言い出しそうな予感がするわ。

「ではこうしよう。そこまで蔑ろにするのならば彼女は我が国が引き受ける。しかも終身だ」

審議の場が、ざわりと揺れる。王は黙って見守るだけで発言を咎めもしない。

焦るグイド神官は、魔法を解かれて声を取り戻した途端に叫んだ。

「何を言い出すのですか、アンジェリーナはセントレア王国の聖女なのですよ！」

「だが、貴国にとっては蔑ろにしてもかまわないような無能で役立たずなのだろう。表向きの理由がほしければ、セントレア王国は魔除けの聖女を我が国へ派遣したことにすればいい。筆頭聖女が職責を果たすため国を離れたとすれば神殿の面目も立つ」

「そ、それはそうですが、今はそんな話をしておりません」

なんだかおかしな展開になっているぞ！

だいたい無能で役立たずという評価しかないアンジェリーナを引き受けて、リゾルド＝ロバルディア王国になんの得がある。

混乱するグイド神官を横目に、ジルベルト隊長は皮肉げに口元を歪めた。

「貴国が手放してくれたら、我が国は貴重な戦力が手に入るし好都合だ」

「え、貴重な戦力？」

「魔力だまりから死霊化した竜が湧いて出た。アンジェリーナは光槍で邪竜を撃ち落とし、聖化の効果を付与して私の剣を一時的にだが聖剣にしてくれた」

「は、聖剣⁉」

「うふふふふふ、お役に立てたようで幸いです」

そこまではっちゃけたのか、ひきつった顔のグイド神官にアンジェリーナは微笑んだ。

あらあら、遠慮と手加減はしない主義だと教えてなかったかしら？

「あれだけのことができるのなら、もしかして魔力だまりを消すこともできるのか？」

「それはできません。それから魔獣の大移動を止めることもできないです。できるとすれば名に神がつく方々だけですね」

なぜなら魔力だまりは神の管轄する領域。歴代の魔除けの聖女が魔力だまりに手を出さなかったのもそれが理由だ。

「はっ、偉そうなことを言うが役立たずじゃないか。肝心の魔力だまりが消せないなんて！」

「では、ベアズリース伯爵子息がやってください」

「バカが、私にできるわけがないじゃないか！」

「自分はできないくせに私を無能で役立たずと評価することはできるのですね」

知ったようなふりをして、余計な口を挟むんじゃないわよ。

「私を無能で役立たずと言いますが万能と思える他の聖女達にもできないことはあるのですよ」

「どういうことだ？」

「彼女達の能力は、私とは反対で人にしか効きません」

アンジェリーナを対魔特化とするなら、彼女達は対人特化だ。

だからセントレア王国で、彼女達は有能で役に立っていた……平和なときは、だけれど。

「人の悪意から守る結界も、聖女達が操る魔法も、魔法薬や魔道具も。単独で魔を弾き、退けるにはいろいろ足りていないのです」

たとえば傷を浄化する聖水や、武具には魔除けの力を込めるといった補助が必要だ。

「かつて敵国が攻めてきたとき、リオノーラ王妃の強固な結界のおかげで侵略を免れたと聞いているが、それはあくまでも人間に対するものだからか」

「魔獣や魔物に悪意はありませんからね」

人を襲うけれど彼らに悪意はないのよ。あるのは餌となる魔力に対する純粋な欲求のみ。そこを見誤ったのね。

「君のほかに魔除けの力を持つ聖女はいるのか？」

「いません。対魔特化は私だけです。だから魔除けの聖女には、魔を弾き、退けるために必要とされる能力のすべてが与えられています。ですよね、グイド神官？」

この場において無言とは肯定だ。神官達も聖女と同様、人に効果を及ぼす聖水や護符を作ることはできても対魔戦で有効な浄化の魔法は使えない。

このままいくとセントレア王国は確実に滅ぶのでは？

混沌と混乱の渦に否応もなく呑み込まれていく国の姿を想像したとき誰もが青ざめた。

そんな彼らの顔を見て、アンジェリーナは薄らと笑った。

「魔除けの聖女が筆頭に選ばれた理由を、ご理解いただけますよね」

それは魔除けの聖女が保つ安寧の上に、他の聖女達が活躍できる場があるからだった。

「それにしてもなんでここまで状況が悪化したのでしょうね。私がいなくても有能とされる聖女達がもれなく揃っているわけですし、反撃ぐらいできたはずです」

セントレア王国が応援を要請したと聞いたとき、アンジェリーナは不思議に思っていたのだ。

この程度で揺らぐほど、脆弱だっただろうかと。

「魔獣の大移動が直撃したならともかく、三種の宝具さえあれば湧いて出た程度の魔獣や魔物くらい自分達で撃退できるはずでしょう？」

「三種の宝具とはなんだ？」

「対人特化の聖女が魔除けの力を借り受けるために使用する魔道具です。それぞれ聖騎士の剣、聖者の杖、女王の聖杯と呼ばれています」

ジルベルト隊長だけでなく、誰もが不思議そうな顔をしているので少しばかり補足を。

アンジェリーナはローブを脱いで背の紋章を見やすいようにと掲げた。

魔除けを象徴する三種の宝具を重ねて縫い取ったものが魔除けの聖女の紋章だ。

「聖騎士の剣はわかりやすく聖剣ですね。魔獣や魔物を討伐する際に必要な攻撃系と防御系の補助魔法が常時発動するようにできています。聖者の杖は近距離および遠距離攻撃のダメージ増加と能力増幅、効率強化。防御力を向上させ、軍を支援するような魔法に適しています。それから女王の聖杯には浄化、回復、毒無効、魔法抵抗向上の効果が付与されています。聖杯に水を溜めておけば聖水の代わりになり、経口摂取することで魔法薬に近い役割を果たします」

三種の宝具は魔除けの聖女が戦線を離脱しても、もちこたえることができるようにという目的で作られたもの。だから本人が不在でも魔除けの力が充填されていれば問題なく使える。

アンジェリーナの想定では、身体能力と戦闘技能に長けた戦闘の聖女、多種多様な魔法を操る夢幻の聖女、癒しと回復の聖女がそれぞれに割り当てられた宝具を使えば、ほぼ被害は出ないはずだった。

「そんな伝説級の魔道具が存在したとは。たしかにそれがあれば一気に討伐の効率が上がるな」

ジルベルト隊長のつぶやきにフェレス副隊長がハッと顔を上げた。

視線が合って、何を言われるか察したアンジェリーナは顔色を悪くする。

……どうしよう、たぶんバレた。

「それで、三種の宝具はどうしたのです。国を出る前に魔力を満杯まで充填して、問題なく使えることは確認していますよ？」

アンジェリーナが宝具の仕組みについて説明すると、グイド神官が青ざめていく。

え、ちょっと何よ。たぶんやっちまいましたという顔は！

「実は魔獣が襲ってきたとき、武器を探して神殿の宝物庫を解放したのです。そのとき宝具の聖女が宝物庫に突撃してきまして、その三種の宝具にいたく興味を持ち……」

「分解して元に戻さないという厄介な性癖を持つ宝具の聖女が興味を持ったですって？」

だから隠しておけって言ったのに。それを突撃って、嫌な予感しかしないのだけれど。

「それで宝具の聖女バルバラ様が突撃して、どうしたのです？」

「……分解しました」

「やっぱり、何をやっているのですかあなた達は！」

あの破壊の聖女バラバラが、よりにもよって大事なときにやりやがったわね！

「王が許可したのだ！　それに組み直してみてもやっぱり使えなかったから壊れていると」

「違いますよ、あの子は都合が悪くなると全部壊れていたことにするのです！」

燃料となるのは魔除けの聖女の特殊な魔力。使えないということは、たぶん宝具の肝となる魔力貯蔵部まで分解したのだ。貯めた魔力の質の違いにすら気がつかないなんて、知識と経験が不足しているにも程がある。国や神殿だけでなく、聖女までも揃って好き勝手しやがって。

グイド神官によると聖騎士の剣を持たない戦闘の聖女は毒と魔に侵されて深く傷つき、回復することもできなくて寝たきりに。聖者の杖が使えなかった夢幻の聖女は蹂躙される兵士達の姿に精神が耐えきれなくて引きこもりになったとか……本当、何やってるのよ。

「それで、癒しと回復の聖女は？」

黙ってしまったグイド神官の代わりにベアズリース伯爵子息が暗い表情で口を開いた。

「ヘレナは魔法が使えなくなって聖女を辞めた」

「……なんですって？」

「魔力補給薬の過剰摂取。さらには深刻な魔力の枯渇により器が割れたそうだ」

思いもよらなかった結末にアンジェリーナは言葉を失った。

状況は容易に想像できる。魔獣に襲われた人々を魔力が尽きるまで治療し続けたのだろう。

まず魔力不足の症状は容姿に現れる。初期は魔力が宿る髪が枯れたように艶を失い、肌は荒れて顔色が悪くなる。セントレア王国でアンジェリーナの容姿が不気味とか気味悪いと言われていたのはこれが理由だ。この時点で止めておけばまだなんとかなるが、それでも使い続けると魔力を貯める器が割れて魔法が使えなくなる。

だから忠告したのに。過剰な魔法の使用は報いとなっていつか自分に返ってくると。

「おまえが勝手にいなくなるからだ！　聖女のくせに国を捨てるなんて恥ずかしくないのか。おまえのために、罪のないヘレナやセントレア王国民が深く傷ついたのだぞ！」

罪のないというベアズリース伯爵子息の言葉にアンジェリーナの視線が険しくなる。

無能で役立たずと呼ばれてまで、なぜ国を守護しなくてはならないのよ。

アンジェリーナは暗い眼差しをグイド神官とベアズリース伯爵子息に向けた。

「言っておきますが、たとえ私が戻ったとしても遅かれ早かれ国は滅んだと思いますよ」

「どういうことだ？」

「強すぎる聖女の力には神から制約が課せられていることがあるのです。魔除けの聖女もそうで、力を余すところなく使うために条件を満たさなくてはなりません。王家や神殿も知っていることですから、もちろんお二人もご存じですよね」

セントレア王国の二人は視線を泳がせる。

この場の雰囲気で、実は知りませんでしたとは言えなかった。

「具体的にはどのような条件なのか？」

「魔のつくものから大切なものを守護するために戦うことです。裏を返せば、守りたいと思わなければ魔除けの聖女は全力を発揮することができません。本来なら魔除けの聖女の力は勝手に仕事をしてくれるのですが、いつしか意図的でなければ求められた水準まで仕事を全うすることができなくなりました。それもあって罰金の話が出たのかもしれませんね」

ふざけるな。冤罪によって裁かれると知ったときの失望は今でも忘れられない。

誰かの息を呑む音がした。それでは、もしかして……。

「真実を知った皆様にお聞きします。これでも私がセントレア王国を守護すると思いますか？」

こんな国、滅びてしまえばいい。

アンジェリーナがそう思い始めたときから、すでに滅亡への道を歩んでいたのだ。

――ごめん、おばあさま。やっぱり約束は守れなかったよ。

「今のセントレア王国は魔除けの聖女の忠誠を踏みにじることしかしません。ベアズリース伯爵子息が証言したように連れ戻されたら私は間違いなく拘束されるでしょう。そして魔道具や魔法薬で逆らうことができないように思考を操作されるかもしれません。そんな状態で魔除けの力を正しく行使できると思いますか？」

魔から人を守護するはずの魔除けの聖女が、人を傷つけるようなことがあってはならない。

「魔除けの力が人を傷つけないことと同様に、魔除けの力に人間も干渉してはならないのです。この黒い髪と紫の瞳のように、何者にも染まらないからこそ魔除けの聖女でいられる」

「それなら、君は」

痛みをこらえるようにジルベルト隊長とフェレス副隊長の表情が歪む。

今この瞬間も味方であろうとする優しい人達を私は騙してしまった。

「ごめんなさい、嘘をついていました。この髪も瞳も、元からこの色なのです」

だからジルベルト隊長に今のままが好きと言われて泣きそうになるくらいうれしかった。

うつむいたアンジェリーナの首元で優しい色をした銀のネックレスが揺れる。

たとえ許されなくても、この銀色になら染まってもかまわないと思うくらいに幸せだった。

でも優しい時間は、もう終わりだ。

「厚かましいのは承知のうえで二年前に大切な方を亡くされた方々へお伝えいただけますか？」

二年前と聞いてジルベルト隊長が深く息を吐いた。

そうよ、彼だって大切な人を亡くしている。どんな理由があろうと愛する人を失った人達に許せというのはあまりにも残酷だ。

誰かが憎しみを引き受けなくては、いつまでも彼らの悲しみは終わらない。

「私を許さないでください。恨んで、憎んだままでかまいません。尽きることのない怒りを抱いたまま、ひたすら力を蓄える。そうすれば、もっと強くなれるでしょう――そしてもっと強くなれば、魔除けの聖女は必要なくなります。聖女の力に頼ることなく己が技量だけで魔のつくものを退ける。それが私の望む国の姿です」

私への憎しみが彼らをより強く生かすのなら負の感情だって引き受けてみせる。

魔に囚われないよう人を強く生かす、それこそが聖なる力を与えられた者の義務だから。

「もっと早く私がセントレア王国を捨てることができていれば。前回の魔獣の大移動が起きる前に、貴国へと馳せ参じることができたでしょう。それが間に合わなかったのは、ただただ私に国を捨てる覚悟が足りていなかったから。先代との命をかけた約束があることに甘えて、現状に流されてきた私の弱さゆえのこと」

アンジェリーナは膝をつき、額を床につける。これは周辺国で共通する最上級の謝罪の姿勢。

なぜこんな真似を。意図が読めない人々は呆然として言葉を失った。

「魔除けの聖女として皆様の愛する人を守れなかった。己が不甲斐なさをお詫びいたします」

――――誠に申し訳ありませんでした。

謝罪の言葉は静まり返った審議の場に凛と響いた。

「さて、私は無能で役立たずだったのか。皆様はどう判断なさいますか？」

第十章
アンジェリーナの越えられない壁と、反撃の布石

フェレス副隊長が差し出した手に己が手を添えてアンジェリーナは立ち上がった。そして慣れない姿勢にぐらついた腰をジルベルト隊長が支える。

気がつくと二人に周囲が固められているのですが……もしやこの体勢、絶対逃さないようにするための拘束ですか？

かすかに震えるアンジェリーナと視線が合って国王様は苦笑いを浮かべる。

「潔いというか……なんとも危ういなぁ。よくぞここまで無事に生きてこられたものだ」

「よく言われます。どうやら悪運が強いみたいです」

すっきりとした顔でアンジェリーナは笑った。

微笑むアンジェリーナとは対照的に、国王様は表情を真剣なものへと変える。

「つまり、それがあなたの望む落としどころということか」

「落としどころではありません。謝罪の気持ちは本物です」

「セントレア王国の使者は一切謝罪しなかった。つまり今回の件に関して聖女筆頭であるあなた

「もうよい、元の姿勢に戻れ」

「慈悲深きお言葉に感謝いたします」

最後は被疑者自ら幕を引き、第三者に判断を委ねる。あとは彼らがどう判断するかだ。

がすべての罪を背負うことになる。それはわかっておるな？」

「はいもちろん、そのつもりです」

さすが、言わずとも理解してくださると思っていた。

最上級の謝罪とは、罪人が罪を認めるときにするものだ。謝罪することで自分が全責任を負うという意味がある。裏を返せば、セントレア王国は無能で役立たずのアンジェリーナによって救われたということだ。

これはアンジェリーナ渾身の意趣返し。それと同時にセントレア王国が失うものがもうひとつあるということを意味している。

「自らを罪人として我が国に引き渡すつもりか」

「そうなります。謝罪を受けてくださいますか？」

セントレア王国が失うもの、それはアンジェリーナの身柄。

何度も言うが、魔除けの聖女の無能で役立たずという評価に、さらに自分勝手で……まあ、もろもろの悪評が追加されるだけだ。いまさら地を這う評価が天に昇ることはない。

その代わりきっと手に入れてみせる、国・外・追・放。

絶対に逃げ切ってやるわ、見てなさいよ！

アンジェリーナを一瞬憐れむような顔で見て、国王様は軽く王笏(おうしゃく)の先を床に打ちつける。

「セントレア王国の使者よ、見てのとおりだ。最上級の謝罪をもって魔除けの聖女は己が身を罪人としてリゾルド＝ロバルディア王国に引き渡した。よって彼女は我が国の法に基づき処罰する。

これは貴国を含め周辺国との申し合わせにより決まっていることだ」

よし、ここまでは想定したとおり。

リゾルド＝ロバルディア王国の刑罰には罪人の証を刻んだり、おどろおどろしい呪いをかけたりするものはないと聞いている。たとえば国外追放だって、罪人を国境の外に手荷物と一緒に放り出すだけだ。

人道的だわ、さすが高潔な騎士道精神で有名なお国柄。

そして国外追放バンザイ。これでようやく自由の身になれる！

「……ただし、貴国とは違い我が国では罪人となった者でも心身保護の法が適用される。地下に幽閉して鎖で繋ぐなどありえない。刑が執行されるまでは手厚く保護することになるだろう。まあ、刑を執行するまでにいろいろと聞きたいこともあるし、当面はこのまま保護観察だろうな」

あ、あら……想定した流れと違うような？

理解不能なホゴという言葉にアンジェリーナは固まる。両隣の二人は笑顔でしっかりとアンジェリーナの手を握った。

「よかったな、アンジェリーナ」

「これで一安心ですね」

よかったのか。ええと、ホゴ……反故、もしくは保護。

あれ、待って。国外追放は？

「ちょっと待て、我々は罪人の引き渡しを求めてこの国までやってきたのだ。それを逆に引き渡せだなんて意味不明なことが認められるか！」

ベアズリース伯爵子息は真っ赤な顔をして激しく抗議する。

言葉遣いは完全に不敬だが、そう叫ぶ気持ちはわかる。だって私も絶賛混乱中だから。

「なぜだ。聖女アンジェリーナは本来セントレア王国が償うべき罪すら、その身に引き受けると言うのだぞ。国の存続のため、駒のように人を切り捨てる貴国にとっては好都合な展開ではないか。それとも彼女の罪とは切り離し、あらためて貴国に責任を問うこともできるがどうする？」

「そ、それは……とにかく困るのだ！」

ベアズリース伯爵子息の混乱ぶりに聴衆は失笑した。

「あなた達は聖女らしくないとさんざん彼女を貶していたが、最後は彼女の聖女らしい自己犠牲によって救われたわけだ。感謝しても文句を言うのは筋が違うと思うぞ」

アンジェリーナの視線の先では、ジルベルト隊長の皮肉混じりの返答に国王様も笑いながらうなずいている。

先ほどからアンジェリーナのことを罪人と呼んでいるが、彼らの表情や口調からはそう思っていないことが丸わかりだ。すでにどのように処遇するかも心算があるのかもしれない。

罪人とは名ばかりで、魔除けの聖女が奪われようとしている。

セントレア王国側からするとそうとしか思えない状況だった。

「話は以上だ。ちなみに我が国だけでなく周辺国においても今回の魔獣の大移動で被害がないことも確認している。貴国とは違い、我々は連携して魔獣を食い止めるつもりだったから他国からも大層感謝されてな。この際だから魔除けの聖女が助力してくれたことも喧伝しておこう」

つまり魔獣の被害に苦しみ、右往左往しているのはセントレア王国だけということだ。

国王様は退室を促すように軽く手を振った。

「対魔戦について他国からの助力はないものと思ってほしい。直接伝えずとも、賢明なセントレア王であればご理解いただけよう」

「そんな、我が国はどうなる！」

「勝手にしろ、それだけだ」

吐き捨てるようなジルベルト隊長の言葉にベアズリース伯爵子息の顔色は真っ青になった。

アンジェリーナの証言によってセントレア王国が魔獣の大移動から自国だけを守るために他国を切り捨てたことは明らかになった。切り捨てる者は、切り捨てられる。

「ただし、アンジェリーナや我が国に手を出したら容赦しない。貴国とは違い、我が国は魔獣の大移動のために鍛え上げられた魔法師や魔法剣士がほぼ無傷の状態で揃っている。騎士道精神に則り、正々堂々とお相手いたそう」

周囲からは、目には見えないけれどゴゴッと音がするくらいに闘気が噴き上がった。強面のおじさま方だけでなく、冷静沈着のはずの国王様ですら魔のあとに王がつくアレに見える。

アンジェリーナでも倒せない魔がこんな近くにいた。もはや騎士道というか戦闘狂。お国柄か、もしくは血だな。

暑苦しいまでに膨れ上がった闘志にアンジェリーナは引いた、むしろドン引きだ。

魔の巣窟の上に国を建てたのも合法的に戦えるからだったりして。

絶対そうだ、一線は越えないようにしよう。じゃないと確実に血の雨が降る。

「アンジェリーナ？」

「ナンデモアリマセン」

フェレス副隊長の甘いささやきに震えるアンジェリーナの視線の先で、ずっと黙り込んでいたグイド神官が唐突に口を開いた。

「仕方ありませんね、最後に聖女アンジェリーナと直接話してもよろしいか？」

「これ以上、何を話す必要がある？」

脈略もなく、突然口を開いたことで身構える人々をグイド神官は笑った。

「我が王から直接、伝えるようにと言われていたことがあったのを忘れていました」

なんだろう、この期に及んで。警戒しつつ視線を向けると、ごく自然な動きでグイド神官は、一歩、また一歩とアンジェリーナに近づいてくる。

だめだ、これ以上近づけてはいけない。

それなのに誰も声が出せず、身動きができなかった。明らかにグイド神官のまとう空気がおかしい。だが謁見室に入る前、あらかじめ武器や魔道具を持っていないことは確認済みのはずだ。けれど聖女としての勘だろうか、アンジェリーナには今の彼から嫌な気配しかしなかった。

これって、もしかして呪詛。

呪詛とは命や肉体の一部を対価として、強力な呪を行使する術のことだ。魔法師が使う一般的な魔法とは仕組みが異なるため、未然に防ぐことが困難とされるもの。

　これを使えるのはセントレア王国でも限られた神官だけ。そうか、彼が使者に選ばれたのは
……アンジェリーナの背に冷たい汗が流れる。

　微笑みを浮かべたグイド神官が短く呪を唱えると虚空から滲むように短剣が生み出された。

　持ち手は黒き鮫皮、赤銅でできた剣身の表面には、滴る血のように禍々しい紋様と呪がびっしりと刻まれている。

「アンジェリーナ、これはセントレア王からあなたに与えられる最後の贈り物です」

「まさかそれは、聖女殺し！」

　聖女なら誰でも知っているセントレア王国の秘宝。でも本当に存在したなんて。

「王からの伝言です。聖女はセントレア王国のもの、そうでなければ生きている価値はない」

　笑っているのに、グイド神官の目の奥が冷え切っている。

　アンジェリーナは悟る――――たぶん詰んだ。

「潔く、己が命を捧げよ」

　彼は魔女を滅するためなら、いかなる罪も許されると信じている。だからこんなにも澄んだ瞳をして人の命を奪うことができるのだ。

　慈悲深く微笑みながら彼はアンジェリーナの心臓めがけて短剣を振り下ろした。

　対人戦闘能力皆無のアンジェリーナにそれを避ける術はない。

　もう、ここまでか。

そうあきらめかけたときだ、アンジェリーナの視界が大きく揺るぎないものにさえぎられる。

「っ、させるか！」

「まさか、術を破っただと！」

グイド神官の焦ったような声がして、アンジェリーナの体が温かい腕に包み込まれる。

「読むということは見破ると同義だということを忘れるな」

今何が起きているのか、混乱するアンジェリーナの視線の先にジルベルト隊長の顔があった。

「禁足の呪い、か。己が命を対価にして身体拘束と失語、精神を混乱状態にする。だが禁呪だけに術を破られたときは術者に呪いが跳ね返る」

ジルベルト隊長の言葉が終わると同時にグイド神官が吐血した。術を破られて、肉体と魂に傷を負ったからだろう。

呪いによる拘束から解き放たれ、ようやく周囲の人々が動き出した。

「ジルベルト隊長！」

勢いのついた彼の体を支えきれず、抱きしめたままアンジェリーナは膝をついた。すると手のひらに生温いものが触れる。錆びた鉄のような臭いに、脈打つたびに滲み出る赤黒い液体。彼の背中に深々と突き刺さる短剣の柄が見えた。

これ、血だ。

「どうして私をかばうの。あなたはこんなところで命をかけていい人ではないでしょう！」

彼の戦場は魔の巣窟のはずだ、断じてずるくて嘘つきなアンジュの隣ではない。

アンジェリーナを見上げて、ほんの少しだけ開きかけた彼の口元が苦痛に歪む。

「どきなさい、私が治療する！」

血相を変えたおじいちゃんを筆頭として、あっという間に人の壁ができた。

アンジェリーナには越えられない壁、どれだけ大量の魔力があって強力な魔法が使えたとしても必ず輪の外に弾かれる。

グイド神官は途方に暮れたようなアンジェリーナを嘲笑い、糾弾する。

「正義は我がセントレア王国にある、悪しき魔女は滅びよ！」

血濡れた指を伸ばし、最後に呪いのような言葉を吐いてグイド神官は息絶えた。

アンジェリーナはきつく唇を噛む。この男は、より深く私が傷つくとわかっていたからジルベルト隊長を巻き込んだ。だから突き放すべきだったのよ、これは隙を見せた私の落ち度だ。

「なんで助けたの……私にはあなたを癒すことができないのに」

何が唯一無二の魔除けの力だ。どれだけ万能であっても目の前で苦しんでいる大切な人を救うことすらできない。

力なく、呆然と座り込むアンジェリーナの肩を誰かの手が強く揺すった。

「アンジェリーナ、しっかりしなさい！」

「フェレス副隊長……」

そこには厳しい表情をしたフェレス副隊長がいた。

「あなたが真っ先にあきらめてどうするのですか！　隊長は私の命に代えても助けます。だからあなたは自分にしかできないやり方で隊長を救ってみせなさい」

「私にしか、できないことを……」

「わかっているでしょう、無能で役立たずではないことを証明する絶好の機会ですよ！」

そうだ、アンジェリーナは無能で役立たずをやめたのだ。

ハッとして顔を上げたアンジェリーナに柔らかく笑って、フェレス副隊長は頭をなでた。

「私にはわかります。他でもない隊長本人が、それを望んでいるはずです」

セントレア王国に、反撃を！

そうだ、負けるものか。選択肢が増えた私にはもっとできることがあるはず。

アンジェリーナが真剣な表情でうなずくと、フェレス副隊長は応急処置を受けるジルベルト隊長の隣に並んだ。

彼はよく人を見ている。鬼畜なところがあって言葉は厳しいけれど、根は優しい人だ。

「アンジェリーナ様、王は執務室に移ります。そこで引き続き話を伺いたいとのことです」

「こちらこそ、望むところです！」

駆けてくる兵士に手を引かれて勢いよく立ち上がった。そしてジルベルトに背を向ける。

……待っていて、絶対に助けてみせる。

兵士について廊下に出ると、アンジェリーナの視界の端にベアズリース伯爵子息が暴れている姿が見えた。強引に引っ張られたりしたせいで、せっかくの豪奢な衣装がボロボロだ。

「なぜ私が牢に入らねばならない、無関係だとさっきから言っているだろう！」

「セントレア王国の人間が信用できるか！」

「なら、あの女だってそうではないか！」

ベアズリース伯爵子息が指差す先にはアンジェリーナがいる。

すると兵士はいっそう厳しい顔になって彼を睨みつけた。

「セントレア王国の出身だろうが関係ない。隊長が命がけで守ろうとした、それがすべてだ。それに彼女がリゾルド＝ロバルディア王国のために邪竜と戦った姿をたくさんの兵士が見ている。文句しか言わないおまえとは扱いが違って当然だろう」

見る人は見ているもの。アンジェリーナは咎められることもなく横を通り過ぎた。

「待ってくれ、君からも取りなしてくれないか。私は無関係だと証言してくれ！」

懇願するベアズリース伯爵子息の手がアンジェリーナへと伸びる。その手を振り払って、アンジェリーナは深々とため息をついた。

「それはできません」

「どうしてだ、だって我々は婚約者だっただろう？」

虫のいい話だ、婚約者だとは認めないと言っていたではないか。まあ、こんなことを言いそうだとは思っていたけれどね。

悲痛な面持ちのまま、アンジェリーナはゆっくりと振り向いた。

「それにしても……まさかあなたがあんな非道な行いを許すような人とは思いませんでした」

「は、何が言いたい？」

まるで疑わしいと言わんばかりの、わざとらしい口調と思わせぶりな態度。

「知っていることは正直に全部話したほうがいいですよ。少しでも長生きしたいと思うなら」

極めつきは、さも彼が計画に加担したかのような含みを持たせた言い回し。

はめられた、そのことにようやく気がついたベアズリース伯爵子息の顔が歪む。

「アンジェリーナ、きさま謀ったな！」

「人聞きの悪いことを言わないでください。あなたの理屈では拒否される側に落ち度があるのだから自業自得ではないですか」

そもそも悪事の片棒を担いだような人間をリゾルド＝ロバルディア王国が逃がすわけがないじゃない。アンジェリーナは少しばかり煽っただけだ。背後からは厳しさを増した兵士の怒声と、手荒く何かが引きずられていく音が聞こえる。

「この人でなし、ヘレナではなくおまえが力を失えばよかったのに！」

「私有責で婚約を破棄させてあげたのだから身分差くらい根性で乗り越えてみせなさいよ」

その前に、生きてこの国から出られるかしらね。

冷ややかに微笑んで、アンジェリーナは背を向ける。

護衛の兵士が執務室の扉を開くと正面に立つ国王様と視線が合った。
「お待たせして申し訳ありません」

「前置きは省略だ。たった今、セントレア王国へ抗議した。状況を説明、至急回答をよこせと。それとは別でジルベルトの状況について連絡が入った」

緊張からアンジェリーナは固く手を握った。

「傷の手当ては終わったそうだ。今のところ容態は安定している。だが意識が戻らない。調べたところ、ジルベルトの体内から特殊な毒が検出された」

どうやら刃に塗られていたようで、対となる薬でなければ解毒できないのではないか、と。

対となる薬というところで、アンジェリーナは唇を噛んだ。

調薬の聖女ユリアンネ、彼女が得意とするのは互いが対となるように調合した毒と薬。狡猾なセントレア王は取引に使えるからとたびたび指示して作らせていたが、まさかそれをこの場で使うとは思わなかった。

情けない気持ちでアンジェリーナは深々と頭を垂れる。

「セントレア王国との確執に貴国の騎士を巻き込んでしまい申し訳ありません」

「謝罪は不要、あなたも我々もセントレア王の狂気に巻き込まれた被害者だ。責任を追及するのではなく、知恵を出し合い共闘すべきところだろう」

セントレア王の狂気。アンジェリーナはその言葉をすんなりと受け入れた。他国にバレる可能性がありながら毒を使った時点で、すでに彼は狂っているのかもしれない。

人が狂気に囚われるのは恐怖からだ。未知なるものへの恐れとか。セントレア王はアンジェリーナの忠誠を信じ切れなかった。そこがジルベルト隊長との大きな違いだ。

「微力ですが、お手伝いできることがあればなんなりとお申しつけください」

すべてはジルベルトを救うために。

うなずいた国王様の背後で扉が大きな音を立てて開く。

「セントレア王から回答がありました」

「前置きは不要、要旨だけを」

「はっ、解毒剤と引き換えに魔除けの聖女の身柄を渡せとのことです」

やはりそうくるか。聖女殺しの短剣に塗られた毒はいざというときの保険。最終手段として取引に使うためのものだ。

アンジェリーナは窓の外に視線を向けて空を見上げる。

澄み切った青い空は、いかなるときも変わることなく美しい。

そうよ、私が守るものは私が決める。

まぶしいほどの青さを目に焼きつけて、アンジェリーナは国王様に視線を向けた。

互いの視線が交錯し、どちらからともなく歪な笑みを浮かべる。

「私、セントレア王国にまいります」

第十一章

こんにちは、またお会いしましたね

セントレア王国内では、とある公式発表のことで話題が持ち切りだった。

役目を放棄して逃げ出した魔除けの聖女アンジェリーナが、リゾルド＝ロバルディア王国で捕縛されたというものだ。彼女の身柄は王の要請に従って強制送還されるそうで、帰国後の彼女の処罰については私財没収のうえ生涯幽閉と決まったと。

「私財没収、生涯幽閉など生ぬるい。魔女は処刑しろ！」

処罰について、国と国民の意見は真っ向から対立している。

国民にすれば、自分がいなくなればセントレア王国にどのような災いが訪れるかを知りながら無責任にも役目を放棄したようにしか見えないからだ。国を荒廃させた魔女に責任を取らせるためには、聖女位の剥奪と処刑という重い罰がふさわしいという意見が国民の間では優勢だ。

「あんな冷酷非情な人間が聖女であってはならない！」

無能で、役立たず。そこに非情、冷酷などという新たな悪評が加わる。彼らは深く事情を知らされていないから、貴賤に関係なく団結して彼女を糾弾していた。

それがセントレア王の狙いであることも知らずに。

国民がいなければ国が成り立たない。セントレア王は離れていく国民をなんとしてでも国に留めておきたかった。そこで目をつけたのが魔除けの聖女への憎しみを煽ることだった。

無能で役立たず、責務を果たすことなく国を捨てた魔女こそが悪。

苦難に負けず、神と共に戦い続けるセントレア王国に正義はあるのだ、と。

「悪しき魔女に制裁を！」

「我々の手で悪を滅ぼすのだ！」

とはいえ、いつまでも国民の意思を無視し続けるわけにはいかない。

不満が高まるのを恐れて王は聖女アンジェリーナにさらなる制裁を与えると発表した。

まず反省の意を込めて、自力でセントレア王国へ戻ってくるようにと。そしてセントレア王国内では、彼女の命を奪う行為でない限り、報復を行っても罪には問わないとした。

聖女アンジェリーナへの制裁を国民の不平不満の捌け口として利用することにしたのだ。

事前に帰国日時を知らされていた国民達が国境検問所に詰めかける。報復のためであることはもちろんのこと、醜くやつれた容姿を嘲笑ってやろうと待ちかまえていたのだ。

そんな危機的状況の中、聖女アンジェリーナが国境検問所に姿を現した。

黒髪に、紫の瞳。間違いなく彼女こそ魔除けの聖女だ。

ところが待ちわびた人々の目には、聖女アンジェリーナがどういうわけか元気一杯に見える。

彼女は弾むような足取りで、いぶかしげに眉をひそめる一人の兵士へと近づいた。

「こんにちは、またお会いしましたね！」

「っ、きさまが魔除けの聖女だったのか」

色変え魔法薬の話は嘘だった。

騙されていたことに気がついた兵士は睨みつけ、仕返しとばかりに声を張り上げる。

「魔除けの聖女が来たぞー！」

兵士の呼び声が聞こえ入口に人々が殺到した。ところが彼らは別の意味で呆気にとられる。

「醜いと評判のって、あれが？」

「まさか、別人じゃないのか」

噂で聞いていた容姿とは全然違っていた。枯れていると揶揄された肌は白く透明感のある艶やかな肌に。魔女のようで不気味とされた黒髪は、しっとりと濡れて風になびくとキラキラと光を弾いた。そしてどんよりと濁っていた薄紫の瞳は光と影が絡まり合う神秘的な紫水晶の煌めきを取り戻している。

まさに神が遣わした聖女と呼ぶにふさわしい雰囲気だ。噂とは異なる輝かしい容姿に人々は呆然として言葉を失った。

今では自分達のほうが肌はカサつき、髪や体が傷ついてボロボロになっているというのに。服だってそうだ、自分達は薄汚れているのに彼女が着る質素な白のワンピースや豪華な紫色のローブは一切汚れていなかった。

これではまるで魔除けの聖女の代わりに我々が醜くなったみたいだ。

かつての自分達のように、豊かで清らかに生まれ変わった聖女の姿が憎悪をかき立てた。

「さあ、とっとと歩け！」

待ちかまえていた兵士達は魔除けの聖女を捕らえて王城へと連行しようとする。

ところがどういうわけか国境線上に設置された門の内側に彼女は足を踏み入れることができないでいた。兵士が無理やり引き入れようとするも不自然な動きで体が押し返されてしまう。

するとと兵士の脳裏に、ひとつの可能性が浮かび上がった。

「きさま、セントレア王国の聖女のくせに我が国に対して悪意を抱くとは何事か！」

そう、結界の聖女リオノーラの張る結界はセントレア王国に対して悪意を持つ人間や対人用の兵器を弾く。その結界を通過できないということは、彼女がこの国に対して明確に敵愾心を持っているという証だ。

すると聖女アンジェリーナは、ためらうことなく背を向けた。

「これでは入国できませんね、ではそういうことで！」

「待て待て待て待て、入国しないで困るのはおまえだろう！」

「どうしてですか、私は困りませんよ？」

聖女アンジェリーナは悪びれもせず、にっこりと笑って首をかしげた。

「そもそも私が国を出た理由を知っていたら、悪意を抱くなというのが無理だっていうことくらいわかりそうなものですけれどねー？」

「……この無能で役立たずが、生意気に！」

事情を聞かされていたらしい兵士は舌打ちをして、右手に握った赤い旗を掲げた。すると音もなく聖女リオノーラの張った結界が解除される。用意周到というか、戻ってきたアンジェリーナが結界に阻まれる可能性があることは事前に予期していたらしい。旗の先にある王城を見据えたアンジェリーナは口角を上げる。

　なるほど、悪いことをしたという認識はあるみたいね。

「さっさとしろ！」

「はいはい、了解ですー」

　今度は跳ね返されることもなく、聖女アンジェリーナはするりと門をくぐった。そして取り囲む人々の前を悪びれる様子もなく堂々と歩いていく。

　そんな彼女のふてぶてしい態度が人々の怒りをさらに煽った。

「この無能が、恥知らず！」

　誰かの叫ぶ声をきっかけとして小石の雨が降り注いだ。聖女アンジェリーナの姿は石礫と土煙に隠れて、あっという間に見えなくなる。王は命に関わる制裁を禁じたが、石を投げて当たるくらいならば命に関わることはないと人々は判断したのだろう。

　だが数が増えれば命に関わることもあるということを人々は忘れていた。絶え間なく降り注ぐ石に、やがて人の頭よりも大きな石が交じったことに気がついて兵士達は焦った。

「やめろ、やめるのだ。それ以上は死んでしまうぞ！」

　これはガス抜きなんかではない、当たりどころによっては致命傷になる。

　そう判断した兵士達はあわてて止めに入った。ところがようやく小石の雨が止んだあと、人々は目の前の光景に驚愕する。

「あら、皆さまどうされましたの？」

人々の目に映った聖女アンジェリーナには傷ひとつついていなかった。服にも汚れはなく、足取りも軽快そのもので無理をしているということもなさそうだ。

相変わらず艶やかなままの黒髪をなびかせ、彼女は厳かな声でこう言い放った。

「きっと罪のない私を憐れんで、神がお救いくださったのでしょう。そうでなければ無能で役立たずの魔除けの聖女にこんな奇跡が起きようはずもありません」

「なんだと！」

罪のないという言葉に激高した人々は聖女アンジェリーナに向かって高火力の炎を放った。

さらに水で押し流し、強風を吹きつけ、瓦礫で押し潰そうとする。

そこには命を奪うなという王の命に背くような殺傷力の高い魔法が含まれていたけれど、我を忘れた人々は気にも留めない。彼らにすれば、無能で役立たずの聖女よりも自分達のほうが劣るという現実のほうが受け入れがたかったからだ。

ところが力を使い果たし、膝をついた人々が目にしたのは、先ほどと一切変わらない聖女アンジェリーナの姿だった。

「もう満足かしら？　では先を急ぐので失礼します」

「なぜだ、どうしてこんなことが」

「そうだ、たまには聖女らしいことを言っておきますね！」

紫水晶のような瞳を細めて、彼女は皮肉げに口元を歪めた。

「今回のセントレア王国を襲った魔獣の襲来は、神が課した試練だったのです。他国のように自力で退けて見せよという厳しくも深い愛がもたらす試練でした」

「試練だと、何を馬鹿げたことを！」

「不思議に思いませんでしたか。被害者だと訴えたにもかかわらず他国の対応が冷ややかだったことを。あれは呆れていたからです。周辺各国では身分や立場に関係なく、魔獣や魔物を自力で狩り、退けることは常識だからですよ」

聖女がいないのなら、国民が一丸となって武器を取って戦えばいい。聖女の力に頼り切った彼らの姿は、他国の目には甘えているようにしか見えなかった。

「慈悲深い神はこうお考えになりました。魔除けの聖女を無能で役立たずと評価するのは、民が成長した証。ならばセントレア王国に魔除けの聖女はもういらない。ですから私は神の意思に従って国を捨てたのです」

だったら自分達でやってみせろ、と。

アンジェリーナの怒りを感じて人々の顔にとまどいの色が浮かぶ。

ちょっと待て、そんなに怒ることなのか。多少やりすぎたかもしれないが、ほんの少し意地悪をしただけじゃないか。日ごろの憂さを晴らすつもりで、こんな大事になるなんて思ってもいなかったから。

「悪しき魔女は退場しました。さて、これからは誰があなた達を守ってくれるのでしょうね」

聖女アンジェリーナは豪奢な紫のローブをひるがえして、力強く王城へと歩き出した。

自信に満ちあふれた背中に縫い取られた三種の宝具が陽の光を浴びて燦然と輝く。力を取り戻したローブの輝きと聖女アンジェリーナの澄んだ瞳が、人々の目にはどちらに正義があるかを示しているように思えた。

こうして先々で繰り返される報復を受け流し、アンジェリーナは一直線に王城を目指す。

王城に到着すると、すみやかに捕らえられて地下牢へと押し込められた。

「……ずいぶんと元気そうだな」

調薬の聖女ユリアンネを連れて姿を現したセントレア王はつまらなそうな顔をした。

報復によって死にかけているところを助けてやるとして薬を飲ませるつもりだったのに。

セントレア王は調薬の聖女から薬瓶を受け取ってそれを牢内に転がした。

瓶は小さな音を立ててアンジェリーナの靴先に軽くぶつかって止まる。

「まずはそれを飲め。話はそれからだ」

「嫌だと断ったら？」

「自分で飲むか、無理やり飲まされるかの違いだ。これ以上手間をかけさせるな」

牢番の兵士がこれみよがしに武器を鳴らしたのを見て、アンジェリーナは苦笑いを浮かべる。

これでは話し合う気がないのが丸わかりだ。

「薬を飲む前に、私の身柄と交換で解毒剤をリゾルド＝ロバルディア王国に渡すという約束はどうされるつもりです？」

「そんな約束など知らん」

「あら、国同士の約束をずいぶんとあっさり反故にされますのねぇ」

そんな気はしていた。これが自国の王だなんて本当嫌になる。

アンジェリーナが呆れた顔をすると、セントレア王は薄らと笑った。

「リゾルド＝ロバルディア王国への罰だからな。魔除けの聖女はセントレア王国のもの。それを横から奪うような真似をするから天罰が下ったのだ」

自業自得、そう吐き捨ててセントレア王はアンジェリーナを嘲笑った。

「怪我をした兵士は、きさまをかばって刺されたそうだな。馬鹿な男だ、魔除けの聖女に関わらなければ長生きできただろうに。聖女に愛や情は必要ない。そんなもの人を愚かにするだけだ」

勝利を確信しているためか王は侮辱するような言葉を吐き続ける。表情を消したままアンジェリーナは拳を強く握った。

まだよ、まだ。できるだけ時間を引き延ばすの。

「ですが本心では私が戻ってくるなんて期待していなかったのでしょう。聖女に愛や情は必要ない、だから聖女殺しという禁じ手を使うことにしたのではないですか？」

セントレア王は片眉を跳ね上げた。なぜ聖女殺しの短剣のことを知っている、そう言わんばかりの顔だ。

「はるか昔に王が聖女から能力を奪うために作らせた呪具と先代より伝え聞いております」

そう、聖女殺しの短剣は聖女にとっては呪いに近い。普通の人間にはただの短剣だが、聖女にだけは心臓を刺すことで呪いが発動する。

「当時のセントレア王が不老不死になりたいと願ったことがきっかけだったそうですね。死期を悟り、切羽詰まった王は不老不死の聖女の能力に目をつけた。宝具の聖女を脅して秘密裏に短剣を作らせると不老不死の聖女の命とともに能力を奪った」

「よく知っているな」

「これでも聖女筆頭でしたので。ですが御身も短剣を引き継がれたときに聞いておられるはずです。教訓として、かの王がどのような結末を迎えたかということを」

聖女殺しという対価を支払い、能力はつつがなく短剣へと受け継がれたように見えた。短剣を常に身につけることで老化に悩まされていた王は一気に若返り、治らないとされた病も癒えた。

老いと病だけでなく、死すら克服したと思い込んだことで彼は傲慢な愚王となった。

「かの王を変えたのは欲なのか、それとも神にでもなったつもりだったのか。言い伝えでは王位を継がせるはずであった王太子を処刑、諫める忠臣を退けて独裁者として長く王位に君臨したとされています。ですが、その最後はあまりにも呆気なかった」

なんでも美女に気を取られて階段を踏み外し、当たりどころが悪かったようで、そのままぽっくりとお亡くなりになられた。あまりにもくだらなすぎて話すほうが嫌になるわ。

でもそのおかげでわかったこともあった。

「王は短剣によって不老の力は手に入れたようですが、不死ではなかったようですね」

どうやら聖女殺しの短剣は、聖女の能力の一部しか譲り受けることができないらしい。

そして次代の王となった公爵は、老衰で亡くなっているから受け継いだ能力が効果を発揮するのは一代限り。不老の力を手に入れる代わりに直系の血を絶やしたなんて、王家はずいぶんと高い代償を支払ったものだ。

「かの王としては不死のほうがほしかったのかもしれませんが……現実は思いどおりにいかないものですねぇ」

アンジェリーナにはわかる。宝具の聖女はわざとそう作ったのだろう。いくら国に尽くす立場とはいえ、そうたびたび聖女の能力を命とともに奪い取られてはたまらない。

「そして想定外がもうひとつ。この一件があってから不老不死の聖女はセントレア王国に生まれていません」

神が恩恵を取り上げたのだとアンジェリーナは思っている。

セントレア王国の光と影を知り、語り部として国に安寧をもたらすという使命を負った不老不死の聖女。それを私利私欲のために命を奪ったのだから当然のことだ。

だが王は呆れたような顔をした。

「まったく、愚かな娘だ。聖女殺しの短剣に欠陥があることなど承知している。だから宝具の聖女に改良させた。能力をすべて吸収し、一代限りではなく永続的に使うことができるように。魔除けの結界さえあれば、魔のつくものは寄りつかない。そうなれば魔除けの聖女など不要だ」

破壊の聖女バラバラにねぇ。なんでこう、あの作られた可愛らしさに皆騙されるのかな。

「念のため聞きたいのですが、それ試しました？」

アンジェリーナが額に手を当ててそう言うと、ユリアンネは怯えたような表情を浮かべた。

「仲間の聖女を殺したかと聞きたいのかしら。さすが冷酷非情と言われるだけありますわね。私にはあなたの思考回路が理解できませんわ」

だからね、問題にしたいのはそこではないのですよ！

「いや、ですから試してもいないのにどうして改良に成功したと言えるのですか？」

「……は？」

「は、じゃありませんよ。それができるのなら短剣を作った宝具の聖女は、なぜ最初からやらなかったのか考えました？」

優れた魔道具からさらに選りすぐった物にのみ与えられる宝具の称号。

それを作ることのできる知識、技術力、発想。すべてを持ち合わせたとされる初代宝具の聖女が作った作品のうちひとつがこの短剣だ。実際に不老についてはは達成したわけだし、それだけの力量ある人物が本当に作ることができなかったのか。

「作ることができなかったのと、作らなかったのでは、同じようで天地くらい差があります」

あえて言わないが、アンジェリーナの魔除けの力には裏がある。

そう、魔寄せの力だ。もしこの短剣が見事アンジェリーナの心臓を貫いたとき、受け継ぐ力が魔除けとは限らない。不老不死のうち、不死が選ばれなかったのだから可能性は十分にある。

そしてもし短剣が魔寄せの力を受け継いだら、どちらにしろ国は滅びる。

「まず魔除けの結界ですが、魔のつくものを退けるためには私の持つ特殊な魔力が必要になります。私が死んで魔力が尽きた場合、どのように充填するのですか?」

　そもそもの話、対人特化の聖女の魔力で事足りるのなら魔除けの聖女なんていらない。

「それに、魔除けの聖女が扱う魔法の言い回しは独特です。知識もないのに誰が魔法を行使するのですか。補助魔法だって魔法の系統が違うから祝福の聖女にも使えませんよ」

　聖女達がよく使う系統が違うという言い訳は、使えないというのと意味は同じだ。

「その問題点をどうやって解消したと破壊の……っと、分解じゃない宝具の聖女バラバラに……おっとバルバラ様はなんと説明していましたか?」

「言い間違いにしてもひどすぎない?」

「ごめんね。正直、どうでもいいと思うとつい」

　どんなくだらない言い訳を捻り出したのか気になって仕方がないのよ!

「たしか魔除けの聖女ごときこの程度で十分だ、と」

「本当にしょうもな、というか言い訳にもなっていなかった!」

　アンジェリーナは天を仰いだ。

　まあ、あの宝具の聖女なら言い訳もその程度かもしれない。

「お忘れかもしれませんが、宝具の聖女バルバラ様は御年八歳です。そんな子供に何血なまぐさいことをさせているのですか!」

「バカが、聖女の能力に年齢は関係ない!」

「あのですね、対人特化の聖女を魔除けの聖女と同列に考えてはダメなのですよ。我々は代々能力を引き継ぐ。だから年齢に関係なく、厳しい修行もなしで魔除けの力を使うことができるのです。ですが対人特化の聖女は優れた才能を与えられただけなのですよ。聖女に任命されたあとの専門的な勉強や鍛錬、経験の積み重ねが要求されます。そうでしょう、ユリアンネ様？」

「もちろんよ、調薬についてなら誰よりも勉強して努力してきたという自負があるわ！」

そう、その点だけは認めてもいい。努力を重ねてきたから今の彼女がいる。

そしてこのたゆまぬ努力こそが聖女の能力を左右するのだ。

「あの子が宝具の聖女と認められたのは、分解した魔道具を図面に書き起こすことができるからでしたよね」

たしかに分解して細部まで精密に写し取ったという図面のすばらしさには目を見張るものがあった。その優れた才能を見込んで最年少で宝具の聖女に任命されたと聞いている。

「図面作成と分解はできる。ではそれ以外の勉強はさせましたか？」

「他にどんな勉強が必要だというのか」

いくらなんでも甘やかしすぎでしょう。

アンジェリーナは深々とため息をついた。可愛さに騙されて、担当の神官はよく調べもせず適当に報告を済ませたらしい。

「たとえば組み立てと保守点検です。両方とも私が代わりにやっていたことをご存じですか」

「……は？」

「魔除けの聖女は三種の宝具を管理しています。だから魔道具の保守点検や組み立て直す工程などの基礎は一通り仕込まれるのですよ」

しかもおばあさまはアンジェリーナに魔道具製作の適性があるとわかると、専門の講師までつけて高度な知識と技術を仕込んでくれた。

幸か、不幸か、この場合は不幸かな。バルバラと完全に分業ができるぐらいまで技術を磨くことができましたよ！

「バカな、そんなことは聞いていないぞ！」

自分からできないなんて言うわけないじゃないの。

バカはどっちだとアンジェリーナは薄く笑った。

バルバラは天真爛漫で愛らしく神殿のマスコットのように扱われている。ただ、ちやほやされてきたせいかプライドが人一倍高かった。アンジェリーナが整備の知識や作業工程を教えようとしただけで、瞳を潤ませては、いじめだの嫌がらせだのと担当の神官に言いつける。

必要なことだと思うから教えようとしただけなのに。こっちは日々忙しくて、いじめるなんて暇な時間はありませんよ！

しかも相手が子供だけに余計質が悪い。キレたらアンジェリーナが大人げないと評判を落とすだけで……いけない、いけない、話がそれた。

「宝具の聖女とはいえ中身は子供ですから、後先考えず分解してしまうのは仕方ないことと思いますけどね。それを後始末するのは全部私なのです。たとえできなくても私のせいにすれば誤魔化せるから余計に学ぶ気がなくなったのでしょう」

さて、宝具の聖女バルバラは短剣の改良に成功したのか。たぶん答えは、否だ。

「いくら才能があっても、聖女の称号を与えただけで人間は成長しませんよ」

アンジェリーナが知る限り、バルバラが新たに効果を付与して組み直したという宝具は存在しない。勉強不足で、そこまでの高度な知識を持ち合わせていないからだ。

「ちなみにユリアンネ様はいかがですか？」

「私はちゃんと高名な薬師に師事して基礎を学んだわ！」

足りない知識は医学書や薬学辞典を山のように取り寄せて勉強したそうだ。

「貪欲に知識を求めるところはさすがですね。ちなみに私の場合は先代が亡くなるまで、十年かけてさまざまな知識を学んだことになります。ではそれと同じように宝具の聖女に魔道具製作の基礎を学ばせました？」

おいおい、無言ってどういうことですか。国はド素人に宝具の改良を依頼したことになりますけれど大丈夫ですよね？

ようやく趣旨が伝わったらしく王は顔色を悪くする。

そこでハタと気がついてアンジェリーナは青ざめた。

「ま、まさか成功する保証もないのに私の命を奪おうとしたわけじゃありませんよね⁉」

それじゃあ命がいくつあっても足りませんよ！

ユリアンネもないわーという表情を浮かべているが、そこにいる時点で同罪だからな！

民も貴族も王も聖女も、こいつら揃いも揃ってどうかしている。

アンジェリーナは呆れた顔で深々と息を吐いた。

「王よ、あなたはどんな権限があって神の代わりに聖女を使役しているのですか？」

王だからだ、そう答えようとしたがセントレア王はうまく言葉が出てこなかった。

なんだこの威圧は……まるで触れてはならないものに触れてしまったような。

「神の僕である聖女を殺して能力を奪う行為が、なぜ許されると思うのです？」

思い上がるな、たかが王のくせに。

アンジェリーナは完全に表情を消した。セントレア王国は聖女の国を謳いながら、聖女を使い捨てる国になってしまったということか。

そしてセントレア王はアンジェリーナの聖女らしからぬ冷ややかな表情に触れて、ようやく戒めのような父の言葉を思い出した。

よいか、魔除けの聖女の忠誠だけは失わないようにせよ。彼女達はこの国の要だ。

もういまさらだ。たとえこの選択が間違いだったとしても走り出した以上は止まるわけにはいかない。

「言いたいことはそれだけか。ならばさっさと薬を飲め！」

「安心して、効果については保証するわ」

ユリアンネが嫣然と微笑むと、足元に転がった薬瓶が陽光を弾いた。

この薬は人の意思を奪って無害な人形を作り出す。試行錯誤の末にできたユリアンネの傑作だ。

二人の顔を見比べて呆れたように息を吐いたアンジェリーナは肩を震わせる。

……まさか、泣いているのか？

ふてぶてしいとばかり思っていたが、しおらしいところもあるものだ。

ところがアンジェリーナは顔を上げたかと思うと、はしたないくらいの大声で笑ったのだ。

「あはははは、ほんと救えない人達ね！」

「なっ！　きさま何を……気でも触れたか！」

無言で薄らと笑うアンジェリーナは、そのまま微動だにしなかった。

それなのに目の前でパキリと音を立てて薬瓶が砕け散る。液体が床にこぼれて、不気味な黒い模様を描いた。

「狂っているのはあなたですよ」

アンジェリーナ以外、誰もいないはずの牢の奥から男の声がした。

「誰だ、そこに誰がいる！」

アンジェリーナのものではなく、たしかに男の声だった。

鉄格子に手を伸ばしたとき、入口の扉を蹴破る勢いで甲冑を着た兵士が駆け込んでくる。

「緊急事態です、王城や関係各所に次々と他国の兵が侵入しています！」

「なんだと、どこの国だ！」

「リゾルド＝ロバルディア王国です！」

セントレア王は勢いよく振り向いた。思い当たる理由はひとつしかない。

「アンジェリーナ、きさま謀ったのか！」

「ご冗談を。しがない平民の聖女に国を謀る器量などあるわけないでしょう」

「ならばどうしてリゾルド＝ロバルディア王国の兵が侵入するのだ！」

するすると牢の奥から再び声がした。

「定刻どおり、制圧完了です。もういいでしょう、種明かしをしましょうか」

闇の奥から滲み出るように男が姿を現した。その顔を見てセントレア王は一瞬言葉を失う。

「フェレス第二王子……ど、どうしてこんなところに」

「よかった。場所が場所だけにわからなかったらどうしてくれようかと思っていましたが」

言葉の端々に棘を潜ませて、フェレスは笑顔で王の混乱を嘲笑った。そしてアンジェリーナをかばうように彼女よりも一歩前に出る。

「なかなか斬新な歓迎ですね、ここに案内されたのは初めてですよ」

からかうような顔をしてフェレスはアンジェリーナを振り向いた。

「面と向かって身分を明かしたのは初めてでしょう。もっと驚いてもかまわないのですよ？」

「それは隠す気のある人が言う台詞です。わざわざ本人から聞かなくても周囲が気を利かせて、普通に教えてくれましたよ」

明日の天気を予想するよりもエルダさんの口が軽かった。機密情報ではないし、食堂で働くのだから身分くらい知っておいたほうがいいだろうと。一応、取扱い注意とは言われましたが。

「夢がないですね、今度こそあなたの驚く顔が見られると思っていたのに」

顔つきからそう思っていないことが丸わかりだ、絶対面白がっているよ。

「そんなことはどうでもいい、なぜここにリゾルド＝ロバルディア王国の人間がいる⁉」

一方では、思いもよらない人物の登場で王は完全に冷静さを欠いていた。

視線が合ったアンジェリーナは、パパーンと音がするような弾けた笑みを浮かべる。

「正解はリゾルド＝ロバルディア王国と私が手を組んだから、でした！」

「この裏切り者！」

アンジェリーナは射殺しそうな王の鋭い視線を、さらりと受け流した。

いやほんと、鬼気迫る状況に怯える態度を取り続けるのがキツかった！

「ふん、だが牢の中にいて何ができる！」

「こういうことができますよ」

フェレスの合図で、次々と姿を現したリゾルド＝ロバルディア王国の兵士を縛り上げると、あっさりと牢の鍵を奪った。

拘束されたセントレア王の眼前で牢の鍵を揺らしながらフェレスは皮肉げに口元を歪める。自ら鍵を開け、牢の扉を開け放ったところで、牢にサビーノが駆け込んできた。

「要請に従い、リオノーラ王妃が結界を解除しました」

「ずいぶんとあっさり指示に従ったね。もう少し揉めると思っていたけれど」

「侍女が言うには薬で意思を奪われているそうです。驚くくらいこちらの言いなりでしたよ」

「薬で意思を奪うとは、アンジェリーナの懸念していたことが実際に起きたわけか」

ほんとブレないわよね。予想どおりの展開にアンジェリーナは呆れた顔をした。視線の先には青ざめた顔をしたユリアンネがいる。

なるほど、だから彼女は効果を保証すると答えたのか。薬によって意思を奪うなんて、命はあっても人としての生きる権利を損なうような行為、冷酷非情なのはどっちよ。

咎めるような紫水晶色の瞳から先に視線をそらしたのはユリアンネのほうだった。

「では我らが王に連絡を。作戦は成功、待機中の本隊を寄越すようにと」

「了解です！」

サビーノが退出したところで、呆然としていたセントレア王が我に返って叫んだ。

「和平条約違反だ！」

「いまさらですか、先に手を出したのはそちらでしょう」

だいたい、リゾルド＝ロバルディア王国の影響力を甘く見すぎだ。

「そもそもの話ですが私の到着が早いとは思いませんでした？」

リゾルド＝ロバルディア王国で謁見が行われたのは一週間前。あの国とセントレア王国は離れているために、不眠不休でどんなに急いでも徒歩なら二週間はかかる。それがどうして一週間で到着できたのか。

「……まさか！」

「そうです。他国の協力を得て、転移陣を乗り継いでここまで来たからですよ」

アンジェリーナが答えると、フェレス副隊長がにこやかに微笑んだ。

「ついでに審議の場で起きたことはもれなく情報を提供してきました。おかげさまでどこも積極的に協力してくださいましたよ。日ごろの行いはとても大事だと痛感したところです」

周辺各国ともにセントレア王国の傲慢な態度がいい加減頭にきていたそうで、これ幸いと国民にまで広く周知していただけるそうだ。

本当、見ている人はよく見ているものよ。

アンジェリーナは相変わらず顔色の悪いユリアンネに視線を向けた。

あの顔、やっぱり何か隠している気がするなー。

彼女は興味のないことにはとことん冷たいが、興味があるものには捧げる熱量が半端ない。たとえば調薬、さすが聖女に選ばれるだけある。熱意だけでなく、知識も積み上げてきた経験も他の聖女より群を抜いている。そんな聖女らしさにこだわる彼女が自分の評判を落としてでも手に入れたかったものは何か。たとえば興味あるもの、もしくは愛するもののため。

聖女としての矜持よりも優先したいものができてしまった、とかね。

「あらあら、ユリアンネ様。先ほどから顔色が冴えませんね。どうされました？」

「そうかしら、気のせいではないの？」

「そうでしょうか、私、先ほどからずっと気になっていたのですよ。あなたが私に薬を飲ませたがる理由を。他人には興味が薄いはずのあなたが、誰のためにここまで無理を押し通すのか」

記憶に引っかかるものを感じて、アンジェリーナは口角を上げた。

「そういえば、ユリアンネ様の推しは元気にされていますか？」

「あなた、どういう状態かわかって言っているでしょう⁉」

アンジェリーナが邪気のない顔で煽ると、案の定、ユリアンネが噛みついてきた。我を忘れて激高する姿に内心でほくそ笑む。

　間違いない、大当たりだ。

　彼女の推しは就任したばかりの若き第二騎士団長。侯爵子息、独身、顔よし、頭よしで、筋肉のつき方が芸術的な紳士だとか。帰ってきてすぐに牢へ放り込まれているから知らないけれど、推しがどんな状況かは相手の職業が騎士だけに想像はつく。

　おそらくユリアンネはセントレア王と取引したのだ。推しの命を救いたければ、人の意思を奪う薬を作り、保険で毒を作れ。最終的にアンジェリーナを言いなりにできれば、刻戻しの魔法で完治させてやると。ユリアンネの顔色が悪いのは計画が破綻したからだ。

「でしたら今度は私と取引しませんか？」

「取引ですって、生死がかかっているのに人の心はないの⁉」

「その言葉、そっくりそのままお返しします」

　ピシャリと言い返して、アンジェリーナは冷ややかな表情を浮かべる。

　ジルベルト隊長が命を落とすようなことがあれば、絶対に許さないわ。

「聖女殺しの短剣に塗られた毒の解毒剤をください」

「ハハハハハ、残念だが解毒剤は私が持っていた一本きりだ。それももう捨てたがなぁ。きさまはこれからもずっと無能で役立たずのままだ！」

　ざまあみろ、セントレア王は高らかに笑った。

最初から渡す気がなかったということがわかって、リゾルド＝ロバルディア王国側の兵士が殺気立った。

まあ想定内よね、無視してアンジェリーナはユリアンネと視線を合わせる。

「もう一本、解毒剤の予備を持っていますよね」

「どうしてそう思うの」

「一緒に仕事をしたからわかります、あなたはそういう人だ。だからこその取引です」

「……取引の内容は？」

「解毒剤を渡してくれたら魔除けの聖女特製霊薬を差し上げます」

「冗談言わないで、ド素人のあなたに薬が作れるわけがないわ！」

「調薬ではありませんよ、私の場合は効果を付与して霊薬に変えます。しかも私の作る霊薬は対魔戦に有効で、たとえば毒無効、回復、状態異常解除に浄化」

「は、バカじゃないの。浄化は聖水でしかできないはずよ！」

アンジェリーナは薄らと笑った。情報によれば、彼女は聖水に代わる薬を作ったらしい。

自分にはできるのに、どうして他の人にはできないと決めつけるのかな。

「できないという根拠はなんでしょう。私は魔除けの聖女ですよ。対人特化の聖女とは違い、対魔戦に有効な能力のすべてを与えられた聖女です。魔に侵された肉体や精神を癒す薬ぐらい作れないわけがないじゃないですか。相手が聖女の鑑と呼ばれるユリアンネ様だからこそ破格の申し出です。これ以上、失望させないでくださいね」

アンジェリーナはポケットから薬瓶を取り出した。ユリアンネは目を見開く。

「それって、私の！」

「お気づきですか。この瓶はお手伝いしたときに頼まれて私がデザインしたもの。薬瓶のデザインは薬師によって異なります。ですからこの瓶を使えば、あなたが調薬したことにできる」

止めに、とっておきの一撃を。

「推しに愛されたいと思いませんか？」

青ざめた顔でユリアンネは瓶を見つめている。アンジェリーナは手を差し出した。

「解毒剤と交換です。破格の取引ですから用法用量の情報も一緒にお願いしますね」

「渡すな！」

セントレア王は暴れたけれど兵士によって難なく押さえつけられる。

嫌そうにため息をついてから、ユリアンネは立ち上がると三種類の薬瓶を机の上に並べた。

「このうちの一本を選びなさい」

アンジェリーナは兵士に目配せして三本とも手に入れる。

軽く舌打ちをしてユリアンネは手を差し出した。

「さあ、あなたの番よ。霊薬を渡しなさい。用法用量の情報は薬と交換するわ」

「もちろん」

アンジェリーナは隊員に霊薬を手渡した。

霊薬を受け取ってユリアンネはそっと息を吐く。そして睨むようにして前を向いた。

「傷口に直接かけるの、三回に分けて使わなければ効果はないわ」

するとセントレア王の口角がほんの少しだけ上がる。

アンジェリーナは視線を合わせたまま、ニヤリと笑った。

「経口摂取、一回で全量を服用させるのですね。承知しました」

「なぜそれを！」

真逆のことを言ったアンジェリーナに王は焦った顔をした。大当たりのようだが、種明かしをすればなんてことないことだ。

「この三本の薬瓶はすべて経口摂取用なのです。それにユリアンネ様の薬は経口摂取の場合、一回で全量服用させるものばかり。三回に分けるのは子供用の風邪薬だけです」

「……よく覚えているわね」

「瓶詰めとラベル貼りのお手伝いをしたときに教えていただいた知識は、どれも今後の生活で役に立つものばかりでした。あのときの経験は良い勉強にもなりましたからね」

ユリアンネが解毒剤の正しい情報を伝えられないのは契約があるから。

お腹の中は真っ黒だけれど、推しに愛が通じるといいわね。

「霊薬は経口摂取です。全量で全回復します。ちなみに修復の効果も付与していますから、欠損や熱傷にも効果を発揮するでしょう。ただし効果があるのは赤紫色に変色した傷だけです」

「つまり浄化する前、ということね」

「はい。それからこれはとっておきの情報ですが、解毒剤や治療薬の場合は用法用量を守って、規定量を服用しなければ効果が失われてしまいます。ですが霊薬は水で薄めても効果がありますので多くの人に摂取させることができるのです」

「なんですって、……そんなことが」

「ただし、薄めただけ効果は限定的になり完治はできません。広く浅く内部の損傷を癒すので、そこからユリアンネ様の薬で治療すればたくさんの人の命を救うことができるでしょう。そうなれば聖女筆頭の空席は、間違いなくあなたのものです」

愛か、名誉か。破滅へと誘う魔女のようにアンジェリーナは甘くささやいた。

「その一本でたった一人を完治させるか、それとも薄めることでたくさんの人間を癒すか。聖女の鑑と呼ばれたユリアンネ様がどちらを選ぶのか興味深いですね」

推しか、その他大勢の群衆か。ああなんてこと、ユリアンネは拳を強く握った。

「アンジェリーナ、あなたわざと教えたでしょう⁉」

聞いていなければ、知らなかったと言い逃れができたのに。

ユリアンネに睨みつけられて、アンジェリーナは小さく首をかしげた。

「わざとだなんて心外ですね。用法用量の情報を与えてくださったお礼なのに」

「あなたのそういうこざかしいところが大嫌いなのよ！」

「奇遇ですね、大嫌いなのは私も一緒です」

ユリアンネが返す言葉を失ったところでアンジェリーナはフェレス副隊長を振り向いた。

「あとはお願いしますね」

「もちろん、任されましょう」

色鮮やかに笑って。アンジェリーナは、薬瓶を受け取ると足早に扉から出ていった。

「逃がさないぞ。魔除けの聖女を捕らえろー！」

背後では激しく身を揺らして王が暴れている。服が乱れて、王冠が床に音を立てて落ちた。

「残念ながら、制圧しましたのであなたの命令を聞く兵士はいません」

今ごろアンジェリーナは解毒剤を手にジルベルトの元へと駆けつけているだろう。

「ときには煩わしいと思うこともあった王子という身分でしたが。こうしてあなたの盾となることができるのなら、それも悪くない」

彼女は選んだのだ、彼の隣で共に戦うことを。

そしてアンジェリーナにとって憂いとなるものは排除する。それがジルベルトと交わした約束だ。せめてそのくらいは自分の手で、彼女のために。

選ばれなかった自分には、それしかできないから。

聖女ユリアンネに席を外すよう指示し、牢番を遠ざけて、ようやく舞台は整った。

フェレスは牢の中に置かれていた古びた椅子に跨いで座ると笑みを浮かべる。

笑っているのに、見ている者の背筋が凍りつくような凄惨な笑みを。

「さて、邪魔する者がいなくなりました。落ち着いて今後の話をしましょうか」

第十二章

アンジェリーナのほしいものと、セントレア王の純粋なる狂気

「急ぎましょう！」

アンジェリーナは鞄に薬瓶をしまって走り出す。

行き先は王城の脇にある広場。駆けつけると、そこには魔獣と交戦する特務部隊隊員の姿があった。そしてそばでは、多くの国民が何もできずにただ震えている。

偶然、そばにいる男とアンジェリーナの視線が合った。彼の認識では黒髪に紫水晶色の瞳をした者は一人しか存在しない。

「役立たずの魔除けの聖女が来たぞ！」

ざわりと場が揺れて、突き刺さるような視線と怨嗟の声があがる。怒号が空気を揺らし、魔獣が一層殺気立った。

「静かになさい、魔獣が興奮するでしょう！」

アンジェリーナは威嚇の怒声で魔獣を萎縮させ、ついでに気迫で人々を黙らせる。そして魔力を練り上げると狂ったように襲ってくる魔獣に一撃をくらわせた。

「切り裂け、蛇の尾を持つ風」

鞭のようにしなる風が、魔獣を切り刻む。返り血がアンジェリーナの体に降りかかってローブや服が派手に汚れた。一瞬にして場が静まり返る。

怒りに駆られて攻撃をぶち当てたから、周囲が凄惨な状況になってしまった。まあ、この程度なら特務部隊の人は慣れているだろうし平気でしょう。

アンジェリーナはかまわず刻戻しの魔法で隊員達の傷を手際よく次々に治していく。彼女の手慣れた様子を目の当たりにした人々は呆然とした。

魔除けの聖女は戦闘だけでなく、治療までできるのか。ならばなぜ彼女を無能で役立たずと呼んだ？

「アンジェリーナ、こっちだ！」

「ルードさん！」

「また派手に汚したなー、清楚な雰囲気が台無しだぞ！」

「はは、冗談でしょう。雰囲気で魔獣は倒せませんよ。それにこの程度の汚れならローブで速攻落ちますし」

アンジェリーナはフードをかぶって魔力をローブに流す。

すると洗浄の魔法が働いて、瞬く間に全身から返り血の痕跡が消えた。フードを外せば肌には汚れひとつなく、輝くような黒髪がこぼれ落ちる。圧力を感じるほど膨大な余剰魔力を全身にまとわせ、一際深みを増した神秘的な紫の瞳が陽光に煌めいた。

これのどこが醜くて不気味な魔女だ。

人々はアンジェリーナの光り輝くような美しさに思わずため息をこぼした。

「さあ乗って、一気に飛ばすよ！」

アンジェリーナは魔法陣に乗る手前で振り向いた。

「だから言ったでしょう、魔除けの聖女が無能の役立たずでいられることは幸せなのだと」

魔除けの聖女が真価を発揮するとき、それは国が終わるときだから。

「待って、行かないでくれ！」

「あら、神官長ではないですか。お久しぶりです！」

煌びやかな神官服を乱して神官長が駆け寄ってくる。

「今度こそ魔除けの聖女の貢献を正しく評価する。給与も払うし聖女筆頭として遇することを約束する。だから国を捨てるのだけは思い止まってくれ！」

ほんと、揃いも揃って好き勝手なことばかり。アンジェリーナは呆れた顔で笑った。

直接お会いするのはおばあさまが亡くなられたとき以来かしら。あの日はただ難しい顔をして、アンジェリーナとは目も合わせてくださらなかったのに。

この方にとって苦楽をともにしたおばあさまだけが魔除けの聖女であって、アンジェリーナにそこまでの価値を見出せなかった。グイド神官のときも思ったけれど無関心がもっとも罪深いことかもしれないわね。

「申し訳ありませんが筆頭の地位も名誉も、破格の給与もいまさらいりません。おばあさまが亡くなられて、この国にほしいものなんてもう何も残っていないのですよ」

聖女が捧げる無償の愛と信頼。失ったものは二度と取り戻せないことを私は知っている。

「それでもアンジェリーナは選ばれし者、セントレア王国聖女筆頭魔除けの聖女ではないか！」

だからなんだ、被せるようにしてぶった斬った。

「私、聖女になりたいなんて一度も言っていませんよ。黒髪に紫水晶色の瞳は魔除けの聖女だからと、赤子のときに問答無用で両親から引き離して無理やり連れてきたのは国と神殿の仕業ではないですか。おかげで私は生まれたときからずっと両親の顔を知りません」

「では両親に会わせてあげよう、きっと彼らも喜ぶに違いない」

「無能で役立たずと言われる娘ですよ、迷惑以外の何物でもないのでは？」

神官長は言葉に詰まった。そして、ざわりと周囲の空気が揺れる。

知らなかったですって、だから何よ。そんな理由で、すべての罪が許されるわけじゃない。

「というわけで無能で役立たずはやめさせていただきます。ついでに魔除けの聖女もね！」

私には、この国を愛さなければならない理由が何ひとつないのよ。

アンジェリーナが背を向けて転移の魔法陣に飛び込むと、背後で悲鳴のような声が響いた。

「ダメだ、皆の者、聖女アンジェリーナを止めるのだ！」

なんで必死に止めているのか。それにどういう意味だ、無能で役立たずをやめるとは。

神官長の剣幕にただならぬものを感じながら誰もが身動きひとつとれないでいる間に、ルードさんが起動部に魔力を流すと、視界がブレて転移の魔法陣が発動した。

「ねぇ、お母さん。魔除けの聖女はほんとうに役立たずだったの？」

いつかのときと同じように男の子の声が響いた。けれど、答える母親の声は聞こえない。

でももういいわ、興味がないの。私が一番ほしいものは、この魔法陣の先に待っている。

一瞬の浮遊感のあと、地に足がついた。

目を開けると、そこはもうリゾルド＝ロバルディア王国で。行きは魔法陣を乗り継いできたけれど、帰りはセントレア王国に設置した転移の魔法陣で一直線だ。

この転移の魔法陣は長距離用に開発した特別なもので、通常よりも多く魔力を使う。でもそこは魔力だまりの上に国を建てた恩恵を生かし、大量の魔力を供給する機能を組み込んだ。

「アンジュ、急いで。こっちだ！」

転移の魔法陣を降りると対魔獣特務部隊本部は目の前で、マルコさんが待機している。

「隊長の容態はいかがですか？」

「あまり良くない。隊長は元々毒に対する耐性があって、体力のある方だからここまで保った。あと二日遅ければ助からなかっただろうと言われている」

急ぎ足で階段をのぼり、廊下を走って。病室の扉をマルコさんが勢いよく開けた。

「解毒剤が到着しました！」

続いて部屋に飛び込んだアンジェリーナは息を呑んだ。視線の先には一回り小さくなったようなジルベルト隊長がいる。

嘘でしょう、たった一週間でこんな痩せてしまうなんて……。

「呆けている場合ではない、解毒剤を早くこちらに！」

おじいちゃんに怒鳴られて我に返る。

アンジェリーナは鞄から取り出した薬瓶を三本、並べるようにして机の上に置いた。

「な、三本もあるのか！」

「いいえ、このうちの一本が解毒剤です」

「バカもの、遊んでいる場合ではないのだぞ！」

「少しお待ちください、見極めますから」

冷静に、冷静に。深く息を吐いてラベルの貼られていない薬瓶を一本ずつ手に取っていく。そして真ん中の薬瓶をおじいちゃんに手渡した。

「これです、お願いします」

「大丈夫なのか、間違っていましたではすまないぞ。今はギリギリ小康状態を保っているだけだ。薬の成分によっては一気に悪化する。それでも大丈夫か？」

「はい、大丈夫です」

「根拠は？」

「調薬の聖女は薬を識別するためにほんの少しだけ食紅を混ぜて色を変えるのです。瓶の外側からでも薬の種類がわかるようにと。たとえば治療系には青、回復系には赤」

「解毒剤は何色なのだ？」

「唯一、色をつけません。それは緊急事態のときに取り間違えないようにするためだそうです」

「……その目はそんなわずかな違いを見極めることができるのか」

並べてあっても、言われなければわからないくらいのほんのわずかな色の違いだ。

でもユリアンネの手伝いで何百という薬を見続けてきたアンジェリーナには識別がつく。

「これは治療系、こっちは回復系。そして今、手に持っているのが解毒剤です」

これが全部解毒剤だったら絶対にわからなかった。ユリアンネがどんな気持ちでこの三本を選んだのかわからないけれど、系統を変えてくれたことには感謝している。

「お願いします、どうか今だけでも信じていただけませんか？」

「覚悟はできているということだな」

「はい、命をかけます」

疑われるのは、ずるくて嘘つきなアンジェリーナへの罰だ。

こうして自分の命をかけなければ信じてもらえない。だからこそ無条件でアンジェリーナを信じてくれたジルベルト隊長との出会いは奇跡だった。

たったひとつ、もたらされた奇跡を失いたくない。

アンジェリーナの顔を見つめていたおじいちゃんは深々とため息をついた。

「そんな悲愴感のただよう顔をしなくてもよい。噂とは違って君が優秀だということは理解している。それにしてもセントレア王国は君にずいぶんと重い業を背負わせたものだ。己が潔白を証明するため、君のような若い娘に命をかけさせるなど正気ではない」

彼は椅子を引いてジルベルト隊長の隣に座る。そしてアンジェリーナを手招きした。

「この解毒剤はどのように使う？」

「経口摂取で、一回の服薬量はこの瓶全量です」

「ふむ、難しいが……まあやってみよう」

おじいちゃんは自分の隣にある椅子を目線で示した。

「解毒剤は私が飲ませる。そういう状況には慣れているからね。君はその椅子に座って、手でも握ってやるといい。ジルベルト様ならきっと喜ぶ」

彼はほんの少しだけ口角を上げて、視線をジルベルト隊長に向けた。

アンジェリーナは隣に座ってジルベルト隊長の手に触れる。体内を蝕む毒と戦い続けているせいかあれほどたくましかった手が今は細く頼りない。そのことが苦しくて余計に胸を締めつける。祈るような気持ちで彼の手を額に当てて目を閉じた。

隣でおじいちゃんが薬瓶の蓋を開ける音がする。

「……正解だ、この匂いは間違いなく解毒剤のもの」

なんだ、匂いでわかるのか。ならば彼に三本とも渡せばよかった。わずかな水の音がして、少しずつ解毒剤がジルベルト隊長の口に注がれていく。

お願い、早く目を覚まして。

どのくらい時間が経っただろうか、隣でおじいちゃんが深く息を吐いた。

「全量飲ませた。あとは運を天に任せるしかない」

「ありがとうございます」

「解毒剤は効果が表れるまで時間がかかる。疲れているだろう、部屋に戻って休むといい。目が覚めたら知らせよう」

「もし許されるのなら、もう少しだけそばにいてもいいですか？」

一瞬だけ迷った顔をしたけれど、おじいちゃんはそっと息を吐き出す。

「王に経過を報告するから、戻ってくるまでだよ」

「感謝します」

アンジェリーナは瞳を閉じた。背後で静かに扉の閉まる音がする。解毒剤が効き始めたのか、呼吸が落ち着いてきてジルベルト隊長の頬にわずかばかり赤みがさした。

「ごめんなさい、私がそばにいてほしいと願ったばかりに」

震える声でつぶやくと首に下がった星水晶が力なく揺れた。

握りしめた手も、石の感触も。肌に触れる冷ややかな温度が今はとても悲しい。

おばあさまに、ジルベルト隊長と。アンジェリーナがずっとそばにいてほしいと願う人は、どういうわけかいなくなる。

ごめんなさい、私が愛してしまったばかりにあなたは……。

こんなにもすぐそばにいるのに、返す答えはなかった。

そしてアンジェリーナが魔獣と人々の精神力をぶった斬っていたころ。
鉄格子を挟んでセントレア王と向かい合わせに座っていたフェレスは、戻ってきた隊員からアンジェリーナ無双の報告を受けて苦笑いを浮かべた。
「アンジェリーナらしいというか、たくましいね」

「たくましいではない、あれは愚かなのだ。あの愚か者は国を敵に売り渡した魔女だ！」

フェレスは温度のない視線を向けた。

本当の愚か者は誰か、この期に及んでも理解できないらしい。

「国が滅びるのは当然ではないですか。たった一人しかいない魔除けの聖女に対魔対策を一任した。彼女がいなくなったら回らなくなるのは必然でしょう。そうならないよう、バランスをとるために王がいる」

「ハッ、所詮はスペアのくせに偉そうなことを」

「ですが現に国が滅びかけている。間違ったことは言っていませんよ？」

セントレア王は言葉に詰まった。そして探るような視線を向ける。

「どうやって結界を破り、セントレア王国に侵入した？」

やはりわからないか、フェレスは皮肉げに口元を歪める。

「破ってはいませんよ。タイミングを合わせただけです」

「なんだと？」

彼は胸元にさげた装置を操作する。すると音もなくフェレスの姿が突然消えた。

言葉を失ったセントレア王は真っ青な顔をして立ち上がる。サビーノによって無理やり椅子に戻されたところで、再び装置を操作してフェレスは魔法を解除した。

彼が突然姿を現すときの様子は、体の表面を覆った透明な板が溶けて消えるかのよう。

「まったく気がつかないものなのですね。アンジェリーナの言うとおりだ」

牢を出たフェレスはセントレア王の目と鼻の先に顔を近づけていた。

これだけそばにいても気がつかないなんて間抜けにも程がある。

それにしても失敗したな。アンジェリーナの驚く顔はかわいいが、こんなおじさんが怯えても気持ち悪いだけだった。

「セントレア王国の聖女が操る魔法は我々の知るものとはどうやら系統が違うようですね。どれだけ魔法の扱いに長けた人物でも聖女の魔法ははっきりと効果が読めない。そして、それとは逆にあなた達もどうやら我々の使う魔法は理解できないらしい」

理解できないということは、見えないということと同じだ。

「アンジェリーナが指摘しなければ、こんな使い方ができるなんて気がつきませんでしたよ」

装置を起動させるとフェレスは再び姿を消した。そして再び魔法を解除したとき、彼は鉄格子を挟んで椅子に座っている。

セントレア王は言葉を失った。いつのまにあんなところまで！

「もちろんこの装置だけではリオノーラ王妃の結界に干渉できません。さて、ここで問題です。我々がなぜアンジェリーナの到着日時を、わざわざ貴国に通達したのでしょう？」

そのせいでアンジェリーナは悪意ある人々に囲まれた。手ひどい歓迎を受けることくらい事前に予測できただろうにそれでもあえて知らせる必要があった、それはなぜか。

ようやく答えに気がついたのか、セントレア王の体がわなわなと震え出す。

「まさか告知した時間に合わせて、リオノーラに結界を解除させるためか！」

「正解です。彼女が通過できなければ、あなた達は絶対に結界を解除するでしょう。ですが不自然さを感じさせることなく作り出せる時間はあまりにも短い。ですから我々は彼女とタイミングを合わせる必要があったのです。日付だけでなく、時間も限定するために」

実際、赤い旗が上がったとき一時的にだが結界は解除されている。あのわずかな時間だけは、悪意の有無にかかわらず誰でもどこからでもセントレア王国に侵入することが可能だった。

兵士は時間がくるまで、この装置で姿を消しつつ結界のギリギリ外側で待機する。そして定刻どおりに結界が解除された瞬間、さまざまな場所からセントレア王国内へと突入した。

「あの魔女め、結界を通れないふりをして解除させるとはなんと卑劣なマネを！」

セントレア王は歯噛みした。その怒りに駆られた表情をフェレスは冷ややかに一蹴する。

「ふりではありませんよ。彼女は自分がリオノーラ王妃の結界を通れないと確信していました」

「なんだと？」

「審議の場で彼女は勝手に仕事をしてくれるはずの魔除けの力が意図的でなければ仕事をしてくれなくなったと答えていました。おそらく、そのときからすでにこの国に対して敵意を抱いていたのでしょうね」

「ふん、怠けるための言い訳だ。それにあっさり騙されるとはおまえ達も間抜けだな」

「ですが実際には結界に弾かれて入れなかったでしょう？　私からすれば、あなたの思考のほうがよほどおめでたいと思いますけれどね」

この期に及んで、アンジェリーナがまだこの国を愛していると思っているのだから。

セントレア王はアンジェリーナの大切なものを奪うばかりだった。

与えるものがなければ愛想を尽かされても当然。そこがジルベルトとの大きな違いだ。

「違う、私は高額の手当を支給しようとした。彼女の犠牲に報いるため手を尽くしたのだ」

「残念ですが、彼女のほしいものは高額の手当などではなかったと思いますよ？」

「どういうことだ？」

「言葉でも、物であっても。始祖王が贈ったという紫のローブのように感謝の心がこめられた贈り物であればなんでもよかった。アンジェリーナは、そういう健気なところのある女性です」

フェレスはアンジェリーナがジルベルトにもらったという小さな紫色の花を大切にしていることを知っている。

彼女の首を飾る星水晶と比べたら価値がないと思われるような野の花を、大切に、大切に、まるで宝物のように慈しんでいることを知っていた。

聖女に愛や情は必要ないと言い切るような人物には理解できないだろうけれど。

「だいたい聖女に愛や情は不要というのなら、魔道具を作らせて彼女達の代替にすればよかったではありませんか？」

「偉そうにうるさいぞ！　側妃の子供が生意気に、正統な血を継ぐ王に対して不敬である！」

「ですがあなたは道具に代替させるのではなく、道具のように人間が働くことにこだわった。あなたが最後まで人間にこだわった理由はなんなのでしょうね」

「うるさい、うるさい！」

「それはあなたが誰よりも聖女が捧げる無償の愛と献身を信じていたからです。愛と情があることを誰よりも信じていたからこそ、決して裏切らないにもかかわらず魔道具に代替させようとはしなかった。アンジェリーナを無能で役立たずに仕立てたのは、建国以来国に尽くしてきた魔除けの聖女なら許してくれると信じたからだ。魔除けの聖女に愛や情は必要ない、そう断言するあなたが誰よりも聖女の捧げる愛と情を信じていたなんて滑稽ですね」

ある面ではとても純粋な人だった。だがその純粋さが、ときに狂気を生む。

「さて答え合わせが終わりましたので、そろそろこれからの話をしましょう。まずセントレア王国がどのような状況にあるか、あなたに説明しなくてはなりませんね」

人員不足の軍隊はあっさりと制圧、内政もすでに機能不全に陥っていたため各部署の業務は停止。公爵家を筆頭とした高位貴族については家を守ることを優先したためか、館や領地に閉じこもったまま出てこない。

そしてアンジェリーナ無双の現場にやってきた神官長はそのまま捕らえられた。

捜査の目をかいくぐって身を隠していたはずが、王城での出来事を聞いて、いてもたってもいられなかったらしい。飛んで火に入るなんとかというやつで、あっさり捕獲された。

神官も聖女も、神官長が捕らえられたと聞いてからはおとなしく指示に従っているという。

「思っていたよりもあっけなかったですが、国が滅ぶときはこんなものなのかもしれませんね」

フェレスは肩をすくめた。

聖女の国、セントレア王国。それは広告としての呼び名ではなく、実情をよく表していた。結界という目眩しを取り去ってみれば聖女に頼り切っていた国の姿そのものだ。

「対人特化のリオノーラ王妃の結界、そして対魔特化のアンジェリーナの結界。両方が揃っていたからこそ、今代のセントレア王国は固く守られていた」

二人の聖女がもたらす恩恵が失われた今、もう国として機能できるとは思えない。

「それでは現状を踏まえて今後の方針をお伝えします。なお各国とは協議済みですので、もう結果は覆らないと思ってくださいね」

「横暴だ！」

「おや横暴とは。そろそろ自分の立場というものを自覚なさったらいかがですか？」

リゾルド＝ロバルディア王国の手でセントレア王国は陥落した。今はリゾルド＝ロバルディア王国の規律に基づいて粛々と物事が進んでいる。

「あなたがアンジェリーナにしたことと同じですよ。権力と権限でもって本人の意思に関係なく従わせる。違うというのならどこが違うか聞きますよ。時間はまだたっぷりありますし」

柔らかく笑うフェレスをセントレア王は睨みつけた。この男はいつも余計なことばかりする。政治的な駆け引きという分野では誰よりも厄介な男なのだ。

「まず、セントレア王国の領土については三分割され、隣接する三国が統治します。土地と同時に領民も三国が受け入れることに決まっていますが、領土の取り分については三国で調整中です。そしてリゾルド＝ロバルディア王国は戦利品として最強の聖女を手に入れることにしました。最大の功労者であるセントレア王国聖女筆頭魔除けの聖女を」

我々の真の狙いはアンジェリーナだ。フェレスはそっと己が手を見つめる。本当はこの手に落ちてくるのが最善であったけれど。

「ご安心ください。その他の聖女も皆、責任をもって保護します。正直なところ、セントレア王国は離れているので土地を得たとしても管理するのが面倒なのですよ」

土地と領民という金の卵を産む鳥は他国に、聖女という人材をリゾルド＝ロバルディア王国が。さすが父上、悪くない落としどころだ。

「あなたの処分については、各国と調整中ですがおそらく命はないと覚悟なさってください。理由はわかりますよね」

あえて処分という言葉をフェレスが選んだのはセントレア王がアンジェリーナを駒のように扱った意趣返し。でも本人は、きっと気がつかないだろうけれど。

「我々には無能で役立たずのあなたを生かしておく理由はないのです」

セントレア王――――平民に落とされた名もなき男は膝をついた。

足元に転がる豪奢な王冠や、過剰なまでに身を飾る装飾品がフェレスの目には滑稽に映る。

亡国の王は生かしておくほうがリスクが高い。危機管理の観点からも、そう判断されるのは普通なのに何を驚いているのだか。

平和な時代は誰よりも臆病な者が王にふさわしい。だからリゾルド＝ロバルディア王には変革を望むアンジェリーナの姿は危うく、でも憧れをもって鮮烈に映るのだ。

あのやんちゃぶりが意外と気に入っているのもあるみたいだけれどね。

普段は難しい顔をしている人が、暴れん坊の子猫を扱うように着々とアンジェリーナを手懐けていく姿を見たときは呆然としたものだ。

自分はまだまだ。そういうところはジルベルトのほうが似ている。だからアンジェリーナは彼を……そうだ。思い出したという顔をしてフェレスはポンと手を叩いた。

「うっかりしてアンジェリーナをかばった兵士のことを話していませんでしたね！」

「そんなことといまさら聞いてどうなる！」

「とても大事なことなのですよ。これを聞けばなぜ自分が死を賜るのか理解できるはずです」

より絶望を深めるためにフェレスはすべてを話した。審議の場で何が起きたのかを、そしてグイド神官が誰を刺したのかまですべてをあますところなく。

話が終わったとき、男の顔は土気色に変わっていた。

「とんでもないことを、あの男は」

「ちょうど私も隣にいましてね。危うく巻き込まれるところでした」

どの国の法に照らしても、王族に危害を加える者は極刑。絶望を注ぎ込むように、フェレスはにこやかに笑ってそう告げた。

「聖女殺しはあなたの指示だということは調べがついています。罪を逃れることはできません」

「……なんでこんなことに」

「なんでとは笑わせる。引き金を引いたのはあなただ、お忘れなきように」

フェレスは兵士に合図を送る。護送されていく彼はもう王ではなく罪人だ。

「それでは処分が決まったときに、またお会いしましょう」

名もなき男は虚ろな目をしてうなだれた。

「それにしても、まさか他国の牢に収監されるとは思いませんでしたよ」

フェレスはざっと牢内を見回した。かつては貴人が収容されたという区画だからだろうか。掃除は行き届いてきれいに整えてあるし、家具も内装も古いものだがそれが逆に効果的だ。

「いいですね、せっかくですからときどき使わせてもらいましょう」

このあと、フェレスはセントレア王国の貴族や神官と面会するときは謁見の場に必ずこの牢を指定したという。自分は牢に入って、相手は外に椅子を用意して座らせたままで。

これはどういう趣向だ。

いたたまれない気持ちでいっぱいの貴族や神官に、遠回しで意図を尋ねられると彼は必ずこう答えたという。

「セントレア元国王に案内された場所がここだったのですよ。これが他国の王子に対する貴国の礼儀なのだと学びましたので、作法に従ったままで。いや、斬新だと思いまして参考にしたのですが……おや、まさか違うのですか？」

違うならそう答えてみろ、思考を読ませない笑顔からはそんな副音声まで聞こえる。

微笑みながら完膚なきまでにプライドを叩き潰し、交渉を思いどおりに決着させる。

この鉄格子越しで行われる謁見が対魔獣特務部隊副隊長、フェレス・リゾルド＝ロバルディア第二王子の鬼畜……辣腕ぶりを他国に轟かせるきっかけとなったという。

第十三章

ずるくて嘘つきなアンジェリーナの罪と罰

また、目覚めのない朝がくる。

アンジェリーナは細く開けたカーテンの隙間から中庭にある魔の巣窟を見下ろした。

どうしてジルベルト隊長は目覚めないのだろう。実のところ解毒薬は偽物だったのか。

日増しにそう思い悩む時間が増えていく。湧く魔獣や魔物の数は落ち着いているけれど、アンジェリーナの揺れやすい心を映すように強弱を繰り返していた。

魔除けの力が弱まっているのだろうな。

同じ弱まるでも、おばあさまのときとは違う。迷いがアンジェリーナの心を弱くしていた。

ちょうどそのとき、視線の先で魔狼が生まれた。見張りはどうやら新人のようで恐怖のためにうまく体が動かない。離れていてもわかるくらいに剣を持つ手が震えている。

先輩格の兵士が魔法を放つけれど、それをうまく避けた魔狼は哀れなる生贄に牙をむいて食いつこうとした。

「燃えろ」

詠唱の省略、でも威力は十分。食いつこうとする体勢のまま魔狼は灰となって崩れ落ちた。

それを確認して、アンジェリーナは隊員の視線がこちらに向く前にカーテンを閉める。

今は相手が誰でも、どんな顔をして会えばいいかわからないのよ。

セントレア王国のときのように責める色合いの視線を向けられたらと思うとこわくて、誰とも会う気持ちになれなかった。

だからこうしてカーテンを閉め切ったまま魔獣の強さによって援護したり、ひどい怪我はその場で刻戻しの魔法を使って治す。

それでもジルベルト隊長の代わりには程遠い。火が消えたような対魔獣特務部隊本部の静けさがアンジェリーナの精神を徐々に蝕んでいた。

本当は彼のそばにいたい。けれど私は罪人だ。罰が決まるまでは隔離されていなくてはならないし、不用意に近づいて彼の立場を悪くするのも避けたい。

離れてしまえば、きっと忘れられると思っていたのに。会えないほうが強く引きつけられるというのは、どういう理屈なのかな。

温度を失った星水晶のネックレスを握りしめてアンジェリーナは瞳を伏せた。

そして目覚めのないままに一週間が過ぎたころ。ようやく部屋にノックの音が響く。

もしかして、意識を取り戻した！

アンジェリーナは期待に胸を躍らせて扉を開ける。だが扉の先にいたのはおじいちゃんではなくフェレス副隊長だった。視線が合うと彼はほんの少しだけ目を細め、苦笑いを浮かべる。

「あからさまに落胆されると、こちらも申し訳ない気持ちになりますね」

「すみません、失礼しました」

「いいのです、気持ちはわかります」

控えていた兵士に合図を送ると、フェレス副隊長はアンジェリーナの向かいに座る。

開け放った扉からカートを押して入室した侍女が、芳しい紅茶を入れた茶器をフェレス副隊長とアンジェリーナの前に置いた。

カートが遠ざかる音がして顔を上げると、フェレス副隊長が困ったような表情をしている。

「一週間ぶりですね、少し痩せましたか。侍女からあまり食事をとっていないと聞いています」

「大丈夫です、元気ですよ。決して病気とかではありませんので安心なさってください」

アンジェリーナはいつものように笑ってみせた。でもこの人はとても感情の機微に聡い。

「無理しないでください。誰だってこんな状況は精神に堪えるものだ」

「そうでしょうか……」

「隊員達から聞きました。隊長や私の代わりにあなたは魔の巣窟を管理してくれていたようですね。弱い魔獣はそのまま隊員達に狩らせて、強力な魔獣や魔物は自ら排除してくれた。ひどい怪我を負った隊員には刻戻しの魔法で完治までさせてくれたそうですね。皆が感謝していました。ただカーテンが固く閉じられていて、元気な顔を見せてくれない。それだけが気がかりだとも言っていましたが」

不意にアンジェリーナは泣きそうになった。ジルベルト隊長も、フェレス副隊長も。この国の人はどうしてこんなにも優しいのだろう。私は無能で役立たずかもしれないのに、それでも信頼して任せてくれる。闇の奥でもがいていると、必ず手を差し伸べてくれるのだ。

「私にできることは、それしかないのです」

もしここにヘレナがいたらジルベルト隊長は目覚めているかもしれない。

彼女は性格に難があったけれど、癒しの魔法に対する適性がとても高かった。適性が高いということは、治せる症状の幅が広いということ。

うらやましい、今の私はこんなにも無力だ。

「……どうして私が魔除けの聖女だったのでしょうか？」

思わずこぼれ落ちた言葉を拾って、フェレス副隊長は動きを止める。そしてほんの少し首をかしげると、やがて深く息を吐いた。

「アンジュだけが特別だというわけではないと思いますよ。誰しもが何かしら優れた力を持ち、人よりも劣る力を与えられて生まれてくる。ただそれを選ぶことができないというのは、誰も同じなのです。あなたが誰かの力をうらやむように、誰かもまたあなたの力をうらやましいと思っている。一緒なのです、魔除けの聖女であってもそうではなかったとしても。力及ばないときというのは誰にでも存在するものなのですよ。ただ、これだけはわかってほしい。今回の件で、責められるべきはあなたではありません」

不思議だ、この人はどうしてここまで的確にアンジェリーナの悩みを言い当てるのだろう。

「前から思っていたのですけれど、フェレス副隊長は人の心が読めるのではありませんか？」

「ええ、読めますよ」

カチンと固まったアンジェリーナの顔を見て、フェレス副隊長は軽やかに笑った。

「嘘です、そんな魔法はありませんよ。ただ以前からよく言っているようにアンジュは思っていることが顔に出やすいのです」

「あまり表情が変わらないので昔は気持ち悪いと言われていたのですけれど」

「昔はね。ああそうそう、セントレア王国のことは気にしないでいいですよ。もう国は潰しました。まもなく各国の地図からも消えるでしょうね」

それは国が滅ぶということだろうか、アンジェリーナは指折り数えた。

ちょっと前まではまだ国らしきものが存在していたよね。

そもそもアンジェリーナがセントレア王国を出てから計算して、ざっと二ヶ月ぐらいしか経っていない。

「早すぎません？」

「きっと遅かれ早かれだったのです。民や神官、貴族や王までもが国を守ろうとしなかった。滅ぶのは当然のことだったのでしょう」

誰よりも国の守りを優先したはずのセントレア王でさえフェレス副隊長の目にはそう映った。

あの人、話聞かなそうだからなー。

自分本位で突っ走った結果、自滅したとしても不思議ではない。

「一応区切りがついたので、あなたにも話しておきましょう」

そしてセントレア王国がどのように処分されたのかを教えてくれた。

まず領土は三分割され隣接する三国に吸収。貴族は爵位剥奪、神官は一部を除き放逐。

「そして聖女は、あなたも含めて全員この国で保護します。すみません、あなたにはつらい状況だとは思うのですが」

「どうしてそう思うのです？」

「セントレア王国が一丸となってあなたを虐げていたのです。そこに聖女が含まれていないわけがありません」

神官長の部屋からアンジェリーナの聖女解任要求書が見つかったという。

そこにはグイド神官の名とともに、神殿に所属するほとんどの聖女の名が記されていた。

まあ、そうだろうなー。いなくても困らないのだから深く考えもせずに署名するだろう。

「彼女達のほとんどが積極的に嫌がらせをしてきたわけではないのです。ですが会いたいとも思わないのですよ」

正直なところ、顔を合わせたら面倒くさいことになるとしか思えないもの。

「どんな対応をしてくるかによりますが、場合によってはやり返していいですか？」

「いいですよ。それに全員が聖女である必要はないと思っていますから」

いい顔でフェレス副隊長は笑った。

セントレア王国の神殿が認めた聖なる力というのは非常に幅が広い。神秘と呼ばれる力だけではなく、別に聖女でなくてもいいよねという微妙なものも含まれていた。

選別するというのなら、そこにアンジェリーナというふるいが含まれたとしてもかまわないだろう。恨まれたとしても、この国に長居することはないのだから。

「それで私の処遇はどうなるのかお聞きしても？」

「……保留ですね。これ以上は私の口からは言えません」

ジルベルト隊長が目覚めるまでは決められないということか。

「隊長の状況はいかがですか？」

「先ほど治癒をかけてきました。症状は良くなっているので本当に目覚めないだけなのですよ」

心配した表情で、フェレス副隊長は深く息を吐いた。

ちなみに調薬の聖女ユリアンネを問い詰めたが、あれは間違いなく本物の解毒剤だと答えたそうだ。自分が調薬したのだから間違いないと断言した。

自分の命と推しとの未来かかっているのだもの、それは必死にもなるわよね。

「ただし、個人の体質によって効きやすい者と効果が出にくい者がいるそうです。もし彼女の言葉が本当なら、隊長は後者なのかもしれませんね」

たしかに彼女の作る解毒剤は個人によって効果にバラツキがあった。そこが課題なのだと言っていたが改良できなかったらしい。

「ただ隊長の場合は毒によってずいぶんと体力を削られています。その状況で目覚めないのは非常に危うい。最悪の場合も想定しなければなりません」

フェレス副隊長の言葉に覚悟のようなものを感じてアンジェリーナは息を呑んだ。

アンジェリーナが巻き込んだせいで、また大切なものが失われてしまう。

「会いたいですか？」

「会いたいです」

間違いなく何もできないけれど、せめてそばにいたい。それだけが無力なアンジェリーナにできる唯一のことだから。

フェレス副隊長と一緒に客室を出て、ジルベルト隊長のいる部屋へと向かう。

ベッドに眠る彼は最後に会ったときから、さらに線が細くなっていた。気づいたのは、たったそれだけのことなのに視界が滲んだ。

感情の制御が利かない。こんなこと初めてだ。皆を困らせないようにしないと。

フェレス副隊長にうながされて椅子に座るとジルベルト隊長の手を握り、祈るように額に当てる。温かいはずの手は、今もまだ温度を失ったままだった。

「どうして隊長がこんな目に遭わなければならないのでしょう。私は覚悟していたのに」

審議の場に、セントレア王国の使者が同席すると聞いた時点で仕掛けてくることはわかっていた。それがもしかしたら命がけになるかもしれないということも。

「助けてもらった身で、こんなことを言うのは間違っています。わかってはいても、どうしても考えずにはいられないのです」

死ぬのはあなたではなく、私のはずだった。

冷え切った手を強く握りしめて声を震わせた、そのときだ。

アンジェリーナの耳が小さなかすれた声を拾った。

「……それは嫌だ」

明瞭ではなかったけれど、そばにいるアンジェリーナの耳には、はっきりと届いた。

ハッとして顔を上げるとまぶたが開いて、優しい銀色の瞳と視線が合う。

「目覚めたときに自分が無事で、君がいないほうが悲しい」

「あ、たいちょう……ジルベルト隊長！」

よかった、やっと目覚めた。そう思うと同時に、あらゆる感情が一気に押し寄せてくる。

「遅いですよ、ずっと目が覚めるのを待っていたのです！」

本当は一人になるのが苦しくて、また置いていかれると思うとこわかった。

かろうじて保ってきたはずの一線を易々と乗り越えて、未知なる感情が次々とあふれ出す。

ああもう、どうして。もっと違うことが言いたかったのに。

「アンジュ⁉」

焦ったような誰かの声がしてアンジェリーナは自分が泣いていることに気がついた。

一度感情があふれてしまうとどうしても止められなくなって、結局、そのまま声をあげて子供みたいに泣き続けた。

「まずい、カオスだ……」

フェレス副隊長があわてて呼びに行き、何事かと飛び込んできたおじいちゃんは呆れたような顔で泣き続けるアンジェリーナを部屋の端に追いやった。

それからおじいちゃんはじっくりとジルベルト隊長を診察する。

「目覚めたばかりにしてはずいぶんと意識がはっきりしているようだな」

「少し前から目は覚めていた。でもなんだかまだ気だるくて寝たふりをしていたから」

途切れ途切れでも声が聞こえる。内容はよく聞き取れないところもあるけれど、この声が生きている証だ。そう思うとどうしても涙が止まらなかった。

「部屋に戻ります！」

アンジェリーナは扉を開けて廊下に飛び出すと、まっすぐに客室を目指した。そして部屋に飛び込むと頭からシーツを被る。

ああもう、やってしまったわ！

お礼と感謝の気持ちを笑顔で伝えたら、最後まできれいな思い出のままでいられたのに。

いまさらだけれど、申し訳ない気持ちでいっぱいだった。

「フェレス様が部屋に飛び込んできたときは何事かと思いましたが、一安心ですな」

「本当にね。父もきっと喜ぶだろう」

ジルベルトは診察が終わると、再び眠りについた。繰り返される規則正しい呼吸、とりあえず峠は越えたとおじいちゃん――王家専属医師であるデザナント侯爵は微笑んだ。

安堵したように、フェレスはほっと息を吐く。

「それにしてもまあ……なんともにぎやかなお嬢さんだ」

呆れたような顔をしたデザナント侯爵の視線が扉に向いた。

フェレスには誰のことを言っているのかすぐにわかる。

どんなときでも大胆で冷静なはずの彼女が泣くなんて、まったく想像がつかなかったな。

「おや、なんだか面白くなさそうな顔をしているような気がしますねぇ」

「気のせいではないですか？」

感情を読ませないようにフェレスは笑顔を張りつけた。悲しみも、怒りも。アンジュの感情を揺さぶるのが自分ではない。そのことがフェレスにはどうにも面白くないというだけのことだ。

子供みたいで、本当嫌になる。

「フェレス様はもう少し感情を表に出してみてはいかがでしょう。そのほうが万の言葉を紡ぐよりも相手に伝わるものがある」

そんなこと、できればとっくにやっている。

憮然とした表情でフェレスは椅子に座ったまま、少しばかり眉を下げた。

「年寄りのおせっかいですがね、何もしなければ後悔しか残りませんよ」

あなたが表情に出すなんて珍しいこともあるものだ。笑いながら侯爵は部屋を出ていった。

そういえばアンジェリーナもずいぶんと感情表現が豊かになったものだ。病人に声を荒らげるなんて、出会ったころの彼女からは思いもよらない失態だ。

でもあれだけ騒げば間違いなく本音だとわかる。

ジルベルトもそう、それが決して悪い変化ではないと思うだけに余計腹立たしい。

誰のせいとは言いたくないけれどね。

幸せそうに寝息を立てる彼を見ていると、どうにも面白くなかった。

せめて一度くらいは、あたふたさせてみたいものだ。

元気になったら容赦しないと、フェレスはひっそりと口角を上げた。

——拝啓、天国のおばあさま。

おばあさまは常々、精神的にきついときほど学びがあると教えてくれました。

目を閉じると天国で遠慮も配慮もなくはっちゃけるおばあさまの姿が浮かんできます。まさか神様を困らせていませんよね。決定事項というか、もはや不安しかありません。

目を開いてアンジェリーナは天を見上げた。今日も透き通るような青い空は健在だ。

ジルベルト隊長が目覚めてから一週間が経った。フェレス副隊長からは順調に回復していると聞いている。そしてアンジェリーナの処遇はまだ決まっていないが、ちゃんと学びはあって、自分の場合は変に閉じこもっているから落ち込むのだということがわかった。

そう、学びはとても大事です。たとえどんな無理難題をふっかけられようと、どこかに学びがあるはずなのです。

「私をいじめて楽しいですか⁉」

「それはもちろん楽し、いわけがないじゃないですか」

「今楽しいって言いましたよね、ひどいわ……こんな子供をいじめて！」

おばあさま、この意味不明なやりとりにも学びはあるのでしょうか。

今日はようやく外出許可が出て、フェレス副隊長と一緒に出かけることになっていた。

そう、約束したのに果たせないでいた誰かの胃袋をつかむ作戦のためにです。誰の胃袋かいまだに不明ですが、甘いものは大好物なのですよ！

ところが浮かれた気持ちで建物を出たら、いきなりコレに捕まった。

「……出たわね、妖怪バラバラ」

「え、よく聞こえないです。文句があるなら大きな声で言ってください」

東方には妖怪というこわい生き物が生息するという。目をつけた人間にイタズラを仕掛けたり、嫌がらせをしたりするとか。迷惑な話だわ。

「おや、楽しそうな話をしていますね」

「ちょっと邪魔しないで……え」

王子様仕様のフェレス副隊長に見惚れていたバルバラが頬を赤らめる。

「素敵な方……このまま好きになってもいいですか？」

まさか運命の恋、爆誕か。

物語のようだと瞳をキラキラさせれば、なぜかフェレス副隊長に視線で叱られた。

どうしてかしら、男性にとって若い女性（御年八歳）は無邪気でかわいい盛りではないの？

「相手によります」

ああ、こういうときは心を読まれるほうが便利だな。わざわざ聞く手間が省ける。

フェレス副隊長が子供の戯言と受け流したので、妖怪はそのあと手際よくマルコさんに捕獲された。彼はにっこりと笑って、バルバラに手を差し出す。

「ではあちらでお話の続きを聞きましょうか。よければお菓子もありますよ」

「わーい、マルコさん大好き！　いっぱいお話ししましょうね」

この流れは事情聴取のうえ、お説教だな。マルコさん面倒見はいいけれど説教が長いんだわ。

フェレス副隊長はどこか冷えた眼差しで、連行されていくバルバラを見つめている。

「彼女が破壊の聖女バラバラさんですか」

「宝具の聖女バルバラ様です。それは私がつけた個人的な愛称ですが……口にしたことありましたっけ？」

「あなたは思ったことが顔に出やすいのですよ」

アンジェリーナは固まった。

文字化するのはさすがに顔色を読むというレベルを超えている。だがここでそのことに気がついてはいけない。間違いなく、おうちに帰れなくなる。

「アンジュから見て、彼女の技量はいかがですか？」

「大事なところをすっ飛ばしていますから、まずは基礎を学ぶところからだと思いますよ」

「そうですか、実は王とも話しまして彼女の聖女の称号は一時凍結することにしました」

優秀な魔道具師が在籍する工房に弟子入りさせて、一から基礎を学ばせる。魔道具職人として独り立ちするまでに最低でも十年という厳しい世界だ。

「そのうえで本人が聖女の称号を使いたい場合は試験を受けてもらうことになるでしょう」

あきらめるならばそれまで。国の求める最低ラインを満たさなりれば、最終的に聖女の称号を失うことになる。その代わり、国の求める技術を身につけれぱ称号とともに高い手当が支給される。つまり国家資格のようなものか。

「すばらしいですね、許可制度を考えた方は将来国を支える礎となれるでしょう」

「そう思いますか？」

「ええ。技術が向上して、たくさんの人が救われるならば聖女の努力も報われます」

何よりも、聖女が無能で役立たずと呼ばれることがなくなる。

アンジェリーナがうれしそうに微笑むと、フェレス副隊長が頬を赤らめた。

あら、照れるなんて珍しいこともあるものね。

「さて、邪魔者は消えましたから甘いものを食べに行きましょうか」

「はい、よろしくお願いします！」

アンジェリーナが王都の街並みを歩き出すと、副隊長があわてて駆け戻ってくる。

「そちらではありませんよ、行きたいお店はこっちです！」

「あれ、そっちでしたっけ。中心街はこっちではなかったですか？」

一瞬呆気にとられたフェレス副隊長はやがてクスクスと笑い出した。

「アンジュ、あなた実は方向音痴でしょう」

「ち、違いますよ。慣れていないだけですよ！」

小さく笑いながら、フェレス副隊長は並んで歩くアンジェリーナの手を引いた。強引さを感じさせない自然な仕草に一瞬アンジェリーナの鼓動が跳ねる。

「目を離したらまたどこかに行ってしまいそうですからね」

「もうどこにも行きませんよ！」

そう答えたけれど彼は曖昧に笑うだけで最後まで手を離してくれなかった。無言のまま、二人並んで王都の勇壮で荘厳な街並みを歩く。

陽ざしのまぶしさに手をかざすと、アンジェリーナの視界を大きな鳥が横切った。翼ある彼らは孤独だけれど、どこまでも飛んでいけるのだろう。

きっとさみしくて、でも自由だ。

柔らかく笑うフェレス副隊長と視線が合って、アンジェリーナは微笑んだ。

「いつ見ても美しい街並みですね」

「そう言ってもらえるとうれしいです」

こんなおだやかな時間は久しぶりだ。ずいぶんと二人の距離が近いような気はするけれど。

ふと、ジルベルト隊長のことを思い出した。彼と並んで歩いたときは離れている二人の距離をもどかしいと感じたのに。会話は多くなかったけれど、決して居心地の悪い時間ではなかった。歩調を合わせてくれる優しさがうれしくて、静かに笑う横顔が繊細で美しく見えて。

彼の迷いがない眼差しは、いつもはるか彼方を見据えていた。

あのとき感じたのだ。ほんの少しだけさみしさを感じさせる眼差しはアンジェリーナと同じように自由を望んでいる。

このまま二人でどこまでも歩いていけたら。そんな未来はないとわかっていたはずなのに。

「アンジュ？」

「っと、すみません。ちょっとぼんやりしていました」

「ここが連れてきたかったお店です」

「わぁ、ちょっとした隠れ家みたいでかわいいですね！」

彼が連れてきてくれたのはリゾルド＝ロバルディア王国でも人気のあるスイーツの専門店だった。魔獣の大移動で店を閉めたものの最近また営業を始めたそうだ。

「飾りつけの凝ったケーキが有名なお店だよ」

「それは楽しみですね！」

テラス席に案内されてメニューを隅から隅まで読んだアンジェリーナが選んだのは真っ赤な苺のケーキ。紅茶を飲みつつ待っていると色鮮やかな果物が飾られたケーキが二つ運ばれてくる。

苺がキラキラとした砂糖の衣をまとって、まるで宝石みたいだ。

「きれい、おいしそう！」

「……胃袋をつかむ作戦は成功みたいだね」

「ええ、これなら大成功間違いなしです！」

つかまれるのはどなたかわかりませんがお相手の方はきっと幸せ者ですね。

ゆっくりと味わうように食べていると、目の前にもうひとつフォークが差し出される。その先にはフェレス副隊長の選んだチョコレートケーキが一欠片のっていた。

「はい一口どうぞ」

「……これも練習ですか？」

「そう、未来を想定した練習ですね」

周囲の人達がチラチラとこちらを観察している。私達の席は離れた場所にあるから余計に想像をかき立てるのだろう。

この状況はとても恥ずかしいけれど練習ならしょうがないかな。

アンジェリーナはフェレス副隊長の差し出すチョコレートケーキを食べた。

甘くて、ちょっとだけほろ苦い。

「おいしい？」

フェレス副隊長が蠱惑的な笑みを浮かべる。

今日はいつもよりも華やかな格好をしているから、いつも以上に王子様みたいだ。

刺すような視線が気になるのも、きっと彼に見惚れている女性がどこかにいるからだろう。

罪つくりな人だなー。練習に付き合うのはいいが相手に誤解されないだろうか。

フェレス副隊長はにっこりと笑ってアンジェリーナの手を握った。

おや、今さりげなく逃げ道を封じましたね。

「誤解されるのが目的だからね」

「だからあっさりと心を読まないでください！」

あせったアンジェリーナの手をフェレス副隊長は強く引いた。チョコレートとは違う甘い香りにどきりとして心拍数が上がる。目の前には冷たく精悍なジルベルト隊長とは系統が違う、甘く優しい顔立ちがあった。

「アンジュ、あなたを愛しています」

「……っ、どうしたのですかいきなり」

これも練習、でも視線はそうとは思えないほどに真剣で。

絶賛混乱中のアンジェリーナは顔を真っ赤にする。

すくい上げた指先にフェレス副隊長の柔らかな口づけが落ちた。

「感情を抑えていては伝わらないものもあると、あなたが教えてくれました。あなたの強さと弱さ、誰よりも誇り高く自分に正直なところが好きです。神秘的な紫の瞳も、光を弾く黒髪も美しいと思います。おいしいものを食べているときの幸せそうな顔も好きですし、この国を愛してくれるところも好ましい」

「ちょ、ちょっと待ってください！」

「申し訳ありませんが、ゆっくり考えてもらうような時間の余裕がありません」

「……っど、どういう」

「もしあなたが私を望んでくれるのなら、私のすべてをかけて手に入れてみせる。あなたに差し上げられるものはたくさんありませんが、その代わりに全身全霊をかけて私はあなたのものだ」

普段のおだやかな様子からは想像つかないくらいに熱量が半端なかった。

あまりの壮絶さにアンジェリーナは言葉を失う。相手を追いつめて、思考が停止したところで畳みかけるように追い込む。えげつない、これは思わずうんと言わせるための作戦だ。

「ねぇアンジュ、答えを聞かせて？」

アンジェリーナは困った顔をして、熱の残る指先を静かに引いた。

だってそうでしょう、答えなんてとうに決まっている。

再起動したアンジェリーナが口を開く前に、横からアンジェリーナの手が奪われる。手をさらった温もりに覚えがあって、心臓が小さく音を立てた。

いつのまにか触れるだけで誰のものかわかるようになってしまったなんて。そんなこと恥ずかしくて、絶対本人には言えないけれどね。

「フェレス、これはどういう状況だ？」

心に染み込むような声、この声だけがアンジェリーナの望む言葉をくれる。

取り戻せたものの大きさにいまさら気がついて、ほんの少しだけ泣きそうになった。

「どういう状況とは……隊長が見たままですよ」

フェレス副隊長は斜めに視線を上げて、強気な顔でにこりと笑った。

アンジェリーナが握る手の先を視線でたどれば、その先にいたのはやっぱり見知った顔で。ようやくここまで回復したのだと思わずため息がこぼれた。

「ジルベルト隊長」

「外出許可が出たので立ち寄ってみたら、二人で出かけたと聞いた」

探していたのは少しでも早くお礼が言いたかったから。

その気遣いがうれしくてアンジェリーナは、ふわりと笑った。

「体調はいかがですか？」

「もう大丈夫だ、心配かけてすまなかった」

運よく後遺症もないと聞いている。そうか、よかった。これでようやく元どおりだ。

ほっとしたのもつかの間、ジルベルト隊長はフェレス副隊長とアンジェリーナの顔を交互に見て眉をひそめる。

「それでなぜ二人が一緒にいる」

「それはですね。誰かの胃袋をつかむ作戦のために、フェレス副隊長と下見と練習を兼ねて」

「フェレス、誰の胃袋をつかむ気だった」

台詞をかぶせるようにしてジルベルト隊長がフェレス副隊長に尋ねる。

たしかに誰の胃袋だろう。それはアンジェリーナが聞いても教えてもらえなかった。

するとフェレス副隊長は、からかうように口角を上げる。

「さて、誰だと思いますか？」

ジルベルト隊長がほんの少し眉を跳ね上げた。二人はわずかな時間だけれど睨み合うように視線を合わせ、同時に視線を外した。

「それで胃袋はつかめたのか？」

「もう少し、というところでしょうか。誰かのせいで手ごたえがなくて」

「だったらあきらめてくれ」

ジルベルト隊長がアンジェリーナの手を優しく引いた。

空になったケーキの皿がカタンと小さな音を立てる。

「あわてて追いかけてくるくらいなら、逃がさないよう囲い込むべきでしょう」

「一応、これでも牽制したつもりだったが」

「店の外で様子をうかがっているから、てっきり横槍が許されているものと思っていたのですが違いましたか」

「え、ジルベルト隊長は見ていたのですか？」

未来の練習のためとかで、なんかあったような、なかったような。

なんとなく気まずくて視線をそらしつつ立ち上がったアンジェリーナの腰をジルベルト隊長が片手で引き寄せた。

「言い訳は別の場所で聞こうか」

「待ってください、言い訳も何も……私は無罪です！」

アンジェリーナはおいしいケーキを食べていただけだ。

「誰でも最初はそう答えるのですよ」

「ちょっと、副隊長はどっちの味方ですか！」

フェレス副隊長は軽やかに笑って手を振った。

「もちろん、お二人の味方ですよ」

一瞬言葉を失ったアンジェリーナの前で、おいしそうに紅茶を飲み干した。

隙があるから手を出してしまいそうになる。テーブルに手をついて立ち上がるとフェレスはジルベルトにだけ聞こえる音量でささやいた。

「また泣かせるようなことがあれば今度は確実に奪います」

ジルベルトは真剣な眼差しをして、うなずいた。

「肝に銘じておく。ありがとう、セントレア王国では彼女を守ってくれて」

「どういたしまして」

ジルベルトは小さく笑って、逃げようとしたアンジェリーナをするっと肩に担いだ。

「どうして！」

「もちろん事情聴取だ」

「なぜに⁉」

「いいですか、正直に全部白状するのですよ」

これでは、どこからどう見てもアンジェリーナが悪さをしでかした娘にしか見えない。

さっきまでの甘い雰囲気はどこに……アンジェリーナはハッと顔を跳ね上げる。

油断させて捕まえる作戦か、もしかしてフェレス副隊長にはめられた⁉

「お」

「お？」

「覚えてなさいー！」

誰が聞いても完璧な悪役の台詞だと、フェレスは笑いながら肩を震わせる。

あそこまで悪役仕様の台詞が似合う聖女は他にいないだろうな。

もう一杯紅茶を頼んでから、品よくチョコレートケーキを食べ終えたフェレスは天を仰いだ。

澄んだ青い空、アンジェリーナはいつもこの空を憧れのように見上げていた。

「……無様はどっちだ、という話ですよね」

小さくつぶやいて立ち上がる。どれだけ甘い雰囲気を漂わせようと、いっそ清々しいくらいにアンジェリーナは揺れないし崩れなかった。ジルベルトと魔と、その他大勢。彼女の世界はそれだけでできている。単純で潔い、だから魅了されたのだ。

もしジルベルトから奪ったら、彼女を抵抗する気がなくなるくらいに甘やかして、逃がさないように真綿の檻に閉じ込める。策はいくつかあって、やってできないことはなかった。でも同時にそこまでしたいとも思わなかった。

誰よりもアンジェリーナには自由が似合うから。

聖女の国と謳いながら、自由を奪い、傷つけたセントレア王国のようにはなりたくない。

彼らのような愚か者に成り下がることはフェレスの矜持が許さなかった。

アンジェリーナは思ってもいないだろう。聖女だからではなく、フェレスはただのアンジェリーナを愛していたということを。国籍も身分差も乗り越えて手を取る未来を夢見ていたことも、彼女は知らない。

この場で彼女が自分を選んでくれたらそういう未来もあった。でももう、時間切れだ。

フェレスは熱を逃すように深々と息を吐いた。父王から彼女に下される罰を聞いたとき、悲しくて、さみしくて、でも少しだけ安心した。

どれだけ手を伸ばしても届かないのなら、これ以上夢を見ることもないはずだ。いっそ、そのほうが救われる。

かつては届いた指先の温もりを思い出してフェレスは瞳を閉じた。

フェレスが揺れる視界を隠すため瞳を閉じたころアンジェリーナは相変わらず担がれていた。

「いい加減降ろしてください、恥ずかしいですよ！」

「ダメだ、絶対に逃げようとするだろう」

「体力的にまだ万全ではないですよね、無理は禁物ですよ」

「優しいな、心配してくれるとは」

結局、相変わらず担がれた体勢のまま特務部隊の本部に着いてしまった。そしていつかのようにサビーノさんと視線が合う。

「サビーノさん、今度こそ助けてください！」

「またか、今度はなんの悪さした」

「だから誤解です、誤解なのです！」

どうして私が悪さをしたことになっているのよ。

不服そうなアンジェリーナの顔を見てサビーノさんは苦笑いを浮かべる。

「胸に手を当ててよく考えてみろ。こっそりと食事に魔除けの効果をかけて、断りもなく樽を聖杯にした。前科としては十分じゃないか」

「たしかに！」

胸に手を当てられないが思い当たる節しかなかった。ガックリとうなだれたアンジェリーナの頭にサビーノさんの手が伸びる。

「我々を手助けするためにしてくれたことだということはわかっている。だからちゃんとやったことは全部正直に話せ。そうすればきっと悪いことにはならないから……たぶん」

たぶんて何よ、もはや不安しかありません。

するとサビーノさんの手を軽く避けたジルベルト隊長が睨みつける。

「アンジュに触るな」

「……まさかそういうことですか」

サビーノさんが固まっているけれど、そういうこととはどういうこと？

「賭けていたのに……フェレス副隊長が落とすって。周回遅れだったけど、めざましい追い上げをみせたから間違いないと信じていたのに！」

「何を賭けた？」

「給料のい……なんでもありません」

わかるわー、自然体で聞かれるとうっかり白状しちゃうのよね。

「賭け事は禁止しているはずだ。あとで始末書を出すように。ついでに関係者の名は全員記載しろ。ただし自首するなら罰が軽くなるかもとも伝えておけ」

軽くなると断言しないところがさすがです。ジルベルト隊長が周囲を見回すと何人かの隊員の顔色が青くなった。心当たりがある人が他にもいるらしい。

アンジェリーナは急に動きがあわただしくなった周囲の兵士を指した。

「罪状はあっちのほうが重くありません？」

「後回しだ」

賭け事よりも優先されるなんて。そこまで悪いことをした記憶はないのですが。

そのまま運ばれた先はジルベルト隊長の執務室、尋問のやり直しというところか。ジルベルト隊長はアンジェリーナをソファに座らせると、隣に座った。

「さあ全部話してもらおう」

「全部と言われても審議の場でお話ししたはずです」

本気になると圧力が桁違いだ。でも私の能力については魔寄せの力のこと以外は話したはず。

「私が聞きたいのはそのことではない。君自身のことだ。なぜそこまで国外への追放を望む？」

ああ、そのことか。大丈夫、ちゃんと理由はある。

「謝罪の気持ちは本物です。ですがそれとは別にして魔除けの聖女と魔の巣窟の相性は最悪なのですよ。そばにいることで互いに良くない影響を与え合う。私が魔の巣窟をのぞき込んで倒れたことはまさに悪影響の片鱗なのです」

魔寄せの力による副作用。あのときの恍惚とした感覚は忘れようとしても忘れられない。

「そして私がいることで魔の巣窟は常時圧力を感じ、出しきれない力が鬱積します。やがて力が解放されたとき、どのような悪影響を及ぼすかは未知数です」

それこそ魔の巣窟から邪竜よりも厄介な種が生まれてしまうかもしれない。だから、互いに与えてしまう影響が最小限であるように国外への追放を望んだ。

だがその答えはジルベルト隊長にとって納得のいくものではなかったらしい。

「場所は限られているがリゾルド＝ロバルディア王国内にだって魔力だまりの影響を受けない場所はあると教えてもらっただろう。それに、アンジェリーナは魔除けの力を脅威的な精度でコントロールできている。おそらく魔の巣窟に影響を及ぼさないレベルまで結界を縮小させることも可能なはずだ」

いつ気がついた、アンジェリーナはうろたえる。

「毒によって聖女の技に触れたせいか、それとも死にかけたせいかはわからない。でも今ははっきりとアンジェリーナの持つ力がどんなものかわかる。表に出ているものも……隠されているものも、全部だ」

ああ、知られてしまった。途方に暮れた顔でアンジェリーナは瞳を伏せた。

「ならばわかるでしょう。魔を寄せるなんて悪しき魔女そのものではないですか」

不気味な黒髪に不吉な紫の瞳。そう呼ばれてきたころのアンジェリーナの印象そのものだ。

「今の私にはセントレア王国の始祖王が魔除けの聖女と呼んだ意図がわかる気がするのです」

どれだけ有益な力であっても異質な能力は忌避されやすい。だから魔女を迫害から守るため聖女にするしかなかった。

「聖女の国という謳い文句そのものが魔除けの聖女にとって格好の隠れ蓑だった。セントレア王国にいれば魔女は聖女として守ってもらえる。木の葉を隠すなら森の中、魔女を隠すなら聖女にしてしまえばいい。国ぐるみで守るための協力関係、守られたからこそ国に捧げた忠誠だった」

守られるのならば力を尽くそう。

アンジェリーナだってそのつもりだった……大切なものを奪われるまでは。

「でもこの国にいる限り、いつか隊長のように魔寄せの力に気づく者は出てくるはずです」

だって、この国は聖女を手に入れたのだから。

聖女の血が混じることで、魔除けの聖女の秘めた能力に気がつく人間が彼以外にも現れるかもしれない。そして気づいた人物が魔寄せの力を悪事に使わないという保証もなかった。

「私は一国を滅ぼしてまで守り抜いた矜持を再び奪われるわけにはいかないのですよ」

「では国外に出たとして、こんなにも脆弱な君を誰が守る？」

ジルベルト隊長は軽く押しただけなのにアンジェリーナはソファの端まで追い込まれる。彼は逃げ場をふさぐように腕をついた。

「志はすばらしい。でも君は、なぜ魔女がセントレア王国に庇護されたのかを忘れている」

「っ、それは……」

「高い能力に反して、君はあまりにも無力だ」

気がつけばアンジェリーナの体は彼の腕の中だ。

「私には始祖王の気持ちがわかるような気がするよ。君は脆弱なのに、折れないし曲がらない。無能で役立たずと揶揄されながら、媚びてすがらない姿はまぶしいほどだ。だから国をかけてでも魔除けの聖女を守りたいと願った」

己を餌にして魔獣の群れの前に立ちふさがる勇気と、人々の希望となり寄り添う優しさ。

「誇り高く慈悲深い、君こそまさに聖女と呼ぶにふさわしい」

アンジェリーナは目を見開いたまま固まった。そんなバカな、だって私は……。

「私は君に導かれ、救われた。魔女と呼ばれていようが関係ない、私にとって君が聖女だ」

唯一無二、かけがえのないもの。

注ぎ込まれる優しい毒にアンジェリーナは、涙の滲む目元を手のひらで覆った。

だから、だめなのに。この優しさがアンジェリーナを弱くする。でも今の私はどうしたってこの温もりを突き放すことができない。

この温もりが失われてしまうこわさを知ってしまったから。

「これ以上、他人のために命をかけたくないと国を捨てたはずなのです。それなのに、いつしか私はあなたのためなら命をかけても惜しくないと思うようになってしまった」

ずるくて嘘つきなアンジェリーナは、いつしか愚かで意気地なしのアンジュになって。

震えるような声でそう答えると包み込む腕の力がほんのわずかに強くなる。

ジルベルト隊長を前にすると、アンジェリーナはこんなにも無力で無防備だ。

「国外追放を望んだのは、あなたが誰よりもこの国に縛られていることを知っていたから。どちらにしても失うのなら、愛なんていらないと思ったからよ」

ジルベルト隊長はこの国にとって大切な人。

ずるくて嘘つきで、身分違いの私には、初めから手の届かない人だった。

「あなたは本当に運が悪いのです。森の中で私を見つけてしまうなんて。私にテントを譲って、一般人を軍に同行させたうえで安全確実に連れてきてしまうなんて普通はしないでしょう」

「あれは楽しかったな、何も知らないアンジュが無邪気に後ろをついてくるのが愛らしくて」

「ひどいですよ、すっかり騙されました」

思い出したのか、ジルベルト隊長はふっと笑った。

アンジェリーナも肩を震わせるように笑って、そっと彼の名前を呼んだ。

「敬愛するジルベルト・リゾルド＝ロバルディア王太子殿下、どうか教えてください」

――――私の罰は決まりましたか？

特務部隊隊長として、王太子として。あなたは誰よりもこの国のために戦ってきた人。

だから私は、あなたの口から直接聞きたかった。

「処罰は国外追放だ」

「承知しました、謹んでお受けいたします」

国外追放ということは、もう魔除けの聖女は必要ないということだ。

アンジェリーナは、ほっと息を吐いて温かな腕の中で瞳を閉じた。

今度こそ、自由だ。正々堂々と胸を張って国外に脱出してみせる……はずだった。

ほんのり黒い笑顔を浮かべたジルベルト隊長が、ゆるりと口角を上げるまでは。

「そうだ、国外追放……ただし私も一緒だ」

「いやちょっと待って、王太子が国外追放なんておかしいでしょう⁉」

一体どうしてそんなことに。驚きすぎて涙も引っ込んだわ。

「嘘じゃない、本当だ。君と一緒に国を出る」

「どうしてこのまま突き放してくれないのですか！」

「私がアンジュと共に戦う未来を望んだからだ」

「そうじゃないでしょう、私はあなたを傷つけたのですよ。そんな簡単に許していいわけがない。魔除けの力のために人が傷つくことがないよう、私は強くならなければならないのです」

だからこれ以上、私を弱くしないで。

わざと冷たい顔をして背を向けたアンジェリーナの手をジルベルト隊長がつかんだ。

「君が強さにこだわるのは、それが償いだからだ。でも強さとは君の知るひとつだけではない。己を信じて孤独に戦うことも強さではあるけれど、誰かと共に戦うことで磨かれる強さもある」

「だからって、あなたまでこの国を出ることはないでしょう。これまで積み上げてきた実績や地位を全部捨てることになるのですよ！」

「その代わり君が手に入る。私だけの聖女だ」

どうしてそんな自ら囚われるようなまねを。あなたの幸せを願って、あきらめたのに。

なんと答えたら思いが正しく伝わるのか、アンジェリーナは懸命に言葉を探った。

「……この期に及んで優しくするのは卑怯よ」

けれどようやく内側から絞り出した言葉は、拒絶というよりも懇願に近いもので。

だってそうでしょう、今の私ではこの手を離せない。

「卑怯だろうが使える手段はなんでも使う。それに卑怯と言うのなら、まるで逃げるようにいなくなるのも卑怯じゃないか」

それは巻き込みたくなかったから。償いのはずが、さらに傷を増やしたようで情けなくて泣きそうだ。

「アンジュ、君にこれ以上の償いを求めるほど我々は弱くない。誰かを守るために戦うことは、無能で役立たずな人間にはできないことだと身をもって知っているからだ」

「でもこれでは罰にならないわ、私にとって幸せしかないもの」

しまった、これでは好きだと言ったようなものだわ。

するとわかりやすく、ジルベルト隊長の口元がゆるんだ。

だから、なんでそんなうれしそうに笑うのよ！

「それでもまだ償いが必要だと思うのなら、役立たずではないことを私の隣で証明すればいい。君が折れそうなときは私が支える。アンジュの剣となる栄誉を、私に」

こんなふうに畳みかけるように追い込んで、うんと言わせるえげつない作戦をすでに経験しているよね。いまさら何をうろたえているの！

「うっかり目が離せないところも、ずるくて嘘つきなところも君らしくて好きだ」

なんてこと、これではまるで愛していると言われているみたいじゃないか。

ほんの少し黒さの滲む顔で笑って、ジルベルト隊長はアンジェリーナの指先に唇を寄せた。

「約束したように君の心は私が守る。だから、あきらめて捕まってくれないか？」

その言い方はずるいわ。答えなんてわかっているくせに。

第十四章
無能で役立たずをやめました、たぶんこれからは大忙しです

そしてついに、今日という日を迎える。

「よかったな、念願叶って」

「ですが現実感に乏しいというか、いまいち実感がわかないというか」

旅装に身を包んだアンジェリーナは真っ青な顔で震えていた。羽織っている紫色の豪奢なローブでさえ、今は力なくしおれて見える。

セントレア王国の犯した罪は、国が滅びて、王が処刑されたことで対外的には相殺された。

だが、各国の人々の心には、いまだに王国と聖女に対する不信と不満がくすぶっている。そこで主要人物には個別に罰が与えられることになったのだ。

そのひとつが聖女筆頭である聖女アンジェリーナの国外追放。

アンジェリーナはどの国にも属することなく各地にはびこる魔のつくものを排除し、魔力だまりを管理するという終わりのない贖罪の旅に出ることになった。そして王太子ジルベルトはアンジェリーナの背負う罰を折半するとして、共に追放されることを望んだ。

……というのがリゾルド＝ロバルディア王国が用意した筋書き。

おそろしい、全然国外追放という感じがしない。国ぐるみの情報操作、アンジェリーナが顔色を真っ青にするレベルの美談である。ちなみにジルベルトはリゾルド＝ロバルディア王国にとっ

てアンジェリーナの護衛を兼ねた連絡相談窓口という扱いになる。

コワイワー、国家権力。国外追放と言いながらしっかりと手綱はついている。

「まさか油断させておいて、このまま息の根止めて……！」

「だからその極端な方向に振り切るのはやめような」

この癖はどうにかならないものか。

「そういえばフェレスに聞いたのだが、まさかアンジュが方向音痴だとは思わなかった。たしかに危なっかしいと思っていたが……一人で国を出たとして、どうやって他国に渡るつもりだった？」

「方向音痴ではありません、方向感覚にちょっとばかり難があるという程度です」

同じように旅装に身を包んだジルベルトは頭を抱える。

それを方向音痴というのだと思っていたが、違うのか？

「だが森の中で会ったときは間違いなくリゾルド＝ロバルディア王国の方角を目指して歩いていた。方向感覚に難があってもできるものなのか？」

「ああ、あれは魔力だまりを目指していたのですよ」

「は、どういうことだ？」

「魔力だまりは各国に散らばっているでしょう？　魔力だまりを目指して歩けば国から国へと渡ることができる。規模も濃度も最大値を誇る魔の巣窟を目指して歩いていけば、そこはリゾルド＝ロバルディア王国ということなのですよ！」

たとえるなら渡り鳥が飛来経路を予測するようなもの。

対魔という限られた分野で最強というのは伊達ではなかった。

野生の勘、つまり理屈ではないということか。よかった、事前に聞いておいて。

勘を頼りに直線距離で進めば、あっという間に山中で遭難するところだった。

「いいか、絶対に離れるな」

「はい！」

手を握り返してアンジェリーナは薄く頬を染めた。

愛らしい表情に直撃してジルベルトは顔を赤くする。なんとも言えない甘酸っぱい空気が周囲を包んだ。

「いやもうほんと国外追放される気があるのか不安になる光景ですね」

「フェレス副隊長……っと、隊長に昇格されたのでしたか！」

ジルベルトとアンジェリーナの視線の先には、呆れた顔をしたフェレス隊長がいた。

国を離れるジルベルトに代わって、フェレス第二王子が王太子となる。そして対魔獣特務部隊隊長に昇格することが決まった。

振り回したつもりが振り回されたけれど、本当はいい人なんだよね……鬼畜じゃなければ。

「それで出発前にやり残したことがあると聞きましたが」

「ええ、ちょっとばかり魔の巣窟に用がありまして。王の許可は得ていますよ」

ただ、壮大すぎてイマイチ理解が追いついていないようだったが。

だが言質はとった、こういうときのアンジェリーナは遠慮と配慮はしない主義である。

中庭にジルベルト様とアンジェリーナが姿を現せば、何事かとばかりに隊員も集まってくる。ルードさんに、サビーノさん、マルコさんやいつも励ましてくれた隊員の姿がある。彼らが揃って笑顔でいることがうれしい。

これからすることはほんの置き土産ですが、こころよく受け取ってくださいね！

アンジェリーナは魔の巣窟の傍らに立った。そして魔力だまりの奥へと視線を向ける。憎らしげに飛ばしてくる気を避けて、奥へ、奥へと。

ああやっぱり、まだまだ弱いけれど隠し持っているものがあった。

「ちょっと離れていてくださいね」

「何をする気だ？」

「大丈夫、私が直接手を下すわけではありませんよ。是非を問うだけです」

「誰に？」

無言でアンジェリーナは口角を上げると、ジルベルトと繋いでいた手を離した。

わずかに目を細めると、彼女の体からゆらりと揺れながら魔力が立ち昇る。風もないのに紫のローブ揺れて、魔力が背中の豪奢な紋章を輝かせた。

アンジェリーナの神がかった美しさに誰もが息を呑む、そのときだ。

ドオオオーン！

すさまじい轟音がして、魔の巣窟に一本の巨大な稲妻が落ちる。あまりの衝撃に地が揺れて、派手に土埃がたった。

ジルベルトは土埃をよけながら、手探りでアンジェリーナの体を抱き寄せる。

「おい、何が起きた！」

「落ち着いてください、大丈夫ですよ。神判により非があるとして神が天罰を下しただけです」

感謝の気持ちを込めてアンジェリーナは天を仰ぎ、そばでジルベルトは頭を抱えていた。

アンジェリーナの力を把握したつもりになっていたが、まだまだ把握しきれていないものが残されていたようだ。

「それで何をした？」

「たいしたことはしていませんよ。アレがやったことを言いつけただけです！」

「は、言いつけた？」

「こんなことやっていますけれど許していいのですかーってね！」

完全に口調が親に告げ口する子供みたいだ。彼女は力を使うときに祈りも潔斎もいらない。ということは思ったことがそのまま神の元へと届いたということか。

規格外が過ぎると、誰もが頭を抱えた。

「先ほど見た感じでは、どうやら邪竜の他にもう一匹飼っていたようですね。まだ力が弱いので今回は出し渋ったようですが、それを出されたらもっと被害が拡大したでしょう」

「どんなものを飼っていた？」

「世界を飲み込む蛇、とだけ申し上げましょうか。かの魔物はかつて神々と世界の覇権を争ったと言い伝えられています。罰として海の底に沈められているはずが、どうしてこんなところに召喚され力を蓄えているのか不思議ですね」

世界を飲み込む蛇、なんだそれは。誰も見たこともなければ、言い伝えを聞いたこともなかった。

「ですがご安心ください。天雷によって魔窟の主は蛇もろとも竜の知識を奪われました。次の魔獣の大移動では、今回のような想定外は起きないでしょう」

こうして我々は互いを牽制し、制御する。

「それでも均衡が破られそうなときは、ああして神に判断を委ねるのです。もちろん、すべてが叶うわけではありませんが、是と思われたときはあんな感じで力を貸してくださいます」

アンジェリーナは普通のことのように、さらっととんでもないことを口にした。

神に直接願いが届く聖女がいるなんて、聞いたことがない。

「どれだけの力を与えられたというのか、君は」

「あえて言うなら、必要なものはすべてです」

誰もが言葉を失って、ジルベルトは深々と息を吐いた。

木の葉は森の中に、聖女の群れに魔女を――――本物の聖女を紛れ込ませる。

魔女を聖女にというアンジェリーナの予想もあながち見当違いではないかもしれない。

「逆のこともあり得るのか？」

「もちろんです、もし私が評判どおりに無能で役立たずならば早々に天罰が下されていたでしょう。それだけの力を魔窟の主は与えられておりますので」

　アンジェリーナは胸に手を当ててにっこりと笑った。

　ここに無傷で立っていられること自体が、無能で役立たずではないという神判の結果だ。

　この場にはセントレア王国の聖女達の姿もあって彼女達は真っ青な顔で震えている。

　彼女達も順風満帆とはいかないでしょうね。無能で役立たずと呼ぶ者は、自分がそう呼ばれても文句は言えないものよ。

「さて、そうなるとこれが余ってしまいましたわね」

「邪竜を浄化したあとに残った素材のうちのひとつか」

「はい、見事なものです。これだけでも強い力を持ちますが、媒体としても使えます」

　アンジェリーナは手に持った魔石を陽にかざした。

　大ぶりの魔石は浄化されているので濁りもなくキラキラと輝いている。

「そういえば、それをどんなふうに使うつもりだったのですか？」

　次の瞬間、浮かんだアンジェリーナの弾ける笑顔にフェレスは嫌な予感しかしなかった。

「神に請願が聞き届けられなかったときは、これに魔除けの力を付与して魔の巣窟に放り込もうと思っていました。景気よく、派手にドカーンと！」

　なんてことはない。魔力だまりにとって毒と同じである魔除けの力を食わせて、脅威となる異物を吐き出させようと考えていたのだ。

「もちろん前例はありますよ……魔の巣窟には、初めてですが」

おっと失言、眉を吊り上げたジルベルトと視線が合ってアンジェリーナは横を向いた。

ジルベルトは深々とため息をついた。

最後のあたりは聞いていないぞ、都合が悪いからと黙っていたな。次回からは全部吐かせよう。でないと止めたくても、止められない……止められる自信はないが。

「願いを聞き届けてくれた神に感謝しかないな」

ジルベルトの穴が開きそうな胃を守ってくれた。

アンジェリーナは誤魔化すようにへへっと笑って魔石を太陽に向かってかざした。

「誇り高き竜が、死してのちに魂を弄ばれるなんて許せなかったと思います。魔力だまりの底で、きっといつか復讐すると誓ったはずです」

これを使われたら致命傷となる痛恨の一撃だろう。絶望の果てに国を捨てた、アンジェリーナのように。実際には使わなかったけれど、これで少しは竜も浮かばれるかしらね。

「では、これはこうしましょう」

アンジェリーナは手に握りしめた魔石に魔除けの力を注いだ。

渦巻くような強大な力は微風となって人々の髪や衣服を揺らす。注いだ力はあますところなく魔石に吸い込まれ、光り輝く金色の魔石となった。

その神々しい煌めきを放つ魔石をアンジェリーナはフェレスに捧げる。

「これは魔除けの力そのもの、私の力の源です。どのように使うかも含めて、すべてはあなたの心のままに」

「こんなすばらしいものを……感謝します」

「王にもお伝えください。魔除けの力を使いこなせるか、楽しみにしていますと」

今、再び築き上げた協力関係だ。国を捨て、魔除けの聖女は広く世界と繋がっていく。

「魔力だまりは自然の脅威です。魔獣の大移動によって人の営みを徹底的に破壊します。ですが逃げるだけでは立ち向かうことはできません。それがわかっていたからこそ、リゾルド＝ロバルディア王国のご先祖は魔力だまりの上に国を築いたのだと私は思います」

強大な敵と臆することなく、勇敢に戦い勝利をつかめ。

鼓舞するようなアンジェリーナの言葉は人々の心に深く響いた。

「あなた方には自負があり、覚悟がある。アレの敗因は、人を弱者と侮ったこと。どれだけ苦境に立たされようと、あなた方は決して屈することはなかったというのに」

さすが幾たびも国難に見舞われながら立ち上がってきた誇り高き騎士の国だ。

リゾルド＝ロバルディア王国の人々は厳しいところがあって、でもどこかに優しいところも持っていて。厳しくも優しい彼らがアンジェリーナは好きだった。

「ああ、そうだ。我々からもお礼をしないといけませんね」

「お礼ですか？」

フェレスは笑顔のまま合図するように腕を上げる。

整列した隊員達はタイミングを合わせて一斉に武器を鳴らした。祈りを捧げるときのように真剣な表情をして、一糸乱れぬ動きで声を張り上げた。

「強くあれ、栄えあれ！」

台詞が繰り返されるたびに大気が震え、武器の音が研ぎ澄まされていく。

折り重なって凛と響き渡る声は、まるで祈りの歌みたいだ。

感動して言葉を失ったアンジェリーナの肩をジルベルトが優しく引き寄せる。

「儀式で使われる仲間の無事を祈るためのもの。彼らからの君への感謝の気持ちだそうだ」

厳粛な雰囲気の中、儀式が終わる。わっと人々の歓声があがった。

曇りのない笑顔と感謝の声に、アンジェリーナの視界がじわりと滲んだ。

「君はこの国と民を守った、そう誇っていい」

「泣かせてきますねー」

でもね、感謝の言葉はきっと私だけのものではない。

特務部隊隊長として真摯に務めてきたジルベルト自身に捧げられたものでもある。

「今からでも遅くはありませんよ。あなたまで私と同じ険しい道を歩む必要はありません」

「失うものがあったとしても、それでも手に入れたいものがある。さんざん説明してきたつもりだったが、まだわからないようだな」

ジルベルトはアンジェリーナの頬に口づけを落とした。

いつかのお返しという言葉にアンジェリーナの頬が一瞬にして赤くなる。

歓声の中に冷やかすような声が混じった。

「もういいです、十分思い知りましたから！」

ああもう、こんなふうに追い込まれたら心臓がもたない。

「さあ、いきましょう！」

笑う声と、激励。国外追放と呼ぶにはあまりにも明るい。誇らしい気持ちで振り返れば、そこにはアンジェリーナが失ったはずの無償の愛と信頼が、たしかに残されていた。

形ばかりの罰が執行されて、国境検問所から国の外に出る。このときからアンジェリーナだけでなく、ジルベルトも二度と国に戻ることは許されない。

アンジェリーナが鞄から地図を取り出すと、ジルベルトが手元をのぞき込んだ。

「まずはセザイア帝国からか」

「はい、派遣要請がありましたので。シーサーペントという魔物が漁場を荒らしまわっているそうです。破格の報酬を出すので狩ってほしいと、しかも残った素材は取り放題です！」

「まさか海の底にも魔力だまりがあるということか？」

「現状では、あくまでも可能性があるというだけですけれどね」

シーサーペントは海洋に住み、大海蛇とも呼ばれている。

魔の巣窟に召喚された蛇はどこからきたのか調べないといけないからね。

「ああ本当に、この世界は面白い」

海に棲む魔物は、一体どんな生態をしているのか。

アンジェリーナは、ゆるりと口元をほころばせる。そして弾むような足取りで前へ前へと進んでいく。

セザイア帝国の地図を眺めていたジルベルトが、ふと顔を上げた。

「そういえば以前、セザイア帝国には色変え魔法薬の商人を探しにいくと言っていたな」

「よく覚えていますね、これのことでしょう？」

アンジェリーナの手の中で瓶がひとつ転がった。

実際のところ商人の話は嘘だったわけだが、ならばなぜ手元に瓶だけが残されている？

「実はこれ、私がデザインしたのですよ」

「は、まさか偽造したのか？」

「人聞きの悪い。瓶もラベルも本物ですよ。調薬の聖女の手伝いをしていたときに新薬を入れる薬瓶の見本として何種類か作りました。そのうちのひとつがこれです」

実際に採用されなかったというだけで成分や用法用量まで書かれている本物だから、まんまと騙されたというわけか。

ジルベルトが呆れた顔をすると、アンジェリーナは心の底から楽しそうに笑った。

「探しても商人なんて見つかりませんよ。だって、瓶を作ったのは私ですから。何かのときに使えるかなー、と思って取っておいたのです！」

アンジェリーナは、なぜか悪だくみしているときが生き生きとして幸せそうだ。

とにかく聖女には向いていない。これだけははっきりと言える。

「それではさっさと調査を終わらせましょう！」

勢いだけはいいのだが。ジルベルトは先に進もうとするアンジェリーナの手をつかんだ。

「楽しそうなところ悪いが、セザイア帝国はあっちの方角」

「あら？」

「魔力だまりで国は渡れなそうだな」

ずるくて嘘つきなアンジェリーナ。しっかりしていそうで、どこか抜けている。

そうつぶやいて、ジルベルトは肩を震わせて笑った。

アンジェリーナは気まずい顔をして淡い青をした空に視線を向ける。

少しずつ空の青が濃さを取り戻しつつあった。リゾルド＝ロバルディア王国の澄んだ淡い青空は、もしかするとこれで見納めかもしれない。

失うものがあったとしても、それでも手に入れたいものがある。

アンジェリーナにも、今ならその気持ちがわかるような気がした。

「初めてのことばかりなのに、心踊るのはなぜでしょうね」

きっと、その先に夢にまでみた自由があるから。

ジルベルトと視線が合って、アンジェリーナはそっと微笑んだ。

揺れるフィラニウムの花、二つの影がひとつに重なる。

――――拝啓、天国のおばあさま。

アンジェリーナは無能で役立たずをやめました。たぶん、これからは大忙しです。

さあ、いこう。

踏み出した小さな一歩が、幸せな未来に繋がる礎となることを願って。

本書に対するご意見、ご感想をお寄せください。

あて先

〒162-8540 東京都新宿区東五軒町3-28
双葉社　Mノベルスf編集部
「ゆうひかんな先生」係／「春が野かおる先生」係
もしくは monster@futabasha.co.jp まで

魔除けの聖女は無能で役立たずをやめることにしました

2024年11月12日　第1刷発行

著　者　ゆうひかんな

発行者　島野浩二

発行所　株式会社双葉社
〒162-8540　東京都新宿区東五軒町3番28号
［電話］03-5261-4818（営業）　03-5261-4851（編集）
https://www.futabasha.co.jp/（双葉社の書籍・コミック・ムックが買えます）

印刷・製本所　三晃印刷株式会社

［電話］03-5261-4822（製作部）
ISBN 978-4-575-24780-0 C0093

Mノベルス

発行・株式会社　双葉社